*mientras
no
tengamos
rostro*

*otra versión
de un mito*

*mientras
no
tengamos
rostro*

GRUPO NELSON
Desde 1798

© 2023 por Grupo Nelson
Publicado en Nashville, Tennessee, Estados Unidos de América.
Grupo Nelson es una marca registrada de Thomas Nelson.
www.gruponelson.com
Thomas Nelson es una marca registrada de HarperCollins
Christian Publishing, Inc.

Este título también está disponible en formato electrónico.

Título en inglés: *Till We Have Faces*
© 1956 por C. S. Lewis Pte. Ltd.
© 2017 por Ediciones Rialp, S. A.

Traducción: *Gloria Esteban*
Adaptación del diseño: *Setelee*

ISBN: 978-0-84991-939-8
eBook: 978-0-84991-940-4

Número de control de la Biblioteca del Congreso: 2022939191

Impreso en Estados Unidos de América
23 24 25 26 27 LBC 5 4 3 2 1

CONTENIDO

I

II

A Joy Davidman

I

UNO

Yo YA SOY vieja y no me queda mucho que temer de la ira de los dioses. No tengo esposo ni hijos, y apenas un amigo del que servirse para hacerme daño. Con mi cuerpo, esa escuálida carroña que aún hay que lavar, alimentar y mudar a diario tantas veces, pueden acabar cuando quieran. La sucesión está garantizada. Mi corona pasará a mi sobrino.

Por estos motivos, libre de temor, voy a escribir en este libro lo que nadie que posea la felicidad se atrevería a escribir. Acusaré a los dioses, sobre todo al dios que habita en la Montaña Gris. Es decir, contaré desde el principio cuanto ha hecho conmigo, como si presentara una denuncia ante un juez. Pero entre dioses y hombres no existen jueces, y el dios de la Montaña no la contestará. La violencia y las plagas no son contestación. Escribo en griego, como me enseñó mi maestro. Puede que algún día un viajero procedente de tierras griegas vuelva a alojarse en palacio y lea el libro. Entonces se lo contará a los griegos, entre quienes reina la libertad de expresión también para hablar de los dioses. Quizá sus sabios sepan si mi denuncia es justa o si el dios podría haberse defendido en caso de haberla contestado.

Yo fui Orual, la hija mayor de Trom, rey de Gloma. Para el viajero que viene del sudeste, la ciudad de Gloma se encuentra en la orilla izquierda del río Shennit, a no más de un día de viaje desde Ringal, la última ciudad al sur del territorio de Gloma. Una mujer puede recorrer en la cuarta parte de una hora la distancia que media entre la ciudad y el río, porque en primavera el Shennit se desborda. Por eso en verano estaba rodeado de barro seco y de juncos, y plagado de aves acuáticas. Del otro lado, a la misma distancia que separa el vado del Shennit de la ciudad, se encuentra la morada sagrada de Ungit. Y, pasada la morada de Ungit (siempre en dirección nordeste), enseguida se llega a la ladera de la Montaña Gris. El dios de la Montaña Gris, que me detesta, es hijo de Ungit. No obstante, no vive en la morada de Ungit, donde solo habita ella. En el recoveco más escondido de su morada, ocupado por Ungit, reina tanta oscuridad que apenas se la puede ver; en verano, sin embargo, por los respiradores del tejado entra luz suficiente para vislumbrarla. Esa piedra negra sin cabeza, sin manos y sin rostro, es una diosa muy poderosa. Mi anciano maestro, a quien llamábamos el Zorro, decía que era la misma que los griegos conocen como Afrodita. Pero yo escribo en mi propio idioma, empleando nuestros nombres de personas y lugares.

Empezaré a partir del día de la muerte de mi madre, en el que, como dictan los usos, me cortaron el pelo. El Zorro —que por entonces aún no estaba con nosotros— decía que es una costumbre tomada de los griegos. Mi aya Batta nos sacó del palacio a mí y a mi hermana Redival y nos llevó al final del jardín que sube en pendiente hasta la colina que queda detrás. Redival tenía tres años menos que yo; aún éramos las dos únicas hijas. Mientras Batta empleaba las tijeras, estábamos rodeadas de esclavas que, de vez en cuando, lloraban la muerte de la reina y se golpeaban el pecho; y, entre una cosa y otra, comían nueces y bromeaban. Cuando los tijeretazos hicieron caer al suelo los rizos de Redival, las esclavas dijeron: «¡Qué lástima! ¡Cuánto oro echado a perder!». No dijeron nada parecido cuando me cortaron el pelo a mí. Pero lo que mejor recuerdo es el frío en la cabeza y el calor del sol en la nuca mientras Redival y yo pasábamos aquella tarde de verano construyendo casitas de barro.

Nuestra aya Batta era una mujer corpulenta, rubia y de manos curtidas, comprada por mi padre a unos comerciantes que la trajeron del norte. Cuando la hacíamos enfadar, solía decirnos: «Esperen a que su padre les traiga a casa a otra reina y se convierta en su madrastra. Entonces las cosas cambiarán. Comerán queso duro en lugar de tortas de miel y leche sin nata en vez de vino tinto. Ya verán».

Pero los acontecimientos nos trajeron otra cosa antes que una madrastra. Ese día cayó una intensa helada. Redival y yo nos pusimos las botas (casi siempre íbamos descalzas o en sandalias) e intentamos patinar en el patio que hay detrás del ala más antigua del palacio, donde los muros son de madera. Aunque el camino que va de la puerta del establo de las vacas al estercolero, salpicado de leche derramada, charcos y orines, estaba helado, era demasiado irregular para patinar.

Entonces apareció Batta, con la nariz roja por el frío, y gritó:

—¡Dense prisa! Ay, qué sucias están... Vengan aquí y límpiense antes de presentarse ante el rey. Van a ver quién las espera allí. ¡Juro que les va a cambiar la vida!

—¿Es la madrastra? —preguntó Redival.

—¡Peor que eso, mucho peor! Ya verán... —dijo Batta mientras sacaba brillo al rostro de Redival con la punta de su mandil—. Un montón de azotainas y de tirones de orejas, y mucho trabajo para las dos.

Luego nos hicieron cruzar al ala nueva del palacio, construida con ladrillos de colores, donde estaban los guardias con sus armaduras, y pieles y cabezas de animales colgadas de las paredes. Mi padre se encontraba de pie, junto al fuego, en la Sala de las Columnas; frente a él había tres hombres vestidos con ropa de viaje a quienes conocíamos bien: eran comerciantes que visitaban Gloma tres veces al año. Estaban guardando sus balanzas, por lo que dedujimos que les acababan de pagar, y uno de ellos recogía unos grilletes, por lo que dedujimos que debían de haber vendido un esclavo a nuestro padre. Delante de ellos había un hombre rechoncho y de baja estatura, y dedujimos que debía de ser el hombre que habían vendido, pues en sus piernas aún se podían ver las heridas en los sitios que habían ocupado los hierros. No obstante, no se parecía a ningún esclavo de los que habíamos visto hasta entonces. Le brillaban mucho los ojos y su cabello y su barba, donde no griseaban, eran rojos.

—Tú, griegucho —le dijo mi padre—, algún día espero engendrar un hijo y tengo intención de que aprenda todo lo que sabe tu pueblo. Mientras tanto, practica con *ellas* —y nos señaló a las dos—. Si hay alguien capaz de enseñar a una niña, será capaz de enseñar cualquier cosa.

Y, antes de despedirnos, añadió:

—Sobre todo a la mayor. A ver si puedes conseguir que aprenda; es probable que valga para poco más.

Aunque no le entendí, hasta donde alcanzaban mis recuerdos eso era más o menos lo que había oído decir a la gente de mí.

Quería al Zorro, como le llamaba mi padre, más que a ninguna otra persona que hubiera conocido jamás. Se podría pensar que alguien que, antes de ser capturado en la guerra y vendido a unos bárbaros, había sido un hombre libre en tierras griegas estaría desconsolado. Y así era a veces, probablemente más a menudo de lo que yo, en mi inocencia, imaginaba. Pero nunca le oí quejarse; y nunca le oí alardear (como hacía el resto de los esclavos extranjeros) del hombre ilustre que había sido en su país. Disponía de toda clase de máximas con las que infundirse aliento: «Nadie puede vivir en el exilio si recuerda que el mundo entero es una sola ciudad»; y «cualquier cosa es tan buena o tan mala como a ti te parezca». Pero creo que lo que realmente lo mantenía con ánimo era su curiosidad. Jamás he conocido a nadie que hiciera tantas preguntas. Quería saberlo todo acerca de nuestro país, nuestro idioma, nuestros antepasados y nuestros dioses, e incluso de nuestras plantas y flores.

Así fue como le conté todo sobre Ungit, sobre las muchachas encerradas en su morada y los regalos que tienen que hacerle las novias, y cómo a veces, cuando viene un mal año, degollamos a alguien y derramamos su sangre sobre ella. Al decir esto, el Zorro se estremeció y susurró algo para sí.

—Sí, no cabe duda de que se trata de Afrodita —dijo al rato—, aunque se parece más a la babilonia que a la griega. Ven, te voy a contar la historia de nuestra Afrodita.

Y, en un tono de voz más grave y rítmico, contó que, una vez, su Afrodita se enamoró del príncipe Anquises cuando este cuidaba el rebaño de su padre en la ladera de un monte llamado Ida. Y, mientras bajaba las laderas cubiertas de hierba hacia su refugio de pastor, fueron rodeándola, como perrillos fieles, leones, linces, osos y toda clase de animales, que luego se apartaron de ella en parejas para gozar del amor. Afrodita ocultó su gloria y se hizo igual que cualquier mujer mortal; se acercó a Anquises, lo sedujo y yacieron juntos. Creo que el Zorro tenía intención de detenerse ahí, pero, fascinado por el relato, siguió contando lo que ocurrió a continuación: cómo Anquises se despertó y vio a Afrodita de pie, en la puerta del refugio, esta vez no como mortal, sino en todo su esplendor. Entonces supo que había yacido con una diosa, se tapó los ojos y gritó: «¡Mátame aquí mismo!».

—En realidad esto no ha ocurrido nunca —se apresuró a decir el Zorro—. No son más que mentiras de poetas, pequeña; mentiras de poetas... Nada que ver con la naturaleza.

Pero lo que había dicho me bastó para comprender que, si la diosa de Grecia era más hermosa que la de Gloma, ambas eran igual de terribles.

Con el Zorro siempre sucedía lo mismo: le avergonzaba su afición a la poesía («no son más que disparates, pequeña») y yo tenía que poner mucho empeño en la lectura y la redacción, y en lo que el Zorro llamaba filosofía, para sacarle un poema. Y así, poco a poco, fue enseñándome muchos. *Virtud, que el hombre busca con esfuerzo y afán* era uno de los que más elogiaba, aunque a mí nunca logró engañarme: su voz adquiría más cadencia y sus ojos más brillo cuando entonábamos *Llévame a la tierra fértil en manzanas,* o bien

Se fue la luna
y yo yazco sola.

Esta última siempre la cantaba con ternura y como si se compadeciera de mí. Se llevaba mejor conmigo que con Redival, que odiaba estudiar y se reía de él y le incordiaba, incitando a los demás esclavos a gastarle bromas.

En verano solíamos trabajar sentados en una zona de hierba que había detrás de los perales, y fue allí donde el rey nos encontró un día. Naturalmente, todos nos levantamos: dos niñas y un esclavo con los ojos fijos en el suelo y las manos cruzadas sobre el pecho. El rey, dando una fuerte palmada al Zorro en la espalda, le dijo:

—¡Ánimo, Zorro! Vas a tener un príncipe con el que trabajar, loados sean los dioses. Y agradéceselo tú también, Zorro, porque no puede haber muchos grieguchos como tú que hayan tenido la suerte de dar órdenes al nieto de un rey tan ilustre como mi futuro suegro. Aunque no creo que sepas nada de esto ni te importe más que a un asno. Allí abajo, en tierras griegas, son todos vendedores y charlatanes ¿no es así?

—¿No comparten todos los hombres la misma sangre, señor? —dijo el Zorro.

—¿La misma sangre? —dijo el rey abriendo los ojos y lanzando una fuerte risotada—. No me gustaría creer tal cosa.

Al final, pues, fue el propio rey y no Batta el primero en decirnos que la madrastra estaba al caer. Mi padre iba a hacer un buen matrimonio. Iba a casarse con la tercera hija del rey de Cafad, el más importante de esta parte del mundo. (Ahora sé por qué Cafad deseaba una alianza con un reino tan pobre como el nuestro y me pregunto cómo mi padre no vio que por entonces su suegro era un hombre acabado. Ese matrimonio daba prueba de ello).

No pudieron pasar muchas semanas antes de que se celebrara el matrimonio, pero, en mi recuerdo, fue como si los preparativos duraran casi un año. Todo el enladrillado que rodeaba la puerta principal se pintó de escarlata y trajeron tapices nuevos para la Sala de las Columnas, y un inmenso lecho real que costó al rey más de lo que era razonable gastar. Estaba hecho de una madera oriental que, según se decía, tenía la virtud de lograr que cuatro de cada cinco hijos concebidos en él fuesen varones («tonterías, pequeña —decía el Zorro—, ahí solo intervienen causas naturales»). Y, a medida que se acercaba el día, no hacían otra cosa que traer animales y sacrificarlos —todo el patio apestaba a sus pieles—, hornear y preparar comida. No obstante, a las niñas no nos quedó mucho tiempo para ir de habitación en habitación fisgando e incordiando, porque de pronto el rey se empeñó en que Redival, yo y otras doce muchachas, hijas de la nobleza, cantáramos el himno nupcial. Y nada menos que un himno griego, algo que ninguno de los reyes vecinos podría haber ofrecido.

—Pero, Señor... —dijo el Zorro, casi con lágrimas en los ojos.

—Enséñales, Zorro, enséñales —rugió mi padre—. ¿De qué me vale gastar buena comida y buena bebida para llenar ese barrigón griego si ni siquiera consigo de ti una canción griega para mi noche de bodas? ¿Qué pasa? Nadie te está pidiendo que les enseñes griego. Por supuesto que no entenderán lo que están cantando, pero harán ruido. ¡Ponte a ello, o tu espalda acabará más roja de lo que ha sido nunca tu barba!

Era un plan descabellado. Pasado el tiempo, el Zorro me dijo que enseñar ese himno a unas bárbaras como nosotras volvió gris su último cabello rojo.

—Antes era un zorro —decía—; ahora soy un tejón.

Cuando habíamos hecho algunos progresos en nuestra tarea, el rey invitó al sacerdote de Ungit a escucharnos. El temor que me inspiraba aquel hombre era muy distinto del temor a mi padre. Creo que lo que me aterraba (en aquellos primeros tiempos) era el olor sagrado que le rodeaba: el olor del templo a sangre (en su mayor parte sangre de palomas, aunque también habían sacrificado a hombres), a grasa quemada, cabello chamuscado, vino e incienso rancio. El olor de Ungit. Quizá también me asustaran sus ropas y todas esas pieles de que estaban hechas, las vejigas secas y la enorme máscara en forma de cabeza de ave que colgaba sobre su pecho. Era como si de su cuerpo estuviera naciendo un pájaro.

No entendió ni una palabra del himno ni la música, pero preguntó:

—¿Las jóvenes van a ir con velo o sin velo?

—¡Qué pregunta! —dijo el rey con una de sus grandes risotadas señalándome con el pulgar—. ¿Crees que quiero que mi reina se muera del susto? ¡Por supuesto que con velo! Y bien tupidos.

Una de las niñas soltó una risita nerviosa. Creo que fue la primera vez que entendí claramente lo fea que soy.

Mi temor a la madrastra creció aún más. Pensé que mi fealdad la haría ser más cruel conmigo que con Redival. Lo que me asustaba no era solo lo que Batta me había contado: yo también había oído miles de relatos de madrastras. Y, cuando se hizo de noche y nos reunimos todos en el pórtico con columnas, casi cegadas por las antorchas y poniendo todo nuestro empeño en cantar el himno como nos había enseñado el Zorro —que fruncía el ceño, sonreía o asentía mientras nosotras cantábamos, y en una ocasión alzó las manos horrorizado—, en mi mente danzaban las imágenes de lo que habían sufrido las niñas de esos relatos. Entonces llegaron gritos de fuera y más antorchas, y al cabo de un momento bajaron a la novia del carruaje. Su velo era tan tupido como el nuestro y lo único que pude ver fue lo pequeña que era; parecía que llevaban en brazos a una niña. Lo cual no apaciguó mis temores: «lo pequeño es perverso», dice nuestro proverbio. Luego (sin dejar de cantar) la llevamos hasta la cámara nupcial y le quitamos el velo.

Ahora sé que el rostro que contemplé era hermoso, pero entonces no me lo pareció. Solo vi que estaba asustada, más asustada que yo: aterrada incluso. Eso me hizo ver a mi padre como debió de verlo ella un momento antes, cuando tuvo su primera imagen de él aguardando de pie en el pórtico para recibirla. Su frente, su boca, su barriga, su porte y su voz no eran de los que calmarían los temores de una niña.

Fuimos despojándola, capa tras capa, de todas sus galas, haciéndola aún más pequeña, y la dejamos allí temblando —un cuerpo blanco con los ojos abiertos clavados en el lecho del rey— después de salir de una en una. Habíamos cantado fatal.

DOS

Poco puedo contar de la segunda esposa de mi padre, porque no sobrevivió a su primer año en Gloma. Se quedó encinta todo lo pronto que cabría esperar; el rey estaba eufórico y casi nunca se cruzaba con el Zorro sin hablarle del futuro príncipe. A partir de entonces, todos los meses ofrecía espléndidos sacrificios a Ungit. Ignoro cómo marchaban las cosas entre él y la reina, excepto por una ocasión en que, tras la llegada de unos mensajeros procedentes de Cafad, oí cómo el rey le decía:

—Empiezo a creer que no he elegido un buen mercado para mis ovejas, muchacha. Acabo de enterarme de que tu padre ha perdido dos ciudades... Tres, en realidad, por mucho que él intente adobar la cuestión. Habría sido de agradecer que me dijese que se estaba hundiendo antes de convencerme de subirme con él al barco.

(Mientras ellos paseaban por el jardín, yo había apoyado la cabeza en el alféizar de mi ventana después del baño para secarme el pelo). En cualquier caso, ella sentía mucha nostalgia y creo que nuestro invierno pudo más que su físico meridional. No tardó en perder color y adelgazar. Yo comprendí que no tenía nada que temer de ella. Al principio estaba más asustada que yo; y después, sin abandonar su timidez, se mostró cariñosa y más parecida a una hermana que a una madrastra. Naturalmente, la noche del parto no se acostó nadie, porque —según dicen— el niño se habría negado a venir al mundo. Nos quedamos todos sentados en el gran vestíbulo que separa la Sala de las Columnas de la alcoba real bajo el resplandor rojizo de las antorchas natalicias. Las llamas oscilaban pavorosamente a punto de consumirse, pues todas las puertas deben estar abiertas: una puerta cerrada puede sellar el vientre de la madre. En medio del vestíbulo ardía un gran fuego. De hora en hora, el sacerdote de Ungit daba nueve vueltas en torno a él y arrojaba a las llamas lo que estaba prescrito. El rey, sentado en una silla, no se levantó en toda la noche; ni siquiera movió la cabeza. Yo me senté al lado del Zorro.

—Abuelo —susurré—, tengo mucho miedo.

—Hay que aprender a no temer nada que venga de la naturaleza, niña —me contestó él, también en un susurro.

Después de eso debí de quedarme dormida, porque lo siguiente que oí fueron los mismos gritos femeninos y los mismos golpes de pecho que el día de la muerte de mi madre. Mientras dormía todo había cambiado. Temblaba de frío. El fuego estaba extinguiéndose, la silla del rey vacía, la puerta de la alcoba cerrada y los espantosos gritos que salían de ella se habían detenido. También debían de haber ofrecido algún sacrificio, porque olía a matanza y había sangre en el suelo, y el sacerdote estaba limpiando su puñal sagrado. El sueño me tenía aturdida y me desperté con una idea absurda: entrar a ver a la reina. El Zorro me alcanzó antes de llegar a la puerta de la alcoba.

—Hija mía —dijo—, ahora no. ¿Te has vuelto loca? El rey...

En ese momento la puerta se abrió de golpe para dar paso a mi padre. Su rostro acabó de despertarme del todo: estaba pálido de ira. Yo sabía que, cuando enrojecía de rabia, aullaba y amenazaba, y poco se podía hacer; pero, cuando palidecía, su ira era fatídica.

—Vino —dijo, sin alzar mucho la voz. Y eso también era mala señal.

Como suelen hacer cuando están asustados, los demás esclavos empujaron a un niño que era uno de los favoritos del rey. El muchacho, tan blanco como su señor y ataviado con sus mejores galas (mi padre llevaba muy bien vestidos a los esclavos más jóvenes), llegó corriendo con la jarra y la copa reales, resbaló en la sangre, se tambaleó y dejó caer ambas. Sin pensárselo dos veces, mi padre sacó su daga y se la clavó en el costado. El muchacho se desplomó sin vida rodeado de sangre y de vino, y su cuerpo chocó con la jarra, que salió rodando. El estrépito rompió el silencio. Hasta entonces nunca me había fijado en lo desigual que era el suelo. (Desde entonces he ordenado solarlo varias veces).

Durante un instante, mi padre clavó su mirada en la daga con expresión —a mi entender— estúpida. Luego se fue acercando lentamente al sacerdote.

—¿Y ahora qué tiene que decir Ungit de esto? —le preguntó, todavía sin alzar la voz—. Tendrán que devolverme lo que me debe. ¿Cuándo me van a pagar mis reses?

Y, tras una pausa, añadió:

—Dime, profeta ¿qué pasaría si redujera a polvo a Ungit a martillazos y te atara a ti entre la piedra y el martillo?

Pero el sacerdote no tenía ningún miedo al rey.

—Ungit escucha siempre, mi rey; incluso ahora —dijo—. Y Ungit lo recuerda todo. Lo que has dicho basta para atraer la maldición sobre toda tu descendencia.

—¡Mi descendencia! —dijo el rey—. Mi descendencia, dices...

Aún no había alzado la voz, pero estaba empezando a temblar. El hielo de su ira se rompería en cualquier momento. El cadáver del niño atrajo su mirada.

—¿Quién ha hecho esto? —preguntó.

Entonces nos vio al Zorro y a mí. Su rostro enrojeció y de su pecho brotó al fin un rugido capaz de levantar el tejado.

—¡Niñas, niñas y más niñas! —bramó—. ¡Y ahora otra! ¿Cuándo acabará esto? ¿Acaso hay una plaga en el cielo y por eso los dioses me inundan de ellas? ¡Tú! ¡Tú...!

Me agarró del pelo, me zarandeó de un lado a otro y me lanzó lejos de él; caí al suelo hecha un ovillo. Hay veces en que hasta un niño sabe que es mejor no llorar. Cuando se disipó la oscuridad y recuperé la vista, mi padre tenía al Zorro agarrado del cuello.

—Este viejo charlatán ya lleva demasiado tiempo comiendo de mi bolsillo —dijo—. Visto lo visto, más me valdría haberme comprado un perro. Pero no pienso seguir alimentando tu holgazanería. Que uno de ustedes se lo lleve mañana mismo a las minas. A estos viejos huesos bien se les puede sacar aún una semana de trabajo.

En el vestíbulo volvió a reinar un silencio mortal. De repente, el rey alzó los brazos, dio una patada en el suelo y gritó:

—¡Fuera de mi vista! ¿Qué están mirando? ¿Quieren que me enfade? ¡Largo! ¡Fuera de aquí! ¡No quiero verlos! ¡A ninguno...!

Huimos del vestíbulo tan rápido como nos lo permitieron los dinteles de las puertas.

El Zorro y yo salimos por la puerta pequeña del huerto que da al oeste. Casi había amanecido y empezaba a lloviznar.

—Abuelo —dije entre sollozos—, tienes que irte enseguida. Ahora mismo, antes de que te lleven a las minas.

Él meneó la cabeza.

—Soy demasiado viejo para llegar muy lejos —repuso—. Y ya sabes qué hace el rey con los esclavos que se escapan...

—Pero... ¡las minas! Bueno, pues me iré contigo. Si nos atrapan, diré que te obligué a marcharte. Casi habremos salido de Gloma en cuanto crucemos *eso*...

Y señalé la cima de la Montaña Gris, ahora oscura y enmarcada en un blanco amanecer que se vislumbraba en medio de una lluvia oblicua.

—¡Qué locura, hija mía! —me dijo, acariciándome como a una niña pequeña—. Pensarían que te he robado para venderte. No, tengo que huir más lejos. Y tú me ayudarás. Río abajo... ya sabes, hay una plantita con manchas color púrpura en el tallo. Necesito sus raíces.

—¿Veneno?

—Bueno... No llores, pequeña, no llores. ¿No te he dicho muchas veces que, cuando el hombre tiene una buena razón para ello, acabar voluntariamente con la propia vida no está reñido con la naturaleza? Tenemos que ver la vida como...

—Dicen que los que se marchan de ese modo acaban revolcándose en el barro... allí abajo, en el infierno.

—¡Calla, calla! ¿También tú sigues pensando como los bárbaros? Cuando morimos nos disolvemos en nuestros elementos. ¿Acaso hemos de aceptar nacer y poner reparos a...?

—Está bien, está bien. Pero, abuelo ¿de verdad no crees nada de lo que dicen acerca de los dioses y de los de Allí Abajo? ¡Sí, ya veo que sí! Estás temblando...

—Para mi vergüenza... Es mi cuerpo el que tiembla. Y no tengo por qué permitirle que zarandee al dios que hay dentro de mí. ¿Acaso no he cargado ya lo suficiente con este cuerpo para que, al final, acabe dejándome en ridículo? No perdamos el tiempo...

—¡Escucha! —dije yo—. ¿Qué es eso?

Me hallaba en tal estado que cualquier ruido me espantaba.

—Caballos —dijo el Zorro, mirando a través del seto con los ojos entornados para protegerse de la lluvia—. Están llegando al portón. Parecen mensajeros de Fars. Y eso no calmará al rey precisamente. ¿Tú...? ¡Por Zeus! Es demasiado tarde...

En ese momento oímos llamar desde dentro:

—¡Zorro! ¡Zorro! ¡El rey le llama a su presencia!

—Por mi propio pie o a rastras, ¿qué más da? —dijo el Zorro—. Adiós, hija mía.

Y me besó como lo hacen los griegos, en los ojos y en la cabeza. Aun así, le acompañé. Pensaba enfrentarme al rey, aunque todavía no sabía si para suplicarle, para insultarle o para acabar con él. Pero, al entrar en la Sala de las Columnas, vimos que estaba llena de extranjeros y el rey gritó desde la puerta abierta:

—¡Ven aquí, Zorro, tengo trabajo para ti!

Y, al verme a mí, dijo:

—¡Y tú, cara de vinagre, lárgate con las mujeres y no vengas a amargarnos a los hombres la bebida desde por la mañana!

Creo que nunca (hablando en términos puramente terrenales) he pasado tanto miedo como el resto de aquel día: ese miedo que te hace sentir un vacío entre el vientre y el pecho. No sabía si atreverme o no a hallar consuelo en las últimas palabras del rey, porque sonaron como si se hubiera esfumado su ira; pero bien podía volver a estallar de nuevo. Además, le había visto cometer crueldades no en un arrebato de cólera, sino movido por una especie de humor macabro, o porque recordaba haber jurado hacerlo cuando estaba enfadado. Ya había enviado a las minas a más de un anciano esclavo de palacio. Y no pude quedarme sola con mis miedos, porque enseguida llegó Batta a raparnos otra vez la cabeza a mí y a Redival como había hecho tras la muerte de mi madre, y a hacernos un excelente relato (sin dejar de chasquear la lengua) de cómo había muerto la reina en el parto, cosa que yo ya sabía porque había oído el duelo, y de cómo había sobrevivido la niña. Tomé asiento para el corte de pelo, pensando que, si el Zorro iba a morir en las minas, bien se merecía el sacrificio de mi cabello, el cual —lacio, apagado y ralo— fue a caer al suelo junto a los dorados rizos de Redival.

Por la tarde vino el Zorro a decirme que lo de las minas quedaba olvidado... por el momento. Lo que tantas veces había causado mi enojo esta vez se convirtió en nuestra salvación. Últimamente, cada vez con más frecuencia, el rey nos quitaba al Zorro para que trabajara con él en la Sala de las Columnas; había empezado a darse cuenta de que era capaz de hacer cálculos, de leer, redactar cartas (al principio solo en griego, pero después también en nuestra lengua) y dar consejo mejor que cualquier otro habitante de Gloma. Ese día el Zorro le había mostrado cómo cerrar un trato con el rey de Fars de un modo más favorable de lo que al rey jamás se le hubiera ocurrido. El Zorro era un griego auténtico; allí donde mi padre solo era capaz de responder con un sí o un no a algún rey vecino o a un noble peligroso, él sabía dorar hábilmente el sí y suavizar el no hasta que pasara como el vino. Podía hacer que tu enemigo más débil pensara que eras su mejor amigo y que el más fuerte te creyera el doble de fuerte de lo que eras en realidad. Era demasiado útil para enviarlo a las minas.

Al tercer día incineraron a la reina y mi padre llamó a la niña Istra.

—Un bonito nombre —dijo el Zorro—, un nombre precioso. Y tú ya sabes lo suficiente para decirme cómo se llamaría en griego.

—Psique, abuelo —repuse yo.

Los recién nacidos no eran algo poco habitual en palacio, donde proliferaban los hijos de los esclavos y los bastardos de mi padre. Algunas veces mi padre decía:

—¡Canallas lujuriosos! Cualquiera diría que esta es la casa de Ungit, no la mía.

Y amenazaba con ahogar a una docena como si se tratara de cachorros ciegos. Pero en el fondo tenía una excelente opinión de todo esclavo capaz de dejar encinta a la mitad de las doncellas de la zona, sobre todo si alumbraban a un varón. A la mayoría de las niñas, a menos que le interesaran a él, las vendía en cuanto crecían; a algunas las entregaban a la casa de Ungit. No obstante, como yo había amado (aunque solo fuera un poco) a la reina, esa misma tarde, tan pronto como el Zorro dio reposo a mi mente, fui a ver a Psique. Así, en tan solo una hora, la mayor angustia que había sufrido hasta entonces se transformó en el principio de todas mis alegrías.

La niña era muy grande, todo lo contrario de la insípida insignificancia que cabía esperar de la estatura de su madre, y de piel muy blanca. Parecía iluminar cada rincón de la habitación donde estaba acostada. Dormía y se la oía respirar débilmente. Nunca ha habido un recién nacido tan silencioso como Psique. Mientras la contemplaba, entró el Zorro de puntillas y miró por encima de mi hombro.

—Por todos los dioses —susurró—, este viejo tonto jamás habría pensado que por tu familia corría auténtica sangre divina. Ni la propia Helena recién salida del cascarón hubiera podido compararse con ella.

Batta le buscó por nodriza a una hosca mujer pelirroja, demasiado aficionada (igual que ella) al vino. Yo no tardé mucho en arrancarles a la niña de las manos. Elegí como nodriza a la mujer de un campesino libre, la más sana y honrada que fui capaz de encontrar, tras lo cual las dos se pasaban día y noche en mi alcoba. Batta estaba más que contenta de que alguien hiciera su trabajo y el rey no se enteraba de nada, y tampoco le importaba.

—Hija mía —me decía el Zorro—, aunque la niña sea tan bonita como una diosa, no te cargues de trabajo.

Pero yo me reía sin hacerle caso. Creo que en aquellos días me reí más que en todo el tiempo que llevaba vivido hasta entonces. ¿Cargarme de trabajo? Perdía más horas de sueño contemplando a Psique por puro placer que por cualquier otro motivo. Y me reía porque ella siempre se estaba riendo. Psique reía desde su tercer mes de vida. Estoy convencida de que me reconocía (por más que el Zorro dijera que no) antes de cumplir dos meses.

Aquel fue el inicio de la mejor época de mi vida. El cariño que el Zorro le tenía a la niña era fuera de lo común: yo pensaba que mucho tiempo atrás, tal vez cuando aún era libre, debió de tener una hija. Ahora parecía un auténtico abuelo. Los tres —el Zorro, Psique, yo y nadie más— estábamos siempre juntos. Redival odiaba las clases y, de no ser porque temía al rey, jamás se acercaba al Zorro. Aparentemente, el rey se había borrado a sus tres hijas de la cabeza y Redival hacía lo que quería. Estaba creciendo, sus pechos se redondeaban y sus largas piernas empezaban a cobrar forma. Prometía ser una belleza, aunque no tanto como Psique.

De la belleza de Psique —siempre conformè a su edad— solo se puede decir esto: que, una vez la habían visto, hombres y mujeres compartían la misma opinión. Su belleza solo resultaba asombrosa cuando la habías perdido de vista y pensabas en ella. Mientras estabas con Psique no te parecía sorprendente, sino la cosa más natural del mundo. Como le gustaba decir al Zorro, «guardaba armonía con la naturaleza»: era lo que cualquier mujer e incluso cualquier objeto deberían ser y estaban destinados a ser, si no fuera porque algún tropiezo del destino se lo había impedido. Es más, cuando la mirabas, por un instante te parecía no ver tacha alguna en los demás: hacía hermoso cuanto la rodeaba. Si caminaba sobre el barro, el barro cobraba belleza; si corría bajo la lluvia, la lluvia parecía de plata. Cuando atrapaba un sapo —cualquier clase de animal la atraía de un modo extraordinario y, en mi opinión, peligroso—, el sapo se volvía hermoso.

Aunque sin duda el ciclo de los años era entonces el mismo que hoy, yo los recuerdo como si solo hubiera primaveras y veranos. Creo que en aquellos años los almendros y los cerezos florecían antes y las flores duraban más; ignoro por qué el viento no las desprendía de los árboles, pues aún sigo viendo las ramas meciéndose y oscilando contra un cielo blanquiazul, y sus sombras recorriendo como el agua las colinas y montañas del cuerpo de Psique. Deseaba haberme casado solo para poder ser su madre. Deseaba ser un muchacho para que ella pudiera enamorarse de mí. Deseaba que fuera mi hermana, y no mi hermanastra. Deseaba que fuera una esclava para regalarle la libertad y colmarla de riquezas. Por entonces el Zorro se había ganado tanta confianza que, cuando mi padre no le necesitaba, tenía permiso para llevarnos a cualquier parte, incluso a millas de distancia del palacio. En verano solíamos pasar días enteros en la cima de la colina que queda al sudoeste, contemplando desde allí todo Gloma y los aledaños de la Montaña Gris. Clavábamos la mirada en aquella cresta serrada hasta sabernos de memoria cada diente y cada mella, porque ninguno habíamos llegado hasta allí ni visto lo que había al otro lado. Casi desde el principio, Psique (que era una niña despierta e inteligente) se medio enamoró de la Montaña. Y fantaseaba con ella.

—Cuando sea mayor —decía—, seré una gran, gran reina, me casaré con el mejor rey de todos y él me construirá un castillo de oro y ámbar allí arriba.

—Más hermosa que Andrómeda, más hermosa que Helena, ¡más hermosa que la propia Afrodita! —cantó el Zorro aplaudiendo.

—No tientes a la suerte con tus palabras, abuelo —le dije yo, aunque sabía que él me regañaría y se burlaría de mí por decirle aquello. Y es que, mientras él hablaba, aunque hacía tanto calor que las rocas abrasaban, sentí como si una mano delicada y glacial se posara sobre mi costado izquierdo; y me estremecí.

—¡*Babai*! —exclamó el Zorro—. Tus palabras sí que son de mal agüero. La naturaleza de los dioses no es así. Los dioses no sienten envidia.

Él podía decir lo que quisiera, pero yo sabía que no conviene hablar así de Ungit.

TRES

FUE REDIVAL QUIEN puso fin a los buenos tiempos. Siempre había tenido la cabeza a pájaros y era cada vez más casquivana, y no se le ocurrió otra cosa que ponerse a besarse y a intercambiar en susurros palabras de amor con un joven oficial de la guardia (un tal Tarin), justo debajo de la ventana de Batta, pasada una hora de la medianoche. Batta llevaba varias horas durmiendo la mona y en ese momento estaba levantada. Entrometida y chismosa como era, salió corriendo a despertar al rey, quien la cubrió de insultos, pero la creyó. Mi padre se levantó y, haciéndose acompañar de unos pocos hombres armados, salió al jardín y sorprendió a los amantes antes de que estos se dieran cuenta de que algo pasaba. El ruido despertó a toda la casa. El rey ordenó al barbero convertir a Tarin allí mismo en un eunuco (tan pronto como se recuperó, lo vendieron en Ringal). Apenas se habían transformado sus gritos en gemidos cuando el rey la emprendió con el Zorro y conmigo, echándonos la culpa de todo. ¿Por qué no había vigilado el Zorro a su pupila? ¿Y por qué no había vigilado yo a mi hermana? La cosa acabó con la estricta orden de que no volviéramos a perderla nunca de vista.

—Vayan adonde les plazca y hagan lo que les plazca —nos dijo mi padre—, pero que esta pendona no se separe de ustedes. Te lo advierto, Zorro: si deja de ser doncella antes de que le encuentre marido, acabarás gritando aún más alto que ella. Y tú, ese duende que tengo por hija, a ver si haces lo único para lo que sirves: ¡por Ungit que es increíble que, con esa cara, no asustes a los hombres!

Redival, muerta de miedo ante la ira del rey, acató sus órdenes. No se separaba de nosotros, con lo cual todo el cariño que pudiera tenernos a Psique o a mí se enfrió. Se pasaba el día bostezando, buscando pelea y burlándose de nosotras. A ojos de Redival, Psique, una niña tan alegre, tan sincera y tan obediente (en quien, según el Zorro, la Virtud había tomado forma humana), no hacía nada bien. Un día Redival la golpeó. Entonces no estuve contenta hasta que no me vi a horcajadas encima de ella, con la cara ensangrentada y con mis manos alrededor de su cuello. Fue el Zorro quien nos separó y, al final, hicimos algo parecido a las paces.

Cuando Redival se unió a nosotros, el mutuo consuelo que hallábamos los tres desapareció. A partir de entonces fueron llegando uno a uno los martillazos que acabaron destruyéndonos.

El año siguiente a mi pelea con Redival fue el primero de mala cosecha. Ese mismo año, según me contó el Zorro, mi padre buscó una alianza matrimonial con dos de las casas reales vecinas, que no quisieron saber nada de él. El mundo estaba cambiando y había quedado demostrado que la alianza con Cafad era una trampa. El cerco se estrechaba alrededor de Gloma.

También ese año sucedió un detalle que me costó más de un escalofrío. El Zorro y yo nos hallábamos inmersos en su filosofía detrás de los perales. Psique deambulaba de aquí para allá canturreando entre los árboles, hasta que llegó al límite de los jardines reales, junto al sendero. Redival fue tras ella. Yo tenía un ojo puesto en las dos y un oído en el Zorro. Me pareció que hablaban con alguien en el camino y al rato regresaron.

Redival se inclinó burlonamente dos veces delante de Psique y fingió echarse tierra por la cabeza.

—¿Por qué no honran a la diosa? —nos dijo.

—¿Qué quieres decir, Redival? —pregunté yo en tono cansado, convencida de que estaba tramando alguna maldad.

—¿No sabes que nuestra hermanastra se ha convertido en una diosa?

—¿Qué quiere decir, Istra? —pregunté (desde que Redival nos acompañaba a todas partes, yo ya no la llamaba Psique).

—Venga, hermanastra diosa, di algo —dijo Redival—. Me he hartado de escuchar lo sincera que eres, así que ahora no vas a negar que te han rendido culto.

—No es verdad —contestó Psique—. Lo único que ha pasado es que una mujer encinta me ha pedido que la besara.

—Sí, pero ¿por qué? —insistió Redival.

—Porque... porque ha dicho que, si lo hacía, su hijo sería hermoso.

—*Por ser tú tan hermosa.* No lo olvides: eso fue lo que dijo.

—¿Y qué has hecho tú, Istra?

—La he besado. Era una mujer muy amable: me gustó.

—Y no te olvides de que después ha colocado a tus pies una rama de mirto, se ha inclinado ante ti y se ha echado tierra por la cabeza —dijo Redival.

—¿Ya te había ocurrido alguna vez, Istra? —pregunté.

—Sí. Más de una.

—¿Cuántas?

—No lo sé.

—¿Dos?

—Alguna más.

—Está bien. ¿Diez veces?

—No, más. No lo sé. No me acuerdo. ¿Por qué me miras así? ¿He hecho mal?

—Es muy peligroso, mucho —le dije—. Los dioses son envidiosos. No pueden soportar que...

—No tiene ninguna importancia, hija mía —dijo el Zorro—. La naturaleza divina carece de envidia. Esos dioses (la clase de dioses en los que siempre estan pensando) son un disparate, mentiras de poetas. Lo hemos hablado cien veces.

—En fin... —bostezó Redival, tumbándose de espaldas en la hierba, dando patiditas con las piernas y exhibiendo lo que no se debe (cosa que hacía solamente para sacar de quicio al Zorro, un anciano sumamente pudoroso)—. En fin... Una hermanastra por diosa y un esclavo por consejero. ¿Quién querría ser princesa de Gloma? Me pregunto qué pensará Ungit de nuestra nueva diosa.

—No resulta fácil saber qué piensa Ungit —dijo el Zorro.

Redival se dio vuelta y posó su mejilla sobre la hierba. Luego, alzando la mirada hacia él, dijo con suavidad:

—Pero sí resulta fácil saber qué piensa el sacerdote de Ungit. ¿Quieres que lo intente?

Todos los antiguos temores que me inspiraba el sacerdote y otros futuros a los que no era capaz de poner nombre se clavaron como un puñal dentro de mí.

—Hermana —dijo Redival—, regálame el collar de piedras azules, ese que te dio madre.

—Quédatelo —repuse—. Te lo daré en cuanto entremos en casa.

—Y tú, esclavo —dijo dirigiéndose al Zorro —, cuida tus formas. Y consigue que mi padre me dé un rey por esposo: un rey joven, valiente, con la barba rubia y sano. Eres capaz de sacarle cualquier cosa a mi padre cuando te encierras con él en la Sala de las Columnas. Todo el mundo sabe que el auténtico rey de Gloma eres tú.

Un año después estalló la rebelión. La causa fue la castración de Tarin. Este no pertenecía a un gran linaje (ni a ninguno relacionado ni de cerca con una casa real) y el rey pensaba que no era tan poderoso como para cobrarse la venganza. Pero el padre de Tarin hizo causa común con otros hombres más importantes que él y unos nueve nobles relevantes del noroeste se sublevaron. Mi padre se puso al frente del ejército (cuando le vi salir a caballo con su armadura a punto estuve de amarle) y venció a los rebeldes; pero fue una carnicería para ambos bandos y, en mi opinión, se dio muerte a más hombres derrotados de los necesarios. El suceso dejó tras él una estela pestilente de desafecto; y, cuando todo hubo acabado, el rey era más débil que nunca. Ese año se produjo la segunda mala cosecha y el inicio de las fiebres. En otoño el Zorro enfermó y estuvo a las puertas de la muerte. A mí me fue imposible ocuparme de él, porque nada más caer enfermo el rey me dijo:

—Tú, niña: ahora vas a poder leer, escribir y hablar en griego. Tengo trabajo para ti. Sustituirás al Zorro.

Así que casi no salía de la Sala de las Columnas, pues en esa época había mucho que hacer. Aunque temía por la suerte del Zorro, trabajar con mi padre fue menos terrible de lo que pensaba. Llegó a odiarme algo menos. Acabó hablándome no con cariño, desde luego, pero sí amistosamente, como de hombre a hombre. Fue entonces cuando comprendí lo desesperado de su situación. Ninguna casa vecina de sangre divina (las nuestras no podían contraer matrimonio legítimo con las que no la tuvieran) tomaría por esposa a alguna de sus hijas ni le entregaría a las suyas. Los nobles empezaron a hablar entre dientes de la sucesión. Por todas partes surgían amenazas de guerra y carecíamos de fuerza para enfrentarnos a ellas.

Fue Psique quien cuidó del Zorro, por mucho que se lo prohibieran. Sí, se peleaba hasta a mordiscos con cualquiera que se interpusiera entre ella y su puerta: porque también ella tenía la sangre caliente de mi padre, aunque su ira siempre nacía del amor. El Zorro superó la enfermedad más delgado y más canoso que antes. Fíjate lo sutil que es el dios que está enemistado con nosotros. El relato de la recuperación del Zorro y de los cuidados de Psique se extendió de puertas afuera: para ello bastaron Batta como hilo conductor y un montón de chismosos más. Y pasó a convertirse en la historia de una hermosa princesa que curaba la fiebre solo con tocarte con sus manos; y, muy pronto, en que solo sus manos podían curarla. A los dos días media ciudad se agolpaba a las puertas del palacio: meros espantajos levantados de sus lechos; viejos decrépitos deseosos de salvar sus vidas, como si estas valieran las reservas de un año; niños y enfermos medio muertos trasladados en parihuelas. Los vi tras las rejas de la ventana, compadecida y temerosa de ellos, del olor a sudor, a fiebre, a ajo y a ropa nauseabunda.

—¡Princesa Istra! —gritaban—. ¡Que salga la princesa y que nos toque con sus manos! ¡Nos estamos muriendo! ¡Queremos que nos devuelva la salud!

—¡Y queremos pan! —decían otras voces—. ¡Los graneros reales! ¡Nos morimos de hambre!

Así empezaron, algo alejados de la puerta. Pero fueron acercándose. Pronto comenzaron a golpearla. Alguien dijo:

—¡Prendámosle fuego!

Detrás de ellos otras voces más débiles gritaban:

—¡Sánanos! ¡Que nos sanen las manos de la princesa!

—Tendrá que salir —dijo mi padre—. No podemos contenerlos (dos tercios de la guardia era víctima de la fiebre).

—¿De verdad puede curarlos? —le pregunté al Zorro—. ¿Fue ella la que te curó?

—Puede ser —dijo el Zorro—. Puede que la naturaleza permita que existan manos que sanan. ¿Quién sabe?

—Déjenme salir —dijo Psique—. Son nuestro pueblo.

—¡Son chusma! —dijo mi padre—. Se acordarán de lo que han hecho hoy si algún día vuelvo a tomar las riendas. Deprisa: vistan a la niña. Es evidente que le basta con su belleza... y con su carácter.

La vistieron como a una reina, le colocaron una corona de flores y abrieron la puerta. Ya sabes lo que pasa cuando derramas unas cuantas lágrimas o ni siquiera una, y toda tu cabeza sufre la carga y la presión del llanto. Eso es lo que siento yo, aún ahora, cuando recuerdo verla salir esbelta y erguida como un cetro de la oscuridad y el frío del vestíbulo al resplandor agobiante y pestilente de aquel día. En cuanto se abrió la puerta, la gente retrocedió a empujones. Creo que se esperaban una avalancha de lanceros. Pero al minuto cesaron los lamentos y los gritos. Todos los hombres y muchas mujeres de entre la multitud cayeron de rodillas. La belleza de Psique, que muchos nunca habían contemplado, obró en ellos los efectos del pánico. Luego brotó un leve murmullo, casi un sollozo, que fue creciendo hasta estallar en un grito entrecortado:

—¡Es una diosa!

Y se oyó con nitidez la voz de una mujer:

—¡Es Ungit en forma mortal!

Psique avanzó lenta y solemnemente, como una niña que va a recitar la lección, hasta fundirse con tanta vileza. Los tocó y la tocaron. Cayeron a sus pies, los besaron, así como el borde de su túnica, y su sombra, y el suelo que pisaba. Y ella siguió tocándolos y ellos tocándola. Aquello parecía no tener fin; la muchedumbre, en lugar de disminuir, crecía. Las manos de Psique se pasaron horas tocándolos. El aire era sofocante, incluso para nosotros, resguardados a la sombra del pórtico. La tierra entera y el aire suspiraban por una tormenta que ahora estábamos convencidos de que no estallaría. Vi que Psique estaba cada vez más pálida. Su paso se había vuelto vacilante.

—Esto acabará matándola, rey —dije.

—Será una lástima... —respondió él—. Si se detiene, nos matarán a todos.

Todo acabó a la caída del sol. La acostamos y, al día siguiente, despertó con fiebre. Pero la venció. En su delirio hablaba del castillo de oro y ámbar en la cima de la Montaña Gris. Ni siquiera cuando su estado fue más crítico cruzó por su rostro la muerte, como si no se atreviera a acercarse a ella. Y, cuando recobró las fuerzas, era aún más hermosa que antes. Había dejado atrás la infancia. Poseía un brillo nuevo y más solemne.

—No es raro que troyanos y aqueos padecieran tanto por una mujer como ella —elogió el Zorro—. Se parece extraordinariamente a un espíritu inmortal.

En la ciudad hubo enfermos que murieron y otros sanaron. Solo los dioses saben si quienes recobraron la salud fueron los que tocaron las manos de Psique; pero los dioses no hablan. No obstante, al principio la gente no albergaba ninguna duda. Todas las mañanas nos encontrábamos ramas de mirto y coronas de flores, y luego las tortas de miel y las palomas que se suelen ofrecer a Ungit para el sacrificio.

—¿Será esto bueno? —pregunté al Zorro.

—Yo solo temería al sacerdote de Ungit, y ha contraído la fiebre: no creo que pueda hacernos mucho daño en este momento —contestó él.

Por entonces Redival se volvió muy devota y acudía con frecuencia a la morada de Ungit para hacerle ofrendas. El Zorro y yo nos asegurábamos de que siempre la acompañara un esclavo anciano y digno de confianza que le impidiera hacer alguna travesura. Yo pensaba que iba a implorar un marido (lo deseaba desesperadamente desde

que el rey, en cierto modo, la encadenara al Zorro y a mí)
y que estaba tan contenta de perdernos de vista durante
una hora como nosotros de perderla de vista a ella. Aun
así, le advertí que de camino no hablara con nadie.

—No te preocupes, hermana —dijo Redival—. No
es a mí a quien adoran, ¿sabes? Yo no soy una diosa.
Desde que han visto a Istra, es tan poco probable que los
hombres me miren a mí como a ti.

CUATRO

HASTA ENTONCES YO ignoraba cómo era el pueblo llano: de ahí que su devoción a Psique, que por un lado me asustaba, por otro me hacía sentirme segura. Mi mente estaba confusa: unas veces pensaba en lo que el poder divino de Ungit podía hacer con los mortales que le robaran el honor, y otras pensaba en lo que el sacerdote y nuestros enemigos de la ciudad (y mi padre tenía muchos) podían lograr con sus lenguas, sus piedras o sus lanzas, frente a las cuales el amor que el pueblo profesaba a Psique me parecía un escudo.

Aquello no duró mucho. Y es que ahora la muchedumbre sabía que las puertas del palacio podían abrirse solo con aporrearlas. Antes de que Psique sanara de la fiebre, volvieron a presentarse a las puertas gritando:

—¡Queremos grano! Nos morimos de hambre. ¡Abran los graneros reales!

Esta vez el rey hizo un reparto.

—No vuelvan —dijo—. No me queda nada que darles. ¡En el nombre de Ungit! ¿Creen que soy capaz de fabricar grano cuando los campos no lo dan?

—¿Y por qué no lo dan? —dijo una voz surgida de detrás de la multitud.

—¿Dónde están tus hijos, rey? —añadió otra—. ¿Dónde está el príncipe?

—El rey de Fars tiene trece —dijo otra más.

—Los reyes estériles hacen estériles los campos —dijo una cuarta.

Esta vez el rey identificó al que había hablado e hizo una seña a uno de los arqueros que estaba junto a él. En menos de lo que dura un parpadeo, una flecha atravesó la garganta del autor de esas palabras y la muchedumbre salió corriendo. Pero fue una locura: mi padre debería haber matado o bien a nadie, o bien a la mayoría. No obstante, tenía razón cuando decía que no podía hacer más repartos. Era el segundo año de mala cosecha y en el granero solo quedaban las semillas para nuestra cosecha. También en el palacio subsistíamos prácticamente a base de puerros, pan de habas y cerveza floja. Tuve que utilizar mil artimañas para conseguir algo decente que darle a Psique cuando estaba recuperándose de la fiebre.

Esto es lo que sucedió a continuación. Poco después de la curación de Psique, abandoné la Sala de las Columnas donde había estado trabajando para el rey (que volvió a acaparar al Zorro después de despedirme) y me dediqué a vigilar a Redival, quien suponía para mí una preocupación permanente. El rey no habría tenido reparo alguno en echarme en cara no haberla vigilado después de haber sido él quien me apartó de Redival para que dedicara todo el día a sus asuntos. Entonces volví a encontrármela acompañada de Batta de regreso de una de sus visitas a la morada de Ungit. En aquella época las dos eran inseparables.

—No hace falta que me vigiles, hermana y carcelera mía —dijo Redival—. Yo estoy a salvo. Ahí no está el peligro. ¿Cuándo has visto a la pequeña diosa por última vez? ¿Dónde está tu querida hermanastra?

—Me imagino que en el jardín —repuse yo—. Y, en cuanto a lo de *pequeña*, te saca media cabeza.

—¡Pido clemencia! ¿He blasfemado quizá? ¿Me aniquilarán sus rayos? Es verdad que está alta. Lo suficiente para hacerse ver hace media hora a mucha distancia de aquí, en un callejón cerca del mercado. Las hijas de reyes no suelen deambular por ahí solas, pero me imagino que las diosas sí pueden hacerlo.

—¿Istra anda sola por la ciudad? —pregunté.

—Desde luego lo estaba —cotorreó Batta—: corriendo por ahí con la túnica recogida. Así... (A Batta no se le daban bien las imitaciones, pero se pasaba el día practicándolas: ese es el recuerdo que tengo desde mi infancia). Habría ido detrás de esa desvergonzada de no ser porque desapareció por una puerta.

—Es cierto —dije—. La muchacha debía ser más sensata, pero no hará nada malo y nadie le hará nada malo a ella.

—¡Así que no le harán nada malo! —dijo Batta—. Ya veremos...

—Estás loca, aya —le dije yo—. Hace seis días el pueblo la adoraba.

—Eso no lo sé —replicó Batta (que lo sabía perfectamente)—. Pero hoy no creo que la adoren. Ya sabía yo lo que pasaría con tanto tocar y tanto bendecir: ¡menuda ocurrencia! La peste ha empeorado. Ayer murieron un centenar de personas: me lo ha contado el cuñado de la mujer del herrero. Dicen que sus manos no sanaron la fiebre, sino que la propagaron. He hablado con una mujer a cuyo anciano padre tocó la princesa: murió antes de estar de vuelta en su casa. Y no ha sido el único. ¡Si alguien hubiera escuchado a la vieja Batta!

Desde luego, no sería yo quien siguiera escuchándola. Salí al pórtico y estuve oteando la ciudad más de media hora. Vi cómo las sombras de las columnas se transformaban lentamente: así comprendí que las cosas que sabemos desde que nos destetan pueden parecer nuevas y extrañas, casi enemigas. Por fin vi acercarse a Psique, agotada pero con prisa. Me agarró de la muñeca y tragó saliva, como ahogando un sollozo en la garganta; y me arrastró de la mano hasta mi alcoba. Entonces me hizo sentarme y se tiró al suelo, apoyando la cabeza en mis rodillas. Pensé que estaba llorando, pero cuando por fin alzó el rostro no había en él ni rastro de lágrimas.

—Hermana —dijo—, ¿qué es lo que pasa? A mí, me refiero...

—¿A ti, Psique? —repuse yo—. Nada. ¿Qué quieres decir?

—¿Por qué me llaman la Maldita?

—¿Quién se ha atrevido a llamarte así? Le arrancaremos la lengua. ¿Dónde has estado?

Entonces se desveló el misterio. Psique se había ido a la ciudad (una locura, en mi opinión) sin decir nada a nadie. Se había enterado de que su nodriza, la mujer libre contratada por mí para amamantarla, que ahora vivía en la ciudad, había contraído la fiebre. Y ella fue a tocarla con sus manos.

—Todos dicen que mis manos sanan y... ¿quién sabe? Quizá sea cierto. Yo noto como si fuera cierto...

Cuando le dije que había cometido un error, me di cuenta de cuánto había crecido desde su enfermedad: porque, en lugar de aceptar la reprimenda como una niña o de defenderse como una niña, se quedó mirándome con grave serenidad, casi como si tuviera más años que yo. Sentí una punzada en el corazón.

—¿Quién te ha insultado? —pregunté.

—Todo fue bien hasta que salí de casa de mi nodriza; aunque en la calle nadie me saludaba y creo que una o dos mujeres se recogieron las faldas y se apartaron cuando pasé a su lado. En el camino de vuelta, primero un niño —un niño precioso, no debía de tener ni ocho años— se me quedó mirando y escupió al suelo. «¡Maleducado!», le dije, y me reí y le tendí la mano. Me miró frunciendo el ceño, tan enfadado como un diablejo. Luego perdió el valor y salió gritando antes de desaparecer detrás de una puerta. La calle estaba desierta; pero, al rato, tuve que pasar junto a un corro de hombres. Me lanzaron miradas airadas y, en cuanto les di la espalda, empezaron a decir: «¡Es la Maldita! ¡Está maldita! Se ha hecho diosa a sí misma». Y uno dijo: «No está maldita: es la maldición en persona». Y se pusieron a lanzarme piedras. No me ha pasado nada, pero he tenido que echar a correr. ¿Qué significa todo esto? ¿Qué les he hecho?

—¿Que qué les has hecho? —repuse yo—. Los curaste, los bendijiste y cargaste con su enfermedad. Y así lo agradecen... ¡Los haría pedazos! Levántate, pequeña, vamos. Seguimos siendo las hijas del rey. Acudiré a él. Puede pegarme y arrastrarme de los cabellos si quiere, pero esto tiene que oírlo. ¡Y encima piden pan! Les... les...

—Calla, hermana, calla —dijo Psique—. No puedo soportar que el rey te haga daño. Y estoy muy cansada. Quiero cenar. No te enojes: cuando dices esas cosas, te pareces a padre. Vamos a cenar aquí tú y yo. Hace mucho que presiento que algún mal se cierne sobre nosotros, pero no creo que suceda esta noche. Daré una palmada para llamar a las criadas.

Aunque, viniendo de ella, las palabras «te pareces a padre» me infligieron una herida que a veces aún me duele, dejé correr la ira y me di por vencida. Cenamos juntas y convertimos nuestra pobre pitanza en bromas y juegos; en cierto sentido, fuimos felices. Hay algo que los dioses no han podido arrebatarme: soy capaz de recordar cuanto dijo e hizo esa noche, así como su aspecto en cada instante.

Pese a los presagios de mi corazón, nuestra ruina (ni siquiera entonces tenía una clara visión de cuál sería) no sobrevino al día siguiente. Pasaron muchos días en los que no ocurrió nada en Gloma, a no ser el progresivo y constante empeoramiento de todo. El Shennit era tan solo un hilillo de agua que corría entre charco y charco y zonas de barro seco. Un cadáver de río hediondo. Murieron los peces y las aves, excepto las que huyeron. Murió el ganado, o bien fue sacrificado, si es que merecía la pena. Murieron las abejas. Los leones, de los que hacía cuarenta años que no se oía hablar en el territorio, cruzaron la cima de la Montaña Gris y se llevaron buena parte de las pocas ovejas que nos quedaban. La peste no acababa. Me pasé aquellos días aguardando y escuchando, vigilando (siempre que podía) a cualquiera que saliera o entrara en el palacio. Me vino bien que el rey nos diera mucho trabajo al Zorro y a mí en la Sala de las Columnas. Todos los días llegaban mensajeros y misivas de los reyes vecinos pidiendo cosas imposibles o antagónicas, resucitando antiguas disputas o reivindicando viejas promesas. Sabían lo que ocurría en Gloma y se lanzaron sobre nosotros como moscas y cuervos rondando a una oveja muerta. Cada mañana mi padre pasaba de la ira a la calma una docena de veces. Cuando se enojaba, abofeteaba al Zorro o me tiraba a mí de las orejas y el pelo; y, entre acceso y acceso de rabia, las lágrimas acudían a sus ojos y nos hablaba como un niño que necesita ayuda más que como un rey en busca de consejo.

—¡Estamos atrapados! —decía—. No hay salida. Me harán pedazos. ¿Qué habré hecho para que caigan sobre mí tantas desgracias? Siempre he sido un hombre temeroso de los dioses.

Lo único positivo que ocurrió aquellos días fue que, al parecer, la fiebre iba desapareciendo del palacio. Perdimos muchos buenos esclavos, pero con los soldados tuvimos más suerte. Tan solo murió uno y el resto retomó sus tareas.

Entonces nos enteramos de que el sacerdote de Ungit había superado la fiebre. Tras una larga enfermedad (porque, después de contraerla, consiguió vencerla una vez antes de recaer), era un milagro que siguiese con vida. Curiosamente y por desgracia, la enfermedad acababa más fácilmente con los jóvenes que con los ancianos. Siete días después de recibir estas noticias, el sacerdote se presentó en palacio. El rey, que lo vio venir (igual que yo) desde las ventanas de la Sala de las Columnas, dijo:

—¿Qué hace esa vieja carroña presentándose aquí con medio ejército?

En efecto, su litera iba seguida de numerosos lanceros, porque la casa de Ungit cuenta con su propia guardia y el sacerdote iba acompañado de buena parte de ella. A cierta distancia de nuestras puertas posaron sus lanzas en el suelo y solo se acercó al pórtico la litera.

—Mejor que no se acerquen —dijo el rey—. ¿Será una señal de traición o solo de fanfarronería?

Luego dio algunas órdenes al capitán de su guardia. No creo que esperara librar un combate, pero yo, que aún era joven, sí albergaba esa esperanza. Nunca había visto un combate entre hombres y, siendo tan necia como cualquier niña en ese aspecto, en lugar de sentir miedo notaba un leve cosquilleo que me causaba cierto placer.

Los porteadores dejaron la litera en el suelo y ayudaron a salir al sacerdote. Ya era muy viejo y estaba ciego, y lo guiaban dos jóvenes del templo, cuyo aspecto ya conocía, aunque solo las había visto en la morada de Ungit a la luz de las antorchas. Bajo el sol ofrecían un aspecto extraño, con sus pezones dorados, sus enormes pelucas rubias y unos rostros tan pintados que parecían máscaras de madera. Solo ellas y el sacerdote, que caminaba apoyándose en sus hombros, entraron en palacio. Una vez dentro, mi padre ordenó a nuestros hombres cerrar y atrancar la puerta.

—El viejo lobo no se metería en esta trampa si quisiera jugármela —dijo—, pero más vale asegurarse.

Las jóvenes del templo condujeron al sacerdote hasta la Sala de las Columnas, donde le ofrecieron una silla y le ayudaron a tomar asiento. Estaba sin aliento y se quedó un rato sentado antes de empezar a hablar, masticando con las encías como suelen hacer los ancianos. Las jóvenes flanqueaban su silla muy erguidas, con los ojos asomando entre la máscara de pintura clavados al frente. La sala se llenó del olor a la vejez, y del de los aceites y perfumes que llevaban las jóvenes, y del olor de Ungit. Un intenso olor a algo sagrado.

CINCO

MI PADRE SALUDÓ al sacerdote, se congratuló de su recuperación y pidió que le trajeran vino. Pero el sacerdote
alzó la mano diciendo:

—No, rey. He hecho un voto solemne de que ninguna bebida y ningún alimento toque mis labios hasta
haber transmitido mi mensaje.

Ahora hablaba con bastante precisión, aunque débilmente, y me fijé en que había adelgazado mucho desde
su enfermedad.

—Como desees, siervo de Ungit —dijo el rey—. ¿De
qué mensaje se trata?

—Te hablo en nombre de Ungit y en nombre de todo
el pueblo y de los ancianos y nobles de Gloma.

—¿Así que te envían con un mensaje?

—Sí. Nos reunimos todos (o quienes representamos
a todos) ayer noche, hasta el amanecer, en la morada de
Ungit.

—¡Caramba! —dijo mi padre frunciendo el ceño—.
Eso de reunirse en asamblea sin que los convoque el rey
es una novedad; y más novedad aún reunirse y no avisar
al rey.

—No había razón alguna para avisarte, rey, pues no nos reunimos para escucharte a ti, sino para decidir lo que íbamos a decirte.

La mirada de mi padre se ensombreció.

—Y, una vez reunidos —continuó el sacerdote—, hemos hecho recuento de todas las desgracias que hemos sufrido. En primer lugar, el hambre, que va en aumento. En segundo lugar, la peste. En tercer lugar, la sequía. En cuarto lugar, la certeza de una nueva guerra la próxima primavera, a más tardar. En quinto lugar, los leones. Y, por último, tu falta de hijos varones, que Ungit aborrece...

—¡Basta, viejo loco! —vociferó el rey—. ¿Te crees que necesito que tú o cualquier otro sabelotodo me diga dónde me aprieta el calzado? Así que Ungit la aborrece... ¿Y por qué no la enmienda? Le he llevado montones de machos, de carneros y de cabras: si los sumamos todos, es sangre suficiente para que un barco navegue en ella.

El sacerdote alzó de golpe la cabeza como si, pese a su ceguera, estuviera mirando al rey. Entonces vi aún mejor cuánto lo había cambiado la pérdida de peso. Parecía un buitre. Me inspiró más miedo que nunca. El rey bajó los ojos.

—Ni los toros, ni los carneros, ni las cabras se ganarán el favor de Ungit mientras el territorio sea impuro —replicó el sacerdote—. Después de haber servido a Ungit cincuenta años (no: sesenta y tres), una cosa me ha quedado clara. Su ira nunca se despierta sin motivo y nunca se extingue sin expiación. Le he hecho ofrendas en nombre de tu padre y del padre de tu padre, y siempre ha ocurrido lo mismo. Mucho antes de que tú nacieras nos invadió el rey de Esur; quien motivó la guerra fue un hombre del ejército de tu abuelo que yació con su hermana y mató al hijo concebido. Él era el Maldito. Lo descubrimos y expiamos su pecado, y los hombres de Gloma cazaron a los de Esur como a moscas. Tu propio padre podría haberte contado cómo una mujer, casi una niña, maldijo en secreto al hijo de Ungit, el dios de la Montaña. Por su culpa llegaron las riadas. La descubrimos y expiamos su pecado, y las aguas del Shennit regresaron a su cauce. Ella era la Maldita. Ahora las señales que te he expuesto indican que la ira de Ungit nunca (al menos hasta donde me alcanza la memoria) ha sido mayor. Por eso nos reunimos anoche en su morada. «Tenemos que encontrar al Maldito», dijimos. Todos los hombres sabían que cualquiera de ellos podía ser el Maldito, pero nadie protestó. Tampoco yo dije una palabra, aunque sabía que el Maldito podía ser incluso yo... o tú, rey. Porque todos sabemos (puedes darlo por seguro) que ninguno de nuestros males sanará mientras el territorio no sea purgado. Hay que vengar a Ungit. Y no se contentará con un toro o un carnero.

—¿Quieres decir que desea un hombre? —preguntó el rey.

—Sí —contestó el sacerdote—. O una mujer...

—Si creen que, tal y como están las cosas, puedo entregarle a un prisionero de guerra, se han vuelto locos. La próxima vez que atrapemos a un ladrón le pueden cortar el cuello si quieren encima de Ungit.

—No basta con eso, rey, y lo sabes. Hemos de encontrar al Maldito. Y ella (o él) debe morir por el rito de la Gran Ofrenda. ¿Acaso es un ladrón más que un toro o un carnero? No puede tratarse de un sacrificio corriente.

Tiene que celebrarse la Gran Ofrenda. Han vuelto a ver a la Bestia. Y, cuando aparece, hay que hacer la Gran Ofrenda. Así es como hay que entregar al Maldito.

—¿La Bestia? Es la primera vez que oigo hablar de ella.

—Es posible. Da la impresión de que los reyes no oyen demasiado, ni siquiera lo que ocurre en su propio palacio. Pero yo sí. Me quedo despierto hasta altas horas de la noche y Ungit me habla. La escucho hablar de las cosas horribles que se hacen en nuestras tierras, de mortales que imitan a los dioses y les roban el culto que merecen.

Miré al Zorro y, sin ruido, solo moviendo los labios, dije:

—Redival.

El rey se puso a andar de un lado a otro de la habitación con las manos agarradas a la espalda y agitando los dedos.

—Chocheas —le dijo—. Lo de la Bestia es un cuento de mi abuela.

—Puede ser —repuso el Zorro—, porque fue en vida de ella cuando se vio a la Bestia por última vez. Hicimos la Gran Ofrenda y desapareció.

—¿Quién ha visto a la Bestia? —preguntó mi padre—. ¿Qué aspecto tiene?

—Los que la han visto de cerca poco pueden decir del aspecto que tiene. Y la han visto hace poco. Tu pastor mayor de la Montaña Gris la vio la noche de la aparición del primer león. Se lanzó sobre él con una antorcha encendida. Y detrás del león, a la luz de la antorcha, vio a la Bestia: una silueta horrible, enorme y muy oscura.

Mientras el sacerdote hablaba, los pasos del rey lo habían acercado a la mesa a la que estábamos sentados el Zorro y yo con nuestras pizarras y demás útiles de escritura. El Zorro se deslizó en el banco y susurró algo al oído de mi padre.

—Bien dicho, Zorro —murmuró el rey—. Habla. Díselo al sacerdote.

—Con permiso del rey —dijo el Zorro—. El relato del pastor no es demasiado fiable. Si el hombre llevaba una antorcha, por fuerza tenía que haber detrás del león una sombra enorme y muy oscura. El hombre estaba aterrado y se acababa de despertar. Creyó que la sombra era un monstruo.

—Así hablan los sabios griegos —dijo el sacerdote—. Pero Gloma no escucha consejos de los esclavos, por mucho que sean los favoritos del rey. ¿Y qué pasa si la Bestia era una sombra, rey? Muchos dicen que es una sombra. Pero cuídate mucho de que esa sombra empiece a bajar a la ciudad. Tú tienes sangre divina y sin duda no conoces el miedo. Pero el pueblo sí. Y su miedo será tan grande que ni siquiera yo podré contenerlo. Quemarán el palacio contigo dentro. Te encerrarán en él antes de prenderle fuego. Más te vale hacer la Gran Ofrenda.

—¿Y en qué consiste? —preguntó el rey—. En mis tiempos no se ha hecho ninguna.

—No se celebra en la morada de Ungit —contestó el sacerdote—. Hay que entregar a la víctima a la Bestia. Porque, en virtud de algún arcano, la Bestia es la propia Ungit o su propio hijo, el dios de la Montaña... o ambos. Se sube a la víctima hasta el Árbol Sagrado de la montaña, se la ata a él y se la deja allí. Entonces llega la Bestia.

Por eso has causado la ira de Ungit al hablar de ofrecerle un ladrón. En la Gran Ofrenda la víctima debe ser perfecta. El lenguaje sagrado dice que el hombre así ofrecido es esposo de Ungit, y la mujer la esposa del hijo de Ungit. A ambos los llama la Cena de la Bestia. Cuando la Bestia es Ungit, yace con el hombre; cuando es su hijo, yace con la mujer. En ambos casos los devoran... Se dicen muchas cosas, hay muchas historias sagradas, muchos misterios. Hay quien dice que el amor y el acto de devorarlos son lo mismo. Porque, en el lenguaje sagrado, la mujer que yace con un hombre lo devora. Por eso desvarías cuando piensas que un ladrón, o un viejo esclavo en las últimas, o un cobarde capturado en el campo de batalla pueden servir para la Gran Ofrenda. Lo mejor de estas tierras no es lo bastante bueno para ese rito.

Vi cómo la frente del rey se perlaba de sudor. El ambiente sagrado y el terror a lo divino seguían impregnando la habitación. De pronto saltó el Zorro:

—Señor, déjame hablar a mí.

—Habla —dijo el rey.

—¿No ves, señor, que lo que dice el sacerdote no tiene sentido? —preguntó el Zorro—. Una sombra que es un animal, que también es una diosa, que también es un dios; y que amar es lo mismo que devorar... Ni un niño de seis años diría tantas tonterías. Hace un momento la víctima de esa ofrenda abominable tenía que ser el Maldito, la persona más depravada de nuestras tierras, entregada como castigo. Y ahora resulta que tiene que ser lo mejor de nuestras tierras, la víctima perfecta, ofrecida en matrimonio al dios como recompensa. Pregúntale qué quiere decir. O una cosa u otra.

Si es que se había despertado alguna confianza en mí cuando el Zorro empezó a hablar, se extinguió en aquel momento. Esas maneras no podían traer consigo nada bueno. Yo sabía lo que le ocurría al Zorro: había olvidado todos sus ardides y, en cierto modo, incluso el amor y los temores que le inspiraba Psique, simplemente porque las palabras del sacerdote acabaron con su paciencia. (He comprobado que a cualquier hombre inteligente y de lengua rápida, sea o no griego, le ocurre lo mismo).

—Mucha sabiduría griega estamos escuchando esta mañana, rey... —dijo el sacerdote—. Pero yo ya la he escuchado antes. No necesito que ningún esclavo me instruya en ella. Es muy sutil, pero no trae la lluvia ni hace crecer el grano, cosa que los sacrificios sí consiguen. Tampoco les infunde mucha audacia a los griegos cuando ven llegar la muerte. Este griego es tu esclavo porque en alguna batalla arrojó las armas y dejó que le ataran las manos para llevárselo y venderlo, en lugar de clavarse una lanza en el corazón. Y mucho menos les permite entender lo sagrado. Quieren verlo con claridad, como si los dioses no fueran más que letras escritas en un libro. Yo, rey, he tratado a los dioses durante tres generaciones de hombres y sé que deslumbran nuestros ojos y que emergen y se sumergen como el agua arremolinada de un río, y nada de lo que se dice claramente acerca de ellos puede afirmarse con certeza. Los lugares sagrados son lugares enigmáticos. Lo que recibimos de ellos es vida y fuerza, y no conocimientos y palabras. La sabiduría sagrada no es clara y fina como el agua, sino espesa y oscura como la sangre. ¿Por qué no puede ser el Maldito lo mejor y lo peor al mismo tiempo?

A medida que hablaba, el sacerdote se iba pareciendo cada vez más a un ave demacrada, no muy diferente de la máscara de pájaro que reposaba sobre sus rodillas. Y su voz, pese a no ser potente, ya no temblaba como la de un anciano. El Zorro tomó asiento con la espalda encorvada y los ojos fijos en la mesa. Creo que la alusión a su captura en la guerra fue como un hierro candente aplicado sobre una herida en su alma. De haber tenido poder para ello, en ese momento habría ahorcado al sacerdote y nombrado rey al Zorro; pero era muy fácil adivinar de qué lado estaba el poder.

—Está bien —dijo el rey, acelerando las zancadas—, quizá todo eso sea verdad. No soy ni sacerdote ni hijo de griego. Dicen que soy el rey. ¿Qué más?

—Por eso, con intención de descubrir al Maldito —continuó el sacerdote—, lanzamos las suertes sagradas. Lo primero que preguntamos es si el Maldito se encontraba entre el pueblo. Y las suertes dijeron que no.

—Sigue, sigue... —dijo el rey.

—No puedo hablar más rápido —contestó el sacerdote—. Me quedo sin aliento... Luego preguntamos si se hallaba entre los ancianos. Y las suertes dijeron que no.

El rostro del rey se cubrió de extrañas manchas: su miedo y su ira equilibraban la balanza, y ni él ni nadie sabía a favor de cuál se inclinaría.

—Entonces preguntamos si se encontraba entre los nobles. Y las suertes dijeron que no.

—¿Y qué preguntaste después? —dijo el rey, acercándose rápidamente a él y hablando con voz tenue.

El sacerdote contestó:

—Entonces preguntamos: «¿Está en casa del rey?». Y las suertes dijeron que sí.

—¡Ya! —dijo el rey, casi sin aliento—. Es lo que me temía. Lo sospechaba desde el principio. La traición oculta bajo un nuevo manto. Traición...

Y gritó más alto:

—¡Traición!

Un instante después estaba en la puerta vociferando:

—¡Traición! ¡Guardias! ¡Bardia! ¿Dónde está mi guardia? ¿Dónde está Bardia? Manden llamar a Bardia. Se oyó una avalancha y el sonido del metal, y los guardias acudieron a la carrera. Bardia, el capitán, hombre leal donde los haya, entró en la sala.

—Bardia —dijo el rey—, hoy hay demasiada gente por aquí. Toma los hombres que creas necesarios y carga contra los rebeldes que aguardan con sus lanzas al otro lado de las puertas. No los ahuyentes: mátalos. Mátalos ¿entiendes? No dejes ni uno solo con vida.

—¿Matar a los guardias del templo, rey? —dijo Bardia, pasando la mirada del rey al sacerdote y de este al rey.

—¡Son ratas del templo, alcahuetes del templo! —gritó el rey—. ¿Te has vuelto sordo? ¿Es que tienes miedo? Yo...

La ira le hizo atragantarse.

—Eso es una locura, rey —dijo el sacerdote—. Todo Gloma está en armas. Ahora mismo hay una partida de hombres en cada puerta del palacio. Por cada uno de tus guardias nosotros tenemos diez. Y no pelearán. ¿Vas a pelear contra Ungit, Bardia?

—¿Me vas a abandonar, Bardia? —preguntó el rey—. ¿Después de comer de mi pan? Hubo un día en el bosque de Varin en que te alegraste de que mi escudo te protegiera.

—Ese día me salvaste la vida, rey —contestó Bardia—. Jamás lo negaré. Ojalá Ungit me obligue a hacer lo mismo por ti: la próxima primavera, casi con certeza. Estaré del lado del rey y de los dioses de Gloma mientras viva. Pero si el rey y los dioses disputan, los grandes tendrán que llegar a un acuerdo. No pienso luchar contra poderes y espíritus.

—¡Eres... eres un gallina! —chilló el rey con la voz tan aguda como una flauta. Y añadió:— ¡Fuera de aquí! Luego hablaremos...

Bardia saludó y se retiró: su rostro revelaba que los insultos del rey le importaban tanto como a un perro adulto un cachorrillo que pretende enfrentarse a él.

Nada más cerrarse la puerta, el rey, callado y pálido de nuevo, sacó su daga (la misma con que dio muerte al paje el día del nacimiento de Psique), se acercó con tres zancadas felinas a la silla del sacerdote, empujó con el hombro a las dos jóvenes y atravesó las ropas del sacerdote con la punta de la daga hasta tocar su piel.

—¿Y ahora qué planes tienes, viejo loco? —dijo—. ¿Notas el pinchazo? ¿Te hago cosquillas? ¿Así... o así? Te puedo atravesar el corazón tan rápido o tan despacio como me plazca. Puede que las avispas estén fuera, pero yo tengo a la reina del avispero. ¿Qué vas a hacer ahora?

Nunca (hablando en términos meramente terrenales) he visto nada tan extraordinario como la serenidad del sacerdote. Casi ningún hombre es capaz de conservar la calma cuando un dedo, y mucho menos una daga, se coloca en el hueco entre dos de sus costillas. Pero el sacerdote la conservó. Ni siquiera sus manos se agarraron a los brazos de la silla. Sin mover la cabeza ni alterar la voz, dijo:

—Enváinala, rey, tan rápido o tan despacio como te plazca: da igual. Ten por seguro que la Gran Ofrenda se celebrará conmigo vivo o muerto. Estoy aquí por el poder de Ungit. Mientras me quede aliento, seré su voz. Y quizá después también. Un sacerdote no muere del todo. Si me matas, puede que visite tu palacio más a menudo, de día y de noche. Los demás no me verán, pero creo que tú sí.

La cosa empeoraba. El Zorro me había enseñado a pensar en el sacerdote (cuando no a hablar de él) como un mero intrigante y un político que ponía en boca de Ungit todo lo que pudiera acrecentar su poder y sus tierras o hacer daño a sus enemigos. Entonces comprendí que no era así. El sacerdote creía en Ungit. Verlo allí sentado con la daga pinchándole y su ciega mirada clavada en el rey sin un leve parpadeo me lo confirmó. Nuestro enemigo no era mortal. La habitación estaba llena de espíritus y de un temor sagrado.

Con un grito brutal a medio camino entre el rugido y el gemido, mi padre se apartó del sacerdote y se dejó caer en su silla; luego se reclinó, se pasó las manos por el rostro y se frotó los cabellos como un hombre cansado.

—Venga, acaba —dijo.

—Después —dijo el sacerdote— preguntamos si el rey era el Maldito, y las suertes dijeron que no.

—¿Cómo? —dijo el rey; y nunca en mi vida podré volver a contar nada más ignominioso. Su rostro se iluminó. Le faltó un pelo para sonreír. Yo pensaba que todo ese tiempo había visto la flecha apuntando hacia Psique, que había temido y luchado por ella. Pero él no pensaba en Psique ni en ninguno de nosotros. Aun así, sé de buena tinta que era un hombre bastante valeroso en el campo de batalla.

—Continúa —dijo. Pero su voz había cambiado, había rejuvenecido, como si le hubieran quitado diez años de encima.

—La suerte señaló a tu hija pequeña, rey. Ella es la Maldita. La princesa Istra tiene que ser la Gran Ofrenda.

—Eso es muy duro —dijo el rey con cierta gravedad y tristeza, aunque yo sabía que estaba actuando. Ocultaba lo aliviado que se sentía. Enloquecí. Al instante, me arrojé a sus pies, agarrándome a sus rodillas como lo hacen las suplicantes, balbuceando cualquier cosa, llorando, rogando, llamándolo padre: un nombre que nunca hasta entonces le había dado. Creo que el espectáculo le divertía. Intentó apartarme a patadas y, mientras seguía aferrada a sus pies, arrastrándome, con el rostro y el pecho magullados, se levantó, me agarró por los hombros y me lanzó al suelo con todas sus fuerzas.

—¡Tú! —gritó—. ¿Cómo te atreves a alzar la voz en medio de un consejo de hombres? ¡Zorra, puerca, raíz de mandrágora! ¿Acaso no me basta con los infortunios, las desgracias y los horrores bajo los que me han sepultado los dioses para que ahora vengas tú a arañarme con tus zarpas? Si te hubiera dejado, te habría faltado tiempo para morderme. ¡Cara de arpía! Te has salvado por los pelos de que te mande azotar por la guardia. ¡En el nombre de Ungit! ¿No son suficientes los dioses, los sacerdotes, los leones, las sombras de las bestias, los traidores y los cobardes, para que me hostiguen también mis hijas?

Creo que, cuanto más despotricaba, mejor se iba sintiendo. Yo había perdido el aliento y era incapaz de llorar, de levantarme o de pronunciar palabra. Por encima de mi cabeza los oía hablar, trazando sus planes para la muerte de Psique. La encerrarían en su alcoba... No: mejor en la habitación de las cinco paredes, que era más segura. La guardia del templo reforzaría a la nuestra; toda la casa tendría que estar vigilada, porque el pueblo era como una veleta: podía cambiar de opinión e incluso acudir en su rescate. Hablaban con moderación y prudencia, como si estuvieran preparando un viaje o un festín. Entonces me sumergí en la oscuridad en medio de un ruido atronador.

SEIS

—ESTÁ VOLVIENDO EN SÍ —oí decir a mi padre—. Agárrala de ese lado, Zorro, y sentémosla en la silla.

Me levantaron entre los dos: las manos de mi padre eran más suaves de lo que cabía esperar. Desde entonces he tenido ocasión de comprobar que las manos de los soldados suelen serlo. Estábamos los tres solos.

—Venga, muchacha, esto te vendrá bien —dijo, después de sentarme en la silla y acercarme una copa de vino a los labios—. ¡Vaya! La estás derramando como si fueras una niña. Despacio... Así mejor. Si aún queda un pedazo de carne cruda que comer en este asqueroso palacio, póntelo en los moratones. ¿Ves, hija mía?: no deberías haberme enfadado tanto. Un hombre no puede permitir que las mujeres, y menos aún sus hijas, se metan en sus asuntos.

Daba la impresión de estar casi avergonzado, quién sabe si por haberme golpeado o por entregar a Psique sin presentar batalla. Ahora me parecía un rey vil y despreciable.

Dejó la copa.

—Hay que hacerlo —dijo—. De nada servirán los lloros ni los arañazos. El Zorro me acaba de decir que estas cosas se hacen incluso en esas tierras griegas que tanto te gustan... Y empiezo a pensar que cometí una locura permitiéndote oír hablar de ellas.

—Señor —dijo el Zorro—, no he terminado de hablar. Es cierto que hubo un rey griego que sacrificó a su propia hija. Pero luego su esposa lo asesinó, y su hijo asesinó a la madre, y los infiernos lo volvieron loco.

Al oír esas palabras el rey se rascó la cabeza con rostro inexpresivo.

—Así actúan los dioses —murmuró—. Primero te obligan a hacer una cosa y luego te castigan por hacerla. Mi único consuelo, Zorro, es que no tengo esposa ni hijo.

Yo ya había recuperado la voz.

—Rey, no puedes estar hablando en serio —dije—. Istra es tu hija. No puedes hacer eso. Ni siquiera has intentado salvarla. Tiene que haber alguna salida. Seguramente de aquí a que llegue el día...

—¡Escucha lo que dice! —respondió el rey—. La van a sacrificar mañana, estúpida.

Estuve a punto de volver a desmayarme. Oír aquello fue tan horrible como oír que había que sacrificarla. Tan horrible no: peor. Me sentí como si hasta ese momento no hubiera conocido el dolor. Creía que, si podíamos aplazarlo un mes (¡un mes era una eternidad!), seríamos muy afortunados.

—Es mejor así —me susurró el Zorro en griego—. Mejor para ella y para nosotros.

—¿Qué estás susurrando, Zorro? —dijo el rey—. Me miran como si fuera una especie de gigante con dos cabezas que aterroriza a los niños, pero ¿qué quieren que haga? ¿Qué habrías hecho tú, Zorro, que te crees tan listo, si hubieras estado en mi lugar?

—Primero habría discutido el día. Habría buscado el modo de ganar tiempo. Habría dicho que la princesa se halla en un momento del mes poco propicio para casarse. Diría que se me ha advertido en sueños que no celebre la Gran Ofrenda hasta la luna nueva. Sobornaría a los hombres para que juraran que el sacerdote ha falseado las suertes. Al otro lado del río hay media docena de hombres a quienes se les han arrebatado sus tierras y no quieren a su señor. Concertaría una reunión. Cualquier cosa con tal de ganar tiempo. Dame diez días y enviaré un mensajero secreto al rey de Fars. Le ofrecería todo sin condiciones, cualquier cosa si viene y salva a la princesa: le ofrecería incluso Gloma y mi propia corona.

—¿Cómo dices? —bramó el rey—. Deberías ser menos magnánimo con las riquezas ajenas.

—Yo, señor, no solo perdería mi trono, sino incluso mi vida por salvar a la princesa... si fuera el rey y su padre. Luchemos. Arma a los esclavos y promételes la libertad si se portan como hombres. Aún podemos rebelarnos, tú y toda tu casa. En el peor de los casos, moriríamos siendo inocentes. Cualquier cosa es preferible a acabar en los infiernos con las manos manchadas con la sangre de tu hija.

El rey se dejó caer otra vez en su silla y empezó a hablar con una paciencia exasperada, como los maestros a los niños más torpes, cosa que yo había visto hacer al Zorro con Redival.

—Soy el rey y te he pedido consejo. Quienes aconsejan a los reyes suelen decirles cómo ser más poderosos y cómo salvar su reino y sus tierras. Eso es lo que significa aconsejar a un rey. ¿Y tú me aconsejas que lance mi corona al tejado, venda mi reino a Fars y les deje cortarme el cuello? Lo siguiente que me dirás es que el mejor modo de acabar con el dolor de cabeza es arrancarla...

—Tienes razón, rey, y te pido disculpas —repuso el Zorro—. He olvidado que lo que hemos de preservar a toda costa es tu seguridad.

Yo conocía muy bien al Zorro y su mirada me hizo comprender que no habría podido ofender más al rey si le hubiera escupido. De hecho, lo había visto mirar al rey de ese modo muchas veces sin que este se diera cuenta. Y decidí que iba siendo hora de que se la diera.

—Rey —dije—, la sangre de los dioses corre por nuestras venas. ¿Cómo podrá soportar esta vergüenza un linaje como el nuestro? ¿Qué imagen quedará de ti si, cuando mueras, la gente dice que te escudaste en una niña para salvar tu vida?

—Ya ves lo que dice, Zorro —respondió el rey—. ¡Y luego se asombra de que le ponga los ojos morados! Y no digo arruinarle la cara, porque eso es imposible. Escucha, zorra, lamentaría tener que darte la segunda paliza del día, pero no me provoques.

Se levantó de un brinco y empezó a recorrer otra vez la habitación de un lado a otro.

—¡Rayos y truenos! —dijo—. Volverías loco a cualquiera. Cualquiera diría que es a tu hija a quien van a entregar a la Bestia. Escudarse en una niña, dices... Nadie parece recordar quién es esa niña. Es mía: carne de mi carne. Parte de mí. Si alguien tiene derecho a enfurecerse y a gimotear soy yo. ¿Para qué la he engendrado si no puedo hacer lo que considero más oportuno con lo que me pertenece? ¿A ti qué te importa? Tanto sollozo

y tanto reproche tiene que ocultar alguna asquerosa arti-
maña que aún no he sido capaz de olfatear.

¡No pretenderás hacerme creer que ninguna mujer, y
menos un esperpento como tú, puede querer tanto a su
bella hermanastra! No es lógico. Pero la descubriré... No
sé si de verdad creía lo que estaba diciendo, pero es muy
posible. Cuando se ponía así, era capaz de creer cualquier
cosa, y en palacio todos conocían mejor que él la vida de
sus hijas.

—Sí —dijo, ahora más tranquilo—. Es a mí a quien
habría que compadecer: soy yo quien tiene que entregar
una parte de mí. Pero cumpliré con mi deber. No arrui-
naré mis tierras para salvar a mi propia hija. Los dos han
intentado convencerme de que me lo piense. Esto ya ha
ocurrido antes. Lo siento por ella. Pero el sacerdote tiene
razón. ¿Qué significa una niña (es más ¿qué significaría
un solo hombre?) al lado de la seguridad de todos? Es
perfectamente lógico que para salvar a muchos muera
uno solo. Eso es lo que ocurre en cualquier batalla.

El vino y la pasión me habían devuelto las fuerzas. Me
levanté de la silla y comprobé que podía ponerme de pie.

—Tienes razón, padre —dije—. Conviene que muera
uno solo por todo el pueblo. Entrégame a mí a la Bestia
en lugar de a Istra.

Sin decir palabra, el rey se acercó a mí, me agarró
(con relativa suavidad) de la muñeca y me arrastró por
toda la habitación hasta donde colgaba un espejo. Quizá
les extrañe que el espejo no estuviera en su alcoba, pero
lo cierto es que se sentía tan orgulloso de él que quería
tenerlo a la vista de todos los extraños. Procedía de un
lugar lejano y ningún rey vecino poseía nada comparable.

Nuestros espejos corrientes eran engañosos y apagados, mientras que en este tu imagen se veía perfectamente. Yo nunca me quedaba a solas en la Sala de las Columnas, de modo que jamás me había mirado en él. Mi padre me puso delante y nos vimos reflejados los dos, el uno junto al otro.

—Ungit me ha pedido para esposa de su hijo lo mejor de mis tierras y tú le darías esto —dijo.

Me tuvo allí un minuto entero sin pronunciar palabra; quizá pensaba que me echaría a llorar o que apartaría los ojos. Por fin habló:

—Ahora lárgate. Hoy no hay quien te mantenga a raya. Busca un pedazo de carne para ponértelo en la cara. El Zorro y yo tenemos que trabajar.

Mientras salía de la Sala, noté por primera vez el dolor en el costado: debía de haberme hecho daño al caer. Pero volvió a caer en el olvido en cuanto me di cuenta del cambio que había sufrido la casa en tan poco rato. Parecía abarrotada. Todos los esclavos, tuvieran o no algo que hacer, andaban de aquí para allá y se reunían en corrillos dándose importancia y cuchicheando con una mezcla de tristeza y entusiasmo. (Siempre se comportan así cuando llegan noticias, de modo que ya no me sorprende nada). En el pórtico holgazaneaban muchos guardias del templo y otras jóvenes del templo estaban sentadas en el vestíbulo. Del patio llegaba el olor a incienso: el sacrificio seguía adelante. Ungit había tomado la casa: un hedor sagrado lo impregnaba todo.

¡Y a quién me iba a encontrar al pie de la escalera sino a Redival! Corrió hacia mí anegada en lágrimas mientras de su boca solo brotaban balbuceos:

—¡Qué horror, hermana! ¡Pobre Psique! Se trata solo de ella ¿verdad? A los demás no nos harán nada ¿no? Nunca pensé... no quería hacerle daño... yo no...

Acerqué mi rostro al suyo y le dije en voz baja, pero con mucha claridad:

—Si alguna vez soy reina de Gloma o señora de esta casa siquiera durante una hora, Redival, te colgaré de los pulgares y te asaré a fuego lento hasta que mueras.

—¡Qué cruel eres! —sollozó Redival—. ¿Cómo puedes decirme eso cuando soy tan desdichada? No te enfades, hermana, dame consuelo...

La aparté de un empujón y pasé de largo. Conocía las lágrimas de Redival desde que tenía memoria. No eran del todo fingidas ni del todo sentidas. Ahora sé (y entonces lo sospechaba) que había ido a casa de Ungit con chismes sobre Psique, y que lo había hecho por maldad. Es posible que no tuviera intención de hacer tanto daño como hizo (nunca era consciente de ello) y ahora, a su manera, estaba arrepentida. Pero hubieran bastado un broche nuevo o un nuevo amante para que sus ojos se secaran de inmediato y volviera a reír.

Mientras subía las escaleras (en el palacio, a diferencia de las casas de los griegos, las habitaciones y las galerías se encuentran en el piso superior), me quedé casi sin aliento y volví a sentir el dolor del costado. También cojeaba un poco de un pie. Corrí cuanto pude hasta la habitación de las cinco paredes donde estaba encerrada Psique. Habían echado el pestillo por fuera (también yo he utilizado esa habitación como cárcel de la corte) y delante de la puerta había un hombre armado. Era Bardia.

—Bardia —dije jadeando—, déjame entrar. Tengo que ver a la princesa Istra.

Él me miró amablemente, pero meneó la cabeza.

—No puedo, señora.

—Podemos quedarnos dentro las dos. Esta puerta es la única salida.

—Así es como empiezan todas las fugas, señora. Lo siento por ti y por la otra princesa, pero no puedo. Hay órdenes muy estrictas.

—Bardia, es su última noche de vida —dije entre lágrimas y con la mano en el costado, porque el dolor arreciaba.

Apartó la mirada y repitió:

—Lo siento.

Me di vuelta sin pronunciar palabra. Aunque era la cara más amable que había visto en todo el día (a excepción, como siempre, de la del Zorro), en ese momento le odié más que a mi padre o al sacerdote, e incluso más que a Redival. Lo que hice a continuación demuestra que casi rayaba la locura. Corrí todo lo que pude hasta la alcoba real, donde sabía que el rey guardaba sus armas. Tomé una buena espada muy sencilla, la desenvainé y, después de observarla, la sopesé en la mano. No era demasiado pesada para mí. Toqué los bordes y la punta: me parecieron afilados, aunque un soldado experto no los habría calificado así. Y me planté rápidamente en la puerta de Psique. Mi rabia femenina contenía algo lo bastante varonil para hacerme gritar «¡en guardia, Bardia!» antes de lanzarme sobre él.

Lógicamente, para una niña que nunca ha tenido un arma entre las manos aquella intentona era una locura.

Aunque hubiera sabido qué hacer, la cojera y el dolor en el costado (respirar hondo era una agonía) me lo habrían impedido. Aun así, Bardia no tuvo más remedio que hacer uso de sus habilidades; más aún si se tiene en cuenta que no pretendía herirme. No tardó ni un instante en arrancarme la espada de la mano. Me quedé frente a él apretándome con más fuerza aún el costado, empapada en sudor y temblorosa. La frente de Bardia seguía seca y su respiración impasible: así de fácil le había resultado la cosa. La confirmación de lo indefensa que estaba cayó sobre mí como un infortunio más o se fundió con el resto. Estallé en sollozos como una auténtica cría: igual que Redival.

—Es una verdadera lástima que no seas un hombre, señora —dijo Bardia—. Tienes un buen alcance de brazos y un ojo muy rápido. Ninguno de nuestros reclutas lo habría hecho tan bien la primera vez. Ojalá pudiera enseñarte. Es una verdadera...

—¡Ay, Bardia, ojalá me hubieras matado! —sollocé—. Ya habría dejado de sufrir...

—No —repuso él—, estarías muriendo, no muerta. Eso de que uno se muere en cuanto la espada entra y vuelve a salir no es más que un cuento. A menos que te corten la cabeza, claro.

Yo era incapaz de pronunciar palabra. Era como si mi llanto abarcara el mundo entero.

—Maldita sea —dijo Bardia—, no puedo soportarlo.

Tenía los ojos llenos de lágrimas; Bardia era un hombre muy sensible.

—La cosa sería distinta si la una no fuera tan valiente y la otra tan hermosa. Deja de llorar, señora. Me jugaré la vida... y la ira de Ungit...

Me quedé mirándole, pero seguía sin poder hablar.

—Si sirviera de algo, daría mi vida por la joven que está ahí encerrada. Tal vez te preguntes por qué un capitán de la guardia como yo está aquí plantado como un vulgar centinela. No he querido que nadie ocupe mi lugar. He pensado que, si la pobre niña llama o si hay que entrar por alguna razón, yo le resultaré más familiar que cualquier extraño. Cuando era pequeña se sentaba en mis rodillas... Me pregunto si los dioses saben lo que eso significa para un hombre.

—¿Me vas a dejar entrar? —pregunté.

—Con una condición, señora. Júrame que saldrás cuando llame a la puerta. Ahora esto está muy tranquilo, pero luego empezará el ajetreo. Vendrán dos jóvenes del templo: eso me han dicho. Te dejaré estar todo el tiempo posible. Pero tengo que asegurarme de que salgas cuando oigas la señal. Tres golpes: así...

—Saldré en cuanto llames.

—Júralo, señora: aquí, sobre mi espada.

Juré. Él miro a derecha e izquierda, descorrió el cerrojo y dijo:

—Rápido, entra. Que el cielo les dé consuelo a las dos.

SIETE

La ventana de esta habitación es tan pequeña y está tan alta que a mediodía hay que encender alguna luz. Por eso sirve de prisión: la empezó a construir mi abuelo para añadir una segunda planta a la torre, pero nunca se llegó a terminar.

Psique estaba sentada en la cama; a su lado ardía una lámpara. Aquella imagen solo duró un instante, porque sobra decir que me arrojé inmediatamente en sus brazos. Aun así, la imagen de Psique, de la cama y de la lámpara no me abandonará jamás.

Todavía no había recobrado el habla cuando Psique exclamó:

—Hermana, ¿qué te han hecho? ¡Tu cara! ¡Y el ojo! Te ha vuelto a pegar...

Poco a poco fui dándome cuenta de que Psique llevaba todo ese rato acariciándome y consolándome como si la niña y la víctima fuese yo. A la angustia que ya sentía se sumó el torbellino de dolor que aquello provocó en mí. ¡Qué diferencia entre aquel amor y el que nos unía en nuestros días más felices!

Psique era tan perspicaz y sensible que enseguida se dio cuenta de lo que estaba pensando y me llamó *Maya*, el nombre con que el Zorro le había enseñado a dirigirse a mí de pequeña. Fue una de las primeras palabras que aprendió a pronunciar.

—Dime, Maya ¿qué te ha hecho?

—¿Y eso qué importa, Psique? —repuse yo—. ¡Ojalá me hubiera matado! ¡Ojalá me cambiaran por ti!

Pero ella no me dejó desviar la conversación. Me obligó a contárselo todo (¿cómo iba a negarme?), desperdiciando así el poco tiempo de que disponíamos.

—Ya basta, hermana —le dije, por fin—. ¿Qué más me da? ¿Qué significa él para ti y para mí? No causaré una deshonra ni a tu madre ni a la mía si afirmo que no es nuestro padre. Y, si lo fuera, la palabra *padre* sería un insulto. Ahora he visto claro que en el campo de batalla se escondería detrás de una mujer.

Entonces Psique sonrió, lo que provocó en mí cierto espanto. No había llorado mucho y creo que, si lo hizo, fue por amor y piedad hacia mí. Se irguió en la silla con porte majestuoso y sereno: excepto por sus manos, tan frías, no había en ella nada que indicara la cercanía de la muerte.

—Orual —dijo—, me obligas a pensar que he aprendido las lecciones del Zorro mejor que tú. ¿Has olvidado lo que tenemos que decir todas las mañanas? «Hoy me encontraré con hombres crueles, cobardes y mentirosos, envidiosos y borrachos. Son así porque no saben distinguir el bien del mal. Sobre ellos se ha abatido una desgracia que se me ha evitado a mí. Son dignos de compasión, no...».

Hablaba imitando con cariño la voz del Zorro, cosa que sabía hacer mucho mejor que Batta.

74

—¡Ay, pequeña! ¿cómo eres capaz de...?

Me ahogaron las lágrimas. Sus palabras me resultaban tan triviales, tan ajenas a nuestro dolor... Me parecía absurdo hablar de esas cosas precisamente en ese momento. En realidad, no sé si había algo mejor de que hablar.

—Maya —dijo Psique—, tienes que prometerme una cosa. No harás ninguna atrocidad. No te quitarás la vida ¿verdad? No debes hacerlo, por el bien del Zorro. Hemos sido tres buenos amigos (¿por qué decía Psique simplemente *amigos*?). Ahora solo quedan él y tú: tienen que mantenerse unidos, más cerca aún el uno del otro. Es tu deber, Maya. Como los soldados en lo más duro de la batalla.

—¡Tienes el corazón de hierro! —le dije.

—En cuanto al rey, transmítele mis respetos... o lo que sea oportuno en estos casos. Bardia es un hombre prudente y cortés: él te dirá qué tiene que decirle a su padre una hija a punto de morir. Nadie debe mostrarse rudo o ignorante en sus últimos momentos. Pero no puedo enviar al rey otro mensaje distinto de este. Es un extraño para mí: conozco mejor al hijo de la mujer que cría los pollos que a él. Y a Redival...

—¡Maldícela! Y si los muertos pueden...

—¡No, no! Tampoco ella sabe lo que hace.

—Ni siquiera por ti, Psique, tendré compasión de Redival, diga lo que diga el Zorro.

—¿A ti te gustaría ser Redival? ¿Verdad que no? Por eso merece compasión. Si se me permite disponer de mis joyas, quédate tú todas las que nos gustan a las dos. A Redival déjale lo mejor, lo más costoso, que tiene menos valor. Tú y el Zorro tomen lo que quieran.

No fui capaz de aguantar más: apoyé mi cabeza en su regazo y me eché a llorar. ¡Ojalá hubiera sido Psique la que se reclinara en el mío!

—Mírame, Maya —dijo entonces Psique—. Me vas a romper el corazón antes de casarme.

Si ella era capaz de hablar así, yo no lo era de escucharlo.

—Orual —me dijo con mucha dulzura—, somos de sangre divina. No podemos manchar nuestro linaje. Fuiste tú, Maya, quien me enseñó a no llorar cuando me caía.

—Tengo la impresión de que no sientes ningún temor —le dije casi reprendiéndola, aunque no fuese mi intención hacerlo.

—Solo temo una cosa —dijo—. En algún rincón de mi alma existe una duda que me hace estremecer, una sombra aterradora. ¿Y si... y si en la Montaña no hubiera ningún dios, ni tampoco la sombra sagrada de una Bestia, y los que están atados al Árbol se van muriendo de sed y de hambre con el paso de los días, expuestos al viento y al sol, o son devorados lentamente por los cuervos y los leones? Es eso... ¡Ay, Maya!

Y entonces sí rompió a llorar; entonces volvió a ser una niña. ¿Qué podía hacer yo sino acariciarla y llorar con ella? Me avergüenza escribir esto, pero era la primera vez que sentía algo de placer en medio de nuestro dolor: eso iba buscando cuando fui a visitarla a su celda.

Psique se repuso antes que yo. Alzó la cabeza tan majestuosamente como antes y dijo:

—Pero no lo creo. El sacerdote ha venido a verme. Antes no lo conocía. No es como piensa el Zorro.

¿Sabes, hermana?: cada vez estoy más convencida de que el Zorro no posee toda la verdad. En buena parte sí: si no fuera por lo que me ha enseñado, reinaría tanta oscuridad dentro de mí como en un calabozo. Sin embargo... no sé cómo explicarlo. El Zorro dice que el mundo entero es una ciudad. ¿Y sobre qué están construidas las ciudades? Sobre el suelo. ¿Y fuera de la muralla? ¿No vienen de allí todo el alimento, todos los peligros?: lo que crece y lo que se pudre, lo que da vida y lo que envenena, el brillo de las cosas húmedas... En cierto modo (no sé de qué modo) se parece más a... sí, se parece más a la morada de...

—... de Ungit, sí —dije—. ¿No huele toda la tierra a ella? Y tú y yo ¿hemos de seguir adulando a los dioses? Nos están haciendo pedazos. ¿Cómo voy a tolerarlo? ¿Y qué pueden hacer que sea peor? Claro que el Zorro está equivocado. No sabe nada de ella. Tiene una opinión demasiado buena del mundo. Ha creído que no existen los dioses, o que son (¡menuda estupidez!) mejores que los hombres. Su bondad le impide creer ni por asomo que los dioses existen y que son más viles que el más vil de los hombres.

—O que los dioses sí existen, pero no hacen estas cosas. O tal vez (¿por qué no?) sí las hacen y las cosas no son lo que parecen. ¿No me voy a casar yo con un dios?

En cierto modo, me hizo enojar. Yo, que hubiera muerto por ella (de eso sí podía estar segura), sin embargo fui capaz de enfadarme la víspera de su muerte. Hablaba con tanta calma y firmeza como si estuviera discutiendo con el Zorro junto a los perales, como si nos quedaran muchas horas, muchos días por delante. No parecía costarle demasiado separarse de mí.

—¿Y qué otra cosa podría ser esto, Psique, excepto el cobarde crimen que parece? —le dije casi gritando—. Tomarte a ti... a ti, a quien han adorado; convertirte a ti, que el mayor daño que has hecho en tu vida ha sido a un sapo, en el alimento de un monstruo...

Dirán (yo me lo he dicho mil veces a mí misma) que, al verla tan dispuesta a conformarse con el lado positivo de las palabras del sacerdote, a creer que iba a ser la esposa de un dios y no la presa de una Bestia, debería haberme unido a ella y fomentado esa disposición. ¿No había ido allí a darle consuelo, si es que tal cosa era posible? Desde luego, no había ido a quitárselo. Pero no era capaz de dominarme. Quizá fuese algo de orgullo lo que me llevaba (a mí como a ella) a no cerrar los ojos, a no ocultar lo más horrible; o quizá fuese el amargo impulso, nacido de la angustia, de darle vueltas y más vueltas a lo peor.

—Ya veo —dijo Psique en voz baja—. Tú crees que devora a la ofrenda. Y yo también. En cualquier caso significa la muerte. No pensarás que soy tan niña como para no saberlo ¿verdad, Orual? ¿Cómo voy a salvar Gloma si no muero? Y, si estoy destinada al dios, es evidente que me espera la muerte. Así hasta lo que tienen de más extraño las palabras sagradas será una realidad. Quizá no haya tanta diferencia entre ser devorada o ser entregada como esposa al dios. Nosotros no lo entendemos. Tanto el sacerdote como el Zorro ignoran muchas cosas.

Esta vez me mordí el labio y no dije nada. Una idea indigna e impronunciable bullía en mi mente: ¿acaso prefería la lujuria de la Bestia a su hambre? ¿Yacer con un gusano, con un reptil gigante, con un espectro?

—Y en cuanto a la muerte... —dijo—. Bueno, Bardia (¡cuánto le quiero!) se enfrenta a ella seis veces al día y, de camino, va silbando una cancioncilla. Poco habremos aprovechado las enseñanzas del Zorro si nos asusta la muerte. Bien sabes tú, hermana, que alguna vez se le ha escapado que hay otros maestros griegos que no coinciden con él: maestros que enseñan que la muerte abre una puerta que da paso de un cuarto pequeño y oscuro (la vida que hemos conocido hasta entonces) a un gran palacio donde luce el sol verdadero y donde nos encontraremos...

—¡Qué cruel eres! —gemí—. ¿No te importa nada dejarme aquí sola? ¿Alguna vez me has querido, Psique?

—¿Quererte? ¡Ay, Maya! ¿he tenido alguien a quien amar que no sean tú y nuestro abuelo el Zorro? (No me gustó nada que volviera a sacar a colación al Zorro en ese momento). Además, hermana, no tardarás en seguirme. Esta noche no hay vida mortal que pueda parecerme larga. ¿Me habría ido mejor si hubiera vivido más? Me imagino que me acabarían entregando a algún rey, quizá a alguien parecido a nuestro padre. ¿Ves qué poca diferencia hay entre morir o casarse? Dejar tu casa, perderte a ti, Maya, y al Zorro, perder la virginidad, concebir un hijo: todo es morir. De hecho, Orual, no estoy segura de que lo que me espera no sea lo mejor.

—¡Lo mejor!

—Sí. ¿Qué podría esperar de la vida? ¿Acaso el mundo (este palacio, este padre) supone una pérdida tan grande? Lo mejor de nuestros días ya lo hemos vivido.

He de decirte algo, Orual: algo que nunca le he dicho a nadie, ni siquiera a ti.

Ahora sé que incluso entre los corazones más enamorados sucede algo así, pero aquella noche sus palabras se clavaron en mí como un puñal.

—¿De qué se trata? —pregunté bajando la mirada hacia su regazo, donde reposaban juntas nuestras manos.

—Siempre... —dijo Psique—. Desde que tengo memoria, siempre he sentido cierto deseo de morir.

—¡Ay, Psique! —dije—. ¿Tan infeliz te he hecho?

—No, no —contestó ella—. No me entiendes. No es esa clase de deseo. Mi deseo crecía cuanto más dichosa era. Los días felices en que los tres subíamos a las colinas, bajo el viento y la luz del sol, hasta donde no se podía ver Gloma ni el palacio. ¿Te acuerdas? ¿Los colores, el olor y a lo lejos la Montaña Gris? Y, precisamente porque era tan hermoso, cada vez lo deseaba más. En algún otro lugar tiene que haber algo parecido. Era como si todo me dijera: ¡ven, Psique! Pero yo (aún) no podía ir, y tampoco sabía adónde ir. Casi me dolía. Me sentía como un pájaro encerrado en una jaula mientras ve a otros pájaros volar hacia su nido.

Me besó ambas manos, las soltó y se puso en pie. Tenía la misma costumbre que su padre de moverse por la habitación cuando hablaba de algo que le preocupaba. Desde ese momento hasta el final, experimenté el terrible sentimiento de que ya la había perdido, que al día siguiente el sacrificio no haría sino concluir lo que ya había empezado. No sabía cuánto tiempo llevaba fuera de mi alcance, en algún lugar que solo le pertenecía a ella.

Puesto que escribo este libro para denunciar a los dioses, tengo el deber de no omitir lo que se puede alegar en mi contra. Así pues, permíteme que lo ponga por escrito:

a pesar de cuánto la amaba, sentí amargura al oírla hablar así. Aunque lo que decía le infundía un valor y un consuelo evidentes, yo estaba minando su valor y su consuelo. Era como si alguien o algo se interpusiera entre las dos. Si esa reticencia mía es el pecado que ha atraído sobre mí el odio de los dioses, confieso que lo he cometido.

—Orual —dijo con los ojos brillantes—, me voy a la Montaña. ¿Recuerdas cómo solíamos quedarnos contemplándola? ¿Y todas esas historias de mi casa de oro y ámbar dibujada sobre el cielo que pensábamos que nunca llegaríamos a pisar? El rey más poderoso que existe lo estaba construyendo para mí. ¡Si pudieras creerlo, hermana! No, escúchame: no dejes que la pena cierre tus oídos y endurezca tu corazón...

—¿Es mi corazón el que está endurecido?

—No hacia mí, como no lo está el mío hacia ti. Dime: ¿es todo tan malo como parece? Los dioses desean la sangre de un mortal. Y dicen de quién. Si hubieran escogido a cualquier otro de estas tierras, solo habrían causado el pánico y un dolor cruel. Pero me han elegido a mí. Soy la única que está destinada a ello desde que era una niña en tus brazos, Maya. Lo más dulce que he sentido en mi vida es ese deseo: llegar a la Montaña, encontrar el lugar de donde procede toda la belleza...

—¿Eso es lo más dulce? ¡Qué cruel eres! No tienes el corazón de hierro, sino de piedra —sollocé. Creo que ni siquiera me oyó.

—... mi tierra, el sitio donde debería haber nacido. ¿Crees que todo eso no significaba nada? ¿La nostalgia del hogar? De hecho, no es como si me dirigiera a él, sino como si regresara. El dios de la Montaña lleva cortejándome toda mi vida. Maya, mírame una sola vez antes de que acabe todo y deséame felicidad. Voy a encontrarme con quien me ama. ¿No lo ves?

—Lo único que veo es que no me has amado nunca —contesté—. Quizá te convenga ir en busca de los dioses. Te estás volviendo tan cruel como ellos.

—¡Ay, Maya! —gritó Psique mientras las lágrimas acudían por fin a sus ojos—. Maya, yo...

Bardia llamó a la puerta. No quedaba tiempo para arreglar las cosas, para desdecirse. Bardia volvió a llamar, esta vez con más fuerza. Mi juramento sobre su espada era a su vez una espada que se cernía sobre nuestras cabezas.

Fue nuestro último abrazo, un abrazo malogrado. Felices quienes no guardan en su memoria un abrazo así. Porque quienes lo guardan ¿serán capaces de soportar que lo mencione?

OCHO

NADA MÁS SALIR a la galería regresaron los lacerantes dolores que había dejado de sentir mientras estaba con Psique. Mi pena se mitigó por un instante, pero mis pensamientos se conservaron firmes y nítidos. Estaba decidida a acompañar a Psique a la Montaña y al Árbol sagrado, a no ser que me ataran con cadenas. Pensé incluso en esconderme allí arriba y liberarla cuando el sacerdote, el rey y todos los demás hubieran regresado a casa. «Y, si existe de verdad la Sombra de la Bestia —me decía— y no puedo salvarla de ella, mataré a Psique con mis propias manos antes que librarla a sus garras». Sabía que para ello necesitaba comer, beber y descansar. (Estaba llegando el ocaso y seguía en ayunas). Pero, antes de nada, tenía que saber cuándo se iba a perpetrar ese crimen que llamaban la Ofrenda. De modo que recorrí la galería cojeando y agarrándome el costado hasta que me crucé con un esclavo anciano, el mayordomo del rey, quien me dio cuenta de todo. La comitiva —dijo— saldría de palacio una hora antes del alba.

Entré en mi alcoba y ordené a mis mujeres que me trajeran algo de comer. Luego me senté a esperar que volvieran. Me invadieron un peso y un abatimiento inmensos; no pensaba ni sentía nada, excepto que tenía mucho frío. Por muchos esfuerzos que hice, cuando llegó la comida fui incapaz de tragar bocado: era como si estuviera amordazada. Pero sí bebí un poco de cerveza floja, que era todo lo que tenían para darme; la cerveza me revolvió el estómago y bebí mucha agua. Debí adormilarme antes de terminar, porque recuerdo que sentía una pena inmensa por alguna razón, pero no lograba recordar cuál era.

Me llevaron en volandas a la cama (al tocarme, me encogí y grité un poco) y me sumergí inmediatamente en un torpe sopor; cuando me despertaron dos horas antes del amanecer, como les había pedido, tenía la sensación de que a mi corazón solo le había dado tiempo a latir una vez. Me levanté en un puro grito: todas las zonas doloridas se habían entumecido mientras dormía y, al moverme, eran como tenazas al rojo vivo. Tenía un ojo tan cerrado que bien podría haberme quedado ciega de ese lado. Cuando vieron el daño que me hacían al levantarme de la cama, me pidieron que siguiera acostada. Alguna dijo que era inútil que me levantara, porque el rey había anunciado que ninguna de las princesas asistiría a la Ofrenda. A otra que me preguntó si quería que avisaran a Batta la mandé callar con acritud y, de haber tenido fuerzas para ello, la habría golpeado; lo cual hubiera sido un error, porque era una buena chica. (Siempre he sido afortunada con mis mujeres, porque nunca se separan de mí para poder mantenerlas fuera del alcance de la metomentodo de Batta).

No sé cómo, consiguieron vestirme e intentaron que comiera algo. Una me trajo incluso un poco de vino, me imagino que robado de una jarra destinada al rey. Todas lloraban menos yo.

Estaba tan dolorida que les llevó mucho tiempo vestirme, así que apenas me había bebido el vino cuando oí empezar la música: la música del templo, la música de Ungit; los tambores, cuernos, carracas y castañuelas: sonidos todos ellos sagrados, siniestros, oscuros, aborrecibles, enloquecedores.

—¡Rápido! —dije—. Ha llegado la hora. Ya se marchan. ¡Ay, no me puedo levantar! Ayúdenme, muchachas. ¡Más deprisa! ¡Llévenme a rastras si hace falta! No hagan caso de mis gemidos y mis gritos.

En medio de un auténtico tormento me llevaron hasta la escalera. Desde allí arriba podía ver el vestíbulo que separa la Sala de las Columnas de la alcoba real, iluminado con antorchas y abarrotado de gente. Muchos eran guardias. Algunas jóvenes de sangre noble llevaban velo y corona, como en las fiestas nupciales. Ahí estaba mi padre, espléndidamente vestido. Y un hombre con cabeza de pájaro. El olor y el humo indicaban que ya se habían ofrecido sacrificios en el altar del patio. (Para los dioses siempre se encuentra alimento, aunque la tierra se muera de hambre). El portón estaba abierto. A través de él se vislumbraba el inicio de un frío amanecer. Llegaban de fuera los cantos de los sacerdotes y las jóvenes. Debía de haberse congregado una gran multitud a la que se podía oír cuando se hacía el silencio (¿no es un ruido inconfundible?). Ninguna manada de animales tiene una voz tan fea como la de los hombres.

No conseguí ver a Psique hasta pasado un buen rato. Los dioses son más inteligentes que nosotros y dominan el arte de tramar bellaquerías cuya amenaza jamás sospecharíamos. Pero, cuando por fin logré divisarla, fue aún peor. Psique estaba sentada en una litera descubierta, muy erguida y flanqueada por el rey y el sacerdote. No la había reconocido hasta entonces porque la habían pintarrajeado, engalanado de oro y cubierto la cabeza con una peluca como a las jóvenes del templo. Tampoco podría decir si ella me vio. Sus ojos, con la mirada fija asomando entre la espesa máscara inexpresiva en que habían convertido su rostro, me resultaban desconocidos: era imposible adivinar hacia dónde se dirigían.

El virtuosismo divino es, a su manera, admirable. Los dioses no se conformaban con asesinarla, sino que convertían a su propio padre en el asesino. No se conformaban con arrancármela: lo hacían tres veces, y por tres veces me rompían el corazón. Primero con su condena; luego con la extraña y fría conversación de la noche anterior; y ahora con esa espantosa figura pintarrajeada y cubierta de oro que envenenaba la última imagen que tenía de ella. Ungit había tomado lo más hermoso que ha nacido jamás para convertirlo en una muñeca espantosa.

Más tarde me contaron que intenté bajar las escaleras y me desplomé en el suelo. Entonces volvieron a llevarme a la cama.

Estuve enferma muchos días y no recuerdo nada de la mayoría de ellos. Perdí el juicio y, según me dijeron, no dormía nada. Mis delirios, o lo que puedo recordar de ellos, eran una tortura incesante compuesta de una maraña a la vez heterogénea e idéntica. Todo se convertía en algo distinto antes de lograr captarlo, y ese algo distinto me devolvía siempre al mismo sitio. Un hilo común recorría todo mi delirio. Y fíjate otra vez en la crueldad de los dioses. Ni siquiera dormidos o demenciados podemos escapar de ellos, porque te persiguen invadiendo tus sueños. De hecho, es entonces cuando nos encontramos más a su merced. Lo más cercano a una defensa que podemos emplear contra ellos (y no es una defensa perfecta) consiste en permanecer muy despiertos, despejados y muy ocupados, no escuchar música, no mirar nunca al suelo ni al cielo y, sobre todo, no amar a nadie. Ahora que tenía el corazón roto a causa de Psique, utilizaron como obsesión compartida de todas mis quimeras la de que ella era mi peor enemiga. La acusaba de toda injusticia desorbitada que se me ocurriera. Era ella la que me odiaba; era de ella de quien debía vengarme. Unas veces Psique, Redival y yo éramos niñas; tomadas del brazo y riéndose de mí, las dos me ignoraban y me excluían de sus juegos. Otras veces yo era hermosa y amaba a alguien que, absurdamente, se parecía un poco a Tarin, el desgraciado a quien habían castrado, o bien a Bardia, supongo que porque el suyo era prácticamente el último rostro masculino que había contemplado antes de caer enferma. Y en el umbral de la alcoba nupcial o junto al lecho, una Psique apenas del tamaño de mi antebrazo, cubierta de oro y con máscara, se lo llevaba con un solo dedo. Al llegar a la puerta los dos se daban vuelta y se mofaban de mí, señalándome con el dedo. Estas eran las visiones más nítidas, porque normalmente todo estaba borroso y desdibujado:

Psique arrojándome por enormes precipicios; Psique (muy parecida al rey, pero sin dejar de ser ella) dándome patadas y arrastrándome del pelo; Psique con una antorcha, una espada o un látigo persiguiéndome a través de ciénagas inmensas y montañas tenebrosas; y yo corriendo para salvar la vida. Y siempre la maldad, el odio, la burla y mi decisión de vengarme.

Empecé a recuperarme cuando las visiones cesaron, dejando tras de sí la arraigada sensación del enorme daño que Psique me había infligido, aunque no fuese capaz de ordenar mis ideas para decidir en qué consistía ese daño. Me contaron que me pasaba horas diciendo: «¡Qué muchacha tan cruel! ¡Qué cruel es Psique! Tiene el corazón de piedra». Luego recobraba el juicio y comprendía cuánto la quería y que nunca había tenido intención de herirme, aunque hasta cierto punto me doliera que durante nuestro último encuentro hubiese dedicado tan poco tiempo a hablar de mí y tanto a hablar del dios de la Montaña, del rey, del Zorro, de Redival e incluso de Bardia.

Poco después percibí un sonido placentero que llevaba sonando mucho rato.

—¿Qué es eso? —pregunté, sorprendida por el débil graznido que era mi voz.

—¿Qué es qué, pequeña? —dijo la voz del Zorro; intuí que llevaba muchas horas sentado junto a mi lecho.

—Ese ruido, abuelo. Ahí arriba...

—La lluvia, tesoro —dijo—. Demos gracias a Zeus por ella y por tu recuperación. Yo... Vuelve a dormirte. Pero primero bebe esto.

Vi cómo las lágrimas se deslizaban por su rostro mientras me tendía la taza.

No tenía ningún hueso roto; los moratones habían desaparecido y, junto con ellos, todos los dolores. Pero

estaba muy débil. La debilidad y el trabajo son dos con-
suelos que los dioses no nos han arrebatado. No escribiría esto (so pena de inducirles a quitárnoslos también) si
no fuera porque ya lo saben. Me sentía demasiado débil
para estar triste o furiosa. Los días previos a recuperar
todas mis fuerzas casi fueron felices. El Zorro se mostró
muy cariñoso y amable (y aún muy débil) y mis mujeres
también. Me querían; más de lo que yo pensaba. Ahora
mis sueños eran dulces, llovía mucho y, a intervalos,
el plácido viento del sur golpeaba la ventana o lucía el
sol. Durante mucho tiempo no mencionamos a Psique.
Hablábamos (si es que lo hacíamos) del día a día.

Tenían mucho que contarme. El tiempo cambió al
día siguiente de caer yo enferma. El Shennit volvía a
llevar agua abundante. El final de la sequía había llegado demasiado tarde para salvar la mayor parte de la
cosecha (uno o dos terrenos produjeron un poco), pero
los huertos crecían. Y, sobre todo, el pasto estaba recuperándose de un modo espléndido: salvaríamos más
ganado de lo que cabía esperar. La fiebre había desaparecido. Mi enfermedad no tenía nada que ver con ella.
Los pájaros regresaban a Gloma, de modo que cualquier mujer con un marido capaz de disparar el arco
o de colocar una trampa pronto contaría con algo que
echar al puchero.

Me enteré de todo esto gracias a mis mujeres y al
Zorro. Cuando nos quedábamos los dos solos, él me
informaba de otras noticias. Mi padre era —mientras
aquello durara— el favorito de su pueblo. Al parecer, durante la Gran Ofrenda recibió mucha compasión y muchos elogios (por primera vez rozábamos el asunto que

tocaba más de cerca a nuestros corazones). Allá arriba, en el Árbol sagrado, el rey gimió, derramó lágrimas, se rasgó las vestiduras y abrazó a Psique innumerables veces (cosa que hasta entonces no había hecho jamás), aunque sin dejar de repetir que no iba a retener lo más amado de su corazón cuando el bien del pueblo exigía su muerte. Toda la muchedumbre lloraba, según le contaron al Zorro quien, dada su condición de esclavo y extranjero, no estuvo presente.

—¿Tú sabías, abuelo, que el rey es tan farsante? —pregunté (naturalmente, hablábamos en griego).

—No lo es del todo, pequeña —repuso el Zorro—. Creía en lo que hacía. Sus lágrimas no son más falsas ni más sinceras que las de Redival.

Luego siguió contándome las buenas noticias que llegaban de Fars. Algún infeliz de entre la multitud había dicho que el rey de Fars tenía trece hijos. La verdad es que solo eran ocho, de los cuales uno murió siendo niño. El mayor era algo torpe y nunca podría gobernar, de modo que el rey nombró por sucesor (dado que algunos decían que las leyes se lo permitían) a su tercer hijo, Argan. Al parecer, el segundo, Trunia, se tomó a mal haber sido excluido de la sucesión e, instigando a esos descontentos que nunca faltan en ningún territorio, se había alzado en rebelión contando con un buen respaldo para recuperar el derecho que, según él, le correspondía. El resultado era que, probablemente, al menos durante un año todo Fars estaría enfrascado en la guerra civil y, en lo tocante a Gloma, ambos bandos se habían convertido en mansos corderos, de modo que por ese lado nos hallábamos libres de cualquier amenaza.

Pocos días después, aprovechando que el Zorro estaba conmigo (no podía hacerlo a menudo, porque el rey requería sus servicios), le pregunté:

—Abuelo ¿sigues pensando que Ungit es solo un engaño de los poetas y los sacerdotes?

—¿Por qué lo dices, pequeña?

—Si fuera de verdad una diosa ¿qué otra cosa podría haber resultado de la muerte de mi pobre hermana que no sea lo que ha ocurrido? Todos los peligros y los infortunios que nos amenazaban se han desvanecido. El viento debió de cambiar tan solo un día después de que...

Me di cuenta de que no era capaz de ponerle un nombre a aquello. Junto con mis fuerzas regresaba también mi pena. Y la del Zorro.

—Pura casualidad —murmuró con el rostro desfigurado, en parte por la ira y en parte para dominar las lágrimas (los griegos lloran con tanta facilidad como las mujeres)—. Son esas casualidades las que alimentan la fe de los bárbaros.

—¿Cuántas veces me has dicho que la casualidad no existe, abuelo?

—Tienes razón: ha sido un desliz. Quiero decir que el crimen no está más relacionado con todas esas cosas que con cualquier otra. El uno y las otras forman parte de la misma trama que llamamos Naturaleza o Todo. Ese viento del sudoeste ha recorrido miles de millas de mares y tierras. El clima del mundo entero tendría que haber sido distinto desde un principio si ese viento no hubiera tenido que soplar. Todo es una única trama: no puedes quitar ni añadir un solo hilo.

—Así que su muerte no ha servido para nada —dije, apoyándome en el codo—. Si el rey hubiera esperado unos pocos días más, podríamos haberla salvado, porque las cosas habrían empezado a arreglarse por sí solas. ¿Y eso te parece un consuelo?

—No es ese el consuelo. Como todas las maldades, la que han cometido ellos ha sido inútil y fruto de la ignorancia. Ese es nuestro consuelo: que el mal lo han hecho ellos, no ella. Dicen que no derramó una sola lágrima y que sus manos no temblaban cuando la ataron al Árbol. Ni siquiera cuando se marcharon y la dejaron allí se la oyó gritar. Murió acompañada de todo lo que es bueno: coraje, temple y... ¡Ay, Psique; ay, mi pequeña!

El amor pudo más que la filosofía. El Zorro se cubrió la cabeza con el manto y salió de allí sollozando.

—Ya viste ayer, hija mía, qué pocos progresos he hecho —me dijo al día siguiente—. Empecé a filosofar demasiado tarde. Tú eres joven y puedes avanzar más. Amar y perder a los seres amados son dos cosas propias de nuestra naturaleza. Si no somos capaces de sobrellevar la segunda, la culpa es nuestra. Eso no le sucedió a Psique. Si lo miramos con los ojos de la razón y no con los de nuestras pasiones, ¿hay algo bueno en esta vida de lo que ella careciera?: castidad, templanza, prudencia, mansedumbre, clemencia, valor; y (si algo cuenta la fama, pese a ser como la espuma) un nombre que perdurará al lado del de Ifigenia y Antígona.

Naturalmente, hacía mucho tiempo que me había contado esas historias, tantas veces que las conocía de memoria, casi todas con las propias palabras de los poetas. No obstante, le pedí que me las relatara de nuevo, pensando sobre todo en él: yo ya tenía edad suficiente para saber que los hombres (y más aún un griego) pueden hallar consuelo en las palabras que salen de su propia boca. Pero también a mí me agradaba escucharlas. Eran temas distendidos y familiares capaces de mantener a raya la profunda desolación que, a medida que iba recobrando la salud, empezaba a frecuentar todos mis pensamientos.

Al día siguiente, recién abandonado el lecho por primera vez, le dije:

—Abuelo, ya no tengo la oportunidad de ser Ifigenia, pero sí Antígona.

—¿Antígona? ¿Qué quieres decir, pequeña?

—Antígona enterró a su hermano. Y yo también lo voy a hacer. Quizá quede algo de ella. Ni siquiera la Bestia se comería los huesos y demás. Tengo que ir al Árbol. Si puedo, la... los traeré de vuelta y los quemaremos como está prescrito. Y, si quedan demasiados, los enterraré allí arriba.

—Sería un acto piadoso y conforme a la costumbre, si no a la Naturaleza —dijo el Zorro—. Siempre que lo consigas... El año está muy avanzado para subir a la Montaña.

—Por eso hay que hacerlo enseguida. Creo que deben de quedar entre cinco y veinte días antes de que caigan las primeras nieves.

—No sé si serás capaz, pequeña. Has estado muy enferma.

—Es lo único que puedo hacer —contesté.

NUEVE

PRONTO FUI CAPAZ de volver a moverme por la casa y los jardines, aunque con cierto sigilo, porque el Zorro le había dicho al rey que seguía enferma; si no, mi padre me habría puesto a trabajar para él en la Sala de las Columnas. De vez en cuando preguntaba: «¿Hasta dónde tiene intención de llegar? ¿Pretende quedarse holgazaneando en la cama el resto de su vida? En mi colmena no se alimenta eternamente a los zánganos». La pérdida de Psique no le había hecho ser más blando ni con Redival ni conmigo.

—Quien le oiga creerá que no hay padre que haya amado más a su hija que él a Psique —decía el Zorro.

Los dioses le habían quitado lo mejor y le habían dejado las sobras: la zorrilla (que era Redival) y el duende (que era yo). No me hacían falta los informes del Zorro para adivinarlo.

En cuanto a mí, estaba ensimismada ideando cómo llegar al Árbol de la Montaña y reunir lo que hubiera quedado de Psique. Me había lanzado alegremente a decirlo y estaba decidida a hacerlo, pero las dificultades eran muchas. Nadie me había enseñado a montar, así que tendría que ir a pie. Sabía que un hombre que conociera el camino que conducía al Árbol desde el palacio tardaría en recorrerlo unas seis horas. A mí, que era mujer y tendría que ir tanteando el camino, me llevaría por lo menos ocho. Y dos más para la tarea que debía realizar, y otras seis para volver a casa. En total, dieciséis horas. No era coser y cantar. Tenía que contar con pasar una noche en la Montaña y llevar alimentos (agua encontraría allí) y ropa de abrigo. No podía hacerlo mientras no hubiera recuperado todas mis fuerzas.

Ahora sé que, en realidad, deseaba aplazar mi viaje lo más posible: no por el peligro o el esfuerzo que conllevaba, sino porque no veía qué otra cosa me quedaba por hacer en este mundo una vez cumplida mi tarea. Mientras tuviera pendiente aquello, había algo así como una barrera que me separaba del yermo desierto en que se convertiría el resto de mi vida. Pensaba que, una vez reunidos los huesos de Psique, todo lo que tenía que ver con ella habría llegado a su fin y quedaría zanjado. Incluso en ese momento, cuando aún me aguardaba esa importante misión, de los estériles años que vendrían después se desprendía y me invadía un abatimiento cuya existencia jamás habría sospechado. No se parecía a ninguno de los sufrimientos que había padecido hasta entonces o que haya padecido después. No lloraba ni me retorcía las manos. Era como el agua que se mete en una botella y se deja en un sótano: completamente inmóvil, sin esperanza de que la beban, la sirvan, la derramen o la agiten. Los días se hacían interminables. Hasta las sombras parecían clavadas en el suelo, como si el sol hubiera dejado de moverse.

Un día, cuando mayor era esa apatía, entré en casa por la puertecita de un estrecho pasillo que comunica las dependencias de la guardia con el establo de ordeño. Me senté en el umbral, no tanto por el cansancio físico (porque los dioses, no del todo inmisericordes, me han hecho fuerte) como por la incapacidad de hallar una razón para dar un paso más en cualquier dirección o para hacer cualquier cosa. Un moscardón trepaba por la jamba de la puerta. Recuerdo que pensé que su paso indolente, aparentemente falto de objetivo, se parecía a mi vida, e incluso a la vida del mundo entero.

—Señora —dijo una voz detrás de mí. Alcé la mirada: era Bardia.

—Señora —dijo—, permíteme que me tome esta libertad. Yo también sé lo que es la tristeza. He estado igual que tú, sentado y viendo pasar las horas como si fueran años. Y mi cura fue la guerra. No creo que exista otro remedio.

—Yo no puedo ir a la guerra, Bardia —contesté.

—Sí puedes... o casi —replicó—. Cuando te enfrentaste a mí delante de la puerta de la otra princesa (que la paz esté con ella ¡bendita sea!), te dije que tenías buen ojo y buen alcance de brazos. Tú creíste que te lo decía para animarte y es posible que así fuera. Pero también porque era verdad. El cuartel está vacío y allí guardan espadas sin filo. Ven conmigo y te daré una clase.

—No —le dije sin ganas—. No me apetece. ¿Para qué?

—¿Para qué? Prueba y verás. Nadie puede estar triste mientras pone en juego la muñeca, la mano, los ojos y cada músculo de su cuerpo. Así es, señora, lo creas o no. Además, sería una vergüenza no entrenar a alguien con tantas dotes para la esgrima como has demostrado tener.

—No —repetí—. Déjame sola. A no ser que usemos espadas con filo y acabes conmigo.

—Eso son sandeces de mujeres, si me lo permites. No las repetirás una vez lo hayas probado. Vamos: no te dejaré en paz hasta que vengas conmigo.

Un hombre fornido y amable que le saca unos cuantos años a una niña es capaz de convencerla por triste y amargada que se sienta. Así que me levanté y le seguí.

—Este escudo pesa demasiado —dijo—. Este te valdrá. Mete el brazo: así. Y apréndelo desde ya: el escudo es un arma, no una muralla. Para luchar tienes que servirte de él exactamente igual que de la espada. Mírame. ¿Ves cómo giro el mío? Muévelo como si fuera una mariposa. Si estuviéramos en pleno combate, nos lloverían por todas partes puntas de flechas, lanzas y espadas. Toma: aquí tienes la espada. No, así no. Tienes que agarrarla con fuerza, pero sin rigidez. No es un animal salvaje que quiera escapar de ti. Así mejor. Ahora adelanta el pie izquierdo. Y no me mires a la cara: mira a mi espada. No es mi cara la que va a pelear contra ti. Ahora te voy a enseñar unas cuantas guardias.

Me tuvo ahí media hora. Nunca había puesto tanto empeño en algo y, mientras estás dedicado a ello, es imposible pensar en otra cosa. He dicho un poco antes que el trabajo y la debilidad son un consuelo. Sin embargo, el sudor es aún más placentero: mucho mejor remedio para los pensamientos enfermizos que la filosofía.

—Basta por hoy —dijo Bardia—. Lo haces muy bien. Estoy seguro de que podré sacar de ti un gran espada. ¿Volverás mañana? Esa ropa no te deja moverte bien. Es mejor que te pongas algo que te llegue solo a la rodilla.

Tenía tanto calor que crucé el pasillo en dirección al establo y me bebí un cuenco de leche. No había comido ni bebido nada que me sentara tan bien desde que llegaron los malos tiempos. Aún estaba allí cuando uno de los soldados (que me imagino que nos había visto) entró en el pasillo y le dijo algo a Bardia. No pude oír su respuesta. Pero luego alzó la voz:

—Sí, tiene una cara que da lástima. Pero es una joven valiente y honesta. Si no fuese la hija del rey, sería una buena esposa para un ciego.

Es lo más parecido a una declaración de amor que me han hecho nunca.

A partir de entonces Bardia me dio clase a diario. Y no tardé en constatar que había resultado ser un buen médico. Aunque seguía estando triste, mi letargo desapareció y el tiempo recuperó su paso normal.

No tardé en confiarle a Bardia mi deseo de ir a la Montaña Gris y con qué intención.

—Es una idea excelente, señora —dijo—. Me avergüenzo de no haberlo hecho yo antes. Es lo menos que se merece la bendita princesa. Pero no hace falta que vayas tú. Lo haré yo.

Yo insistí en que iba a ir.

—Entonces vendrás conmigo —dijo Bardia—. Tú sola nunca encontrarías el sitio. Y podrías toparte con un oso, o con los lobos, o con un hombre de las montañas o un forajido, que es aún peor. ¿Sabes montar a caballo, señora?

—No, nadie me ha enseñado.

Arrugó el ceño y se quedó pensando.

—Bastará con un caballo —dijo—, yo en la silla y tú detrás de mí. Y no tardaremos seis horas en subir hasta allí: hay un camino más corto. Lo que sí nos llevará tiempo es lo que tenemos que hacer. Habrá que dormir una noche en la montaña.

—¿Te dejará el rey ausentarte tanto tiempo, Bardia?

Él rio entre dientes.

—No me costará mucho inventarme algún cuento. Con nosotros no se porta igual que contigo, señora. Pese a la rudeza de su lengua, no es un mal señor para los soldados, los pastores, los cazadores y demás. Los entiende y ellos le entienden a él. Lo peor se lo reserva a las mujeres, los sacerdotes y los políticos. En realidad, los teme un poco.

Aquello me sorprendió.

Seis días después, Bardia y yo nos pusimos en marcha muy de mañana, a la hora del ordeño: el día estaba tan nublado que casi parecía noche cerrada. En el palacio solo el Zorro y mis mujeres estaban al tanto de nuestra partida. Yo llevaba un manto negro con capucha y el rostro oculto tras un velo. Bajo el manto me había puesto la ropa que usaba para mis sesiones de esgrima, un cinturón de hombre y una espada —esta vez con filo— al costado. «Es probable que no nos encontremos con nada más peligroso que un gato salvaje o un zorro —había dicho Bardia—, pero nadie, sea hombre o doncella, debe internarse en las colinas desarmado». Me subí de lado al caballo y me agarré con una mano al cinturón de Bardia, sujetando con la otra una urna sobre las rodillas.

El silencio de la ciudad solo lo rompía el repiqueteo de los cascos de nuestra montura, aunque aquí y allá se veía luz en alguna ventana. Una intensa lluvia nos azotó la espalda cuando bajábamos desde la ciudad al vado del Shennit, pero mientras lo cruzábamos dejó de llover y el cielo empezó a abrirse. Aún no veíamos ningún indicio del amanecer, porque justo allí las nubes eran más densas.

A la derecha dejamos la morada de Ungit, que ofrece este aspecto: unas piedras enormes y antiguas, que doblan la estatura de un hombre y cuadruplican su anchura, colocadas verticalmente formando un círculo ovalado. Llevan allí mucho tiempo y nadie sabe quién las puso de pie, ni quién las trasladó hasta allí, ni cómo lo hizo. Los huecos entre las piedras se han rellenado con ladrillos que rematan el muro. El techo es de juncos y sin inclinación, pero algo abovedado, de modo que el conjunto forma como una joroba redondeada, parecida a una inmensa babosa tumbada en el suelo. Se trata de una forma sagrada y los sacerdotes dicen que se asemeja e incluso que es —misteriosamente— el huevo de cuyo cascarón salió el mundo entero o el vientre que lo albergó en su día. Todas las primaveras el sacerdote se encierra dentro y lucha (o finge que lucha) para abrirse camino hasta cruzar la puerta que da a occidente: eso significa que ha nacido el nuevo año. Cuando pasamos a su lado salía humo de ella, porque el fuego de Ungit siempre está encendido.

Mi estado de ánimo cambió en cuanto dejamos atrás a Ungit, en parte porque nos internábamos en un paraje desconocido para mí, y en parte porque, a medida que nos alejábamos del ambiente sagrado, el aire parecía templarse. La Montaña se alzaba ante nosotros cada vez más grande y nos privaba del resplandor del día; pero, al mirar atrás y contemplar más allá de la ciudad las colinas que Psique, el Zorro y yo solíamos recorrer, vi que ya había amanecido. Y más lejos aún, por el oeste, las nubes empezaban a teñirse de rosa pálido. Íbamos subiendo y bajando pequeñas colinas —siempre subiendo más de lo que bajábamos— por un camino bastante practicable bordeado de praderas. A la izquierda se extendían densos bosques y, cuando el camino empezaba a dirigirse hacia ellos, Bardia lo dejó para continuar por la hierba.

—Ese es el Sendero Sagrado —dijo, señalando los bosques—. Por ahí llevaron a la Bendita, la paz sea con ella. Nosotros vamos a tomar un camino más empinado y más corto.

Avanzamos mucho rato sobre la hierba subiendo por una ligera y constante pendiente, en dirección a una cresta tan alta y tan próxima a nosotros que la Montaña quedaba fuera de nuestra vista. Al llegar a la cima y detenernos un momento para dejar que el caballo recobrara el aliento, todo era distinto. Y aquí comenzó mi lucha.

Ahora estábamos a plena luz del sol, demasiado radiante para mirarlo de cara y tan cálido que tuve que retirarme el manto. Un denso rocío confería a la hierba el brillo de una joya. La Montaña, mucho más alta y, al mismo tiempo, mucho más alejada de lo que yo esperaba, vista con el sol suspendido a un palmo de sus riscos más elevados, no parecía demasiado sólida. Nos separaba de ella una vasta sucesión de valles y colinas, de bosques y barrancos, y más lagunas de las que era capaz de contar. A derecha e izquierda y detrás de nosotros, todo ese mundo de coloridas colinas se amontonaba hasta tocar el cielo; y, más allá aún, un destello de lo que llamamos mar (que no puede compararse con el Gran Mar de los griegos). Se oía cantar a una alondra; pero, aparte de eso, reinaba un silencio absoluto y milenario.

Y esta era mi lucha. Tienes razón si piensas que había empezado el viaje con ánimo sombrío: la misión que me aguardaba era muy triste. Ahora me rondaba una especie de voz juguetona y descarada que no pronunciaba palabra, pero que se podría traducir así: «¿Por qué no te baila el corazón?»; a lo que tal era mi falta de juicio que mi corazón estaba a punto de contestar: «¿Y por qué no?». Tuve que decirme a mí misma, como si repitiera una lección, las infinitas razones que me impedían ponerme a bailar. ¿Bailar mi corazón? Ese corazón mío al que habían arrebatado lo que amaba; a mí, la princesa fea que nunca podría aspirar a otro amor; a mí, la esclava del rey, la carcelera de la odiosa Redival; a mí, que tras la muerte de mi padre tal vez solo pudiera esperar la muerte o la mendicidad... Porque ¿quién sabía que sería de Gloma entonces? No obstante, mi mente a duras penas retenía la lección. La imagen de la inmensidad del mundo me llevó a disparatar, como si pudiera deambular por él eternamente, viendo cosas extrañas y hermosas, una detrás de otra, hasta el fin del mundo. El frescor y la humedad que me rodeaban (los meses anteriores a mi enfermedad todo lo que había visto era árido y marchito) me hacían pensar que había juzgado mal el mundo; que el mundo era amable, sonriente, como si también su corazón bailara. Ya ni siquiera podía creerme fea. ¿Quién puede *sentirse* feo cuando el corazón se deleita? Era como si, en algún lugar del fuero interno, por debajo de un rostro espantoso, de unos huesos escuálidos, una pudiese ser suave, fresca, ágil y deseable.

Solo nos quedamos en la cima un rato. Mi lucha continuó durante las horas siguientes, mientras seguíamos serpenteando arriba y abajo entre altas colinas, muchas veces desmontando y guiando a pie al caballo al filo de peligrosos acantilados.

¿Tenía razón al pelear contra ese humor festivo? Al menos el decoro, si no otra cosa, lo exigía. No iba a enterrar a Psique entre risas: si así fuera ¿cómo volvería a pensar jamás que la amaba? La razón lo exigía: demasiado bien conocía el mundo como para confiar en esa repentina sonrisa. ¿Qué mujer puede mostrarse tolerante con un hombre que la ha engañado tres veces y que sigue siendo capaz de dejarse seducir de nuevo por las carantoñas de su amante? Yo sería ese hombre si la mera irrupción del buen tiempo y la hierba fresca tras una larga sequía, la salud tras una enfermedad, eran capaces de reconciliarme con ese mundo perseguido por los dioses, acosado por la desgracia, putrefacto y tirano. Yo lo había comprobado. No estaba loca. No obstante, entonces ignoraba —y ahora sí la conozco— la razón más poderosa para desconfiar. Los dioses nunca nos invitan tan fácilmente y con tanta intensidad a disfrutar como cuando están preparándonos algún nuevo sufrimiento. Somos sus burbujas: nos inflan antes de pincharnos.

Aun así, no me hacía falta conocer esa razón para dominarme. Era dueña de mí misma. ¿Acaso me tenían por una flauta que hacer sonar a su antojo?

La lucha cesó al culminar el último ascenso antes de alcanzar la Montaña. Habíamos llegado tan alto que, aunque el sol lucía con fuerza, el viento que soplaba era cortante. A nuestros pies, entre nosotros y la Montaña, se extendía un valle siniestro y oscuro: oscuros eran el musgo, y las turberas, y los guijarros, y los peñascos, y los restos de roca desprendidos de la Montaña: como si esta estuviera herida y sus llagas supurasen piedras. Tuvimos que inclinar la cabeza hacia atrás para contemplar esa inmensa masa rematada por enormes protuberancias de piedra, perfiladas contra el cielo como las muelas de un viejo gigante. Aunque la cara que nos mostraba no era más inclinada que un tejado, excepto por algunos temibles acantilados a la izquierda, parecía alzarse como un muro. También en ella reinaba la oscuridad. Los dioses renunciaron a intentar que me sintiera feliz. Allí no había nada que invitara a bailar ni siquiera al corazón más dichoso.

Bardia señaló a la derecha, por donde la Montaña bajaba en suave pendiente hacia un collado algo más bajo que el terreno que pisábamos, tras el cual solo se divisaba el cielo. Y contra ese cielo, en el collado, se recortaba un único árbol desnudo.

Descendimos caminando hasta el oscuro valle, sujetando al caballo por las riendas porque el camino era malo y las piedras se deslizaban bajo nuestros pies, hasta retomar en lo más hondo del valle la Senda Sagrada que desembocaba allí por el norte, a nuestra izquierda. Estábamos tan cerca que no volvimos a montar. Unas cuantas vueltas del camino nos condujeron hasta el collado y otra vez nos vimos expuestos a un viento cortante.

Ahora que nos acercábamos al Árbol tenía miedo, no sé muy bien de qué; pero sabía que encontrar los huesos o el cadáver de Psique apaciguaría mis temores. Creo que sentía un miedo absurdo e infantil a que no estuviera ni viva ni muerta.

Habíamos llegado. De aquel tronco cadavérico y sin corteza colgaban el anillo de hierro y la cadena enganchada a él, emitiendo un sordo sonido cada vez que los movía el viento. Allí no había huesos, ni jirones de tela, ni manchas de sangre: nada.

—¿Cómo interpretas estas señales, Bardia?

—Los dioses se la han llevado —dijo, muy pálido y bajando la voz (era un hombre temeroso de los dioses)—. Ningún animal de la naturaleza hubiera dejado tan limpio el plato. Habría huesos. Un animal (excepto la Sombra de la Bestia) no sería capaz de separar todo el cuerpo de las cadenas. Y no se habría llevado las joyas. Quizá un hombre... no, un hombre no podría haberla liberado a menos que llevara herramientas con él.

Nunca habría imaginado que nuestro viaje fuese tan inútil, que no hubiera nada que hacer y nada que recoger. Estaba a punto de empezar el vacío de mi vida.

—Podemos buscar por los alrededores —dije sin pensar, porque no tenía ninguna esperanza de encontrar algo.

—Sí, señora: busquemos —dijo Bardia. Yo sabía que era solo su bondad la que hablaba.

Y eso hicimos, dando vueltas en círculo, él por un lado y yo por otro, con los ojos clavados en el suelo; nuestros mantos helados ondeaban de tal modo que las piernas y las nalgas se resentían de sus golpes.

Bardia iba por delante, hacia el este, y estaba en el límite del collado cuando le oí llamarme. Para verle tuve que retirarme los cabellos que me azotaban el rostro.

Corrí hacia él casi volando, porque el viento del oeste convertía mi manto en una vela. Bardia me enseñó su hallazgo: un rubí.

—Nunca la vi llevar esa piedra —dije.

—Pues la llevó, señora. En su último viaje. Le pusieron las vestiduras sagradas. El rojo de las correas de sus sandalias eran rubís.

—Entonces, Bardia, alguien... algo se la llevó.

—O puede que solo se llevara las sandalias. Un grajo, por ejemplo.

—Sigamos en esa dirección.

—Con cuidado, señora. Si alguien tiene que hacerlo soy yo. Tú quédate detrás.

—¿Qué hay que temer? Y, en cualquier caso, no me voy a quedar atrás.

—No sé de nadie que haya cruzado al otro lado del collado. En la Ofrenda ni siquiera los sacerdotes fueron más allá del Árbol. Estamos muy cerca de la zona mala de la Montaña... de la zona sagrada, quiero decir. Dicen que detrás del Árbol está la tierra de los dioses.

—Entonces eres tú el que tiene que quedarse atrás. A mí ya no pueden hacerme más daño del que me han hecho.

—Yo voy adonde tú vayas, señora. Pero no hablemos tanto de ellos, o mejor no hablemos más. Primero voy a volver por el caballo.

Regresó hasta donde había atado al caballo a un arbusto raquítico (por un momento le perdí de vista y me quedé sola en el límite de esa tierra tan peligrosa).

Luego lo guio hasta mí con gesto serio y nos pusimos en marcha.

—Con cuidado —repitió—. En cualquier momento nos podemos encontrar al borde de un precipicio.

Y esa era la impresión que teníamos, porque mientras dábamos los siguientes pasos era como si nos encamináramos directamente al cielo. De pronto nos encontramos en la cima de una ladera empinada; y en ese mismo momento apareció el sol, que había permanecido oculto desde que nos internamos en la oscuridad del valle.

Fue como contemplar un nuevo mundo. A nuestros pies, recogido entre una vasta maraña de montañas, había un pequeño valle que brillaba como una joya y se abría hacia el sur, a nuestra derecha. Ese espacio nos permitía vislumbrar a lo lejos un terreno fértil y azulado, colinas y bosques. El valle parecía un hoyuelo en el mentón de la vertiente sur de la Montaña. Pese a la altura, daba la impresión de que el año había sido más benigno con él que con las tierras más bajas de Gloma. Nunca he visto una hierba tan verde. Las aliagas estaban en flor, y las viñas salvajes, y muchos bosquecillos de frutales, y destellaban las aguas abundantes de estanques, riachuelos y pequeñas cascadas. Después de buscar la zona de la ladera más accesible para el caballo, mientras empezamos a descender, el aire se hizo cada vez más cálido y suave. Habíamos dejado atrás el viento y podíamos oír nuestras voces; y pronto pudimos oír también el susurro de los riachuelos y el sonido de las abejas.

—Este debe de ser el valle secreto del dios —dijo Bardia con voz queda.

—Y tan secreto —contesté yo.

Habíamos llegado abajo y el tiempo era tan cálido que me dispuse a hundir las manos y la cara en el agua

ambarina que corría entre nosotros y el cuerpo del valle. Estaba levantando la mano para apartarme el velo
cuando oí dos gritos de voces distintas: una era la de
Bardia. Alcé la vista. Un escalofrío estremecedor de sentimientos que no puedo describir (aunque muy parecido
al pánico) me recorrió de pies a cabeza. Allí, a no más de
seis pies, al otro lado del río, estaba Psique.

DIEZ

PRESA DE LA euforia, no sé qué fui capaz de balbucear entre lágrimas y risas mientras aún nos separaba el río. Bardia me hizo recobrar el juicio.

—Cuidado, señora. Quizá sea su espectro. Puede que... que sea la esposa del dios. ¡Una diosa!

Estaba mortalmente pálido y se inclinó para echarse tierra en la frente.

No se le podía culpar. Psique tenía esa cara radiante de que hablan los griegos. Pero yo no sentía ningún temor sagrado. ¿Cómo iba a tener miedo de Psique, a quien había llevado en mis brazos y enseñado a hablar y a caminar? Estaba curtida por el sol y el viento y vestida con harapos, pero reía: sus ojos parecían estrellas, sus miembros eran suaves y redondeados y, salvo por los harapos, nada en ella indicaba indigencia o cualquier otra penalidad.

—¡Bienvenidos, mil veces bienvenidos! —dijo—. ¡Cuánto he deseado esto, Maya! Era mi único anhelo. Sabía que vendrías. ¡Qué feliz soy! Y el bueno de Bardia... ¿Te ha traído él? Naturalmente: tendría que haberlo adivinado. Vamos, Orual, cruza el río. Te mostraré por dónde es más fácil. Pero a ti, Bardia, no te puedo dejar cruzar. Querido Bardia...

—¡No, no, Bendita Istra! —dijo Bardia, y pensé que le habían quitado un peso de encima—. Yo solo soy un soldado.

Luego, bajando la voz, me preguntó:

—¿Vas a ir, señora? Es un sitio muy peligroso. Quizá...

—¿Que si voy a ir? —repuse yo—. Iría aunque el río llevase fuego en lugar de agua.

—Claro, claro —dijo—. Tú no eres como nosotros. Eres de sangre divina. Me quedaré aquí con el caballo. Estamos protegidos del viento y hay mucha hierba.

Yo ya había llegado al borde del río.

—Un poco más arriba, Orual —dijo Psique—. Por aquí se cruza mejor. Ve hacia esa piedra grande. Despacio... Asegúrate de pisar bien. No, a la izquierda no: ahí es muy profundo. Por aquí. Da un paso más. Agárrate de mi mano.

Me imagino que, después de tanto tiempo enferma en la cama y sin salir de mi alcoba, me había vuelto más delicada. El agua fría me dejó sin aliento y la corriente era tan fuerte que, de no ser por la mano de Psique, creo que me habría tumbado y arrastrado con ella. Incluso en un momento como ese y entre un cúmulo de cosas más, se me ocurrió pensar: *Qué fuerte se ha hecho. Será más fuerte que yo. Otra cosa más que sumar a su belleza.*

Lo que sucedió a continuación fue un caos: intentaba hablar, lloraba, la besaba, recuperaba el aliento, todo a la vez. Nos alejamos unos cuantos pasos de la orilla y Psique me hizo sentar entre el cálido brezo; luego tomó asiento a mi lado y unimos nuestras manos sobre mi regazo, igual que aquella noche en su prisión.

—Bueno, hermana —me dijo alegremente—, ha sido un recibimiento frío y complicado. Te has quedado sin aliento. Te serviré un refrigerio.

Se levantó de un brinco y, tras alejarse unos pasos, regresó con unas pequeñas bayas de la Montaña frías y de color oscuro que había colocado sobre una hoja verde.

—Come —dijo—. ¿No son dignas de los dioses?

—No hay nada más dulce —dije. Lo cierto es que estaba muy hambrienta y tenía sed, porque ya era mediodía, o más tarde aún.

—Dime, Psique ¿cómo...?

—Espera —dijo—. Después del banquete, el vino.

Junto a nosotras brotaba un hilillo plateado de agua de entre unas piedras suavemente almohadilladas por el musgo. Psique juntó las manos hasta llenarlas y luego las acercó a mis labios.

—¿Alguna vez has probado un vino mejor que este? —preguntó—. ¿O en una copa más hermosa?

—La bebida es excelente —contesté yo—, pero la copa es mejor. Es la copa que más me gusta de este mundo.

—Tuya es, hermana.

Lo dijo con tanta cortesía, como si fuese una reina agasajando a sus invitados, que mis ojos volvieron a llenarse de lágrimas al recordar los juegos de su infancia.

—Gracias, pequeña —le dije—. Espero que así sea. Pero, Psique, pongámonos serias y vamos al grano. ¿Cómo has sobrevivido? ¿Cómo escapaste? Y... no podemos permitir que la alegría de este momento nos ofusque. ¿Qué vamos a hacer ahora?

—¿Hacer? ¡Pues ser felices! ¿Qué otra cosa vamos a hacer? ¿Por qué no van a bailar nuestros corazones?

—De hecho, ya están bailando. No creas que... Sería capaz incluso de perdonar a los dioses. Quizá hasta de perdonar a Redival. Pero en un mes más o menos llegará el invierno. No puedes... ¿Cómo has sobrevivido hasta hoy, Psique? Pensaba que...

El recuerdo de lo que pensaba fue superior a mis fuerzas.

—Calla, Maya, calla —dijo; una vez más, era ella la que me consolaba a mí—. Se acabaron los miedos. Todo ha terminado bien y haré que también para ti termine bien: no descansaré hasta que seas feliz. Pero no me has pedido que te cuente nada. ¿No te ha sorprendido descubrir el lugar tan hermoso en el que vivo? ¿No estás asombrada?

—Sí, Psique, estoy sobrecogida. Claro que quiero oír tu relato. Aunque primero deberíamos trazar un plan.

—¡Orual la formal! —se burló Psique—. Siempre haciendo planes. Y con razón, Maya, habiendo tenido que educar a una niña tan atolondrada como yo. Hiciste bien.

Con un beso ligero, dejó atrás aquellos días y lo que era la mayor preocupación de mi vida, y comenzó su relato.

—Cuando salimos del palacio mi mente estaba confusa. Antes de empezar a pintarme y a vestirme, las dos jóvenes del templo me dieron a beber algo dulce y pegajoso; me imagino que era una droga, porque al rato todo me parecía un sueño, y esa sensación fue aumentando con el tiempo. Creo, hermana, que eso se lo dan también a aquellos cuya sangre se va a derramar sobre Ungit y es lo que les hace parecer tan serenos en el momento de la muerte. Las pinturas de mi rostro fomentaban esa somnolencia: estaba tan rígido que no parecía mío. Era incapaz de sentirme destinada a un sacrificio. Y a todo ello contribuían la música, el incienso y las antorchas. A ti, Orual, te vi allí arriba, en las escaleras, pero no fui capaz ni de levantar la mano para saludarte; mis brazos pesaban tanto como el plomo. Pero pensé que no importaba mucho, porque al final tú también despertarías y descubrirías que todo era un sueño. Y en cierto modo lo fue ¿verdad? Y ahora estás a punto de despertarte. ¿Cómo es posible que sigas tan seria? Habrá que espabilarte más...

»Tal vez creas que, al cruzar el portón, el aire frío me devolvió la razón; no obstante, debía de ser el momento en que el efecto de la droga era mayor. No sentía miedo, pero tampoco alegría. Aun así, resultaba extraño ir sentada en la litera por encima de las cabezas de la multitud. Los cuernos y los cascabeles no paraban de sonar. No sé si el trayecto hasta la montaña es largo o corto. Cada paso se me hacía eterno: notaba uno a uno los guijarros del suelo y me quedaba un buen rato con la vista clavada en cada árbol junto al que pasábamos. Sin embargo, el trayecto en su conjunto se me hizo muy corto, aunque no tanto como para impedirme recobrar un poco el sentido. Empecé a comprender que iban a hacerme algo espantoso. Quise hablar por primera vez. Intenté gritar que estaban cometiendo un error, que solo era la pobre Istra y que no era a mí a quien había que matar. Pero de mi boca solo brotó algo parecido a un gruñido o un balbuceo. Luego un hombre con cabeza de pájaro, o un pájaro con cuerpo de hombre...

—El sacerdote —dije.

—Sí, si es que sigue siendo el sacerdote cuando se pone la máscara: quizá cuando la lleva se convierte en un dios. El caso es que dijo: «Denle un poco más»; y uno de los sacerdotes más jóvenes se subió a hombros de otro y volvió a acercar a mis labios la bebida dulce y pegajosa. Yo no quería beberla, pero ¿sabes, Maya?, me sentía como aquella vez, hace mucho tiempo, cuando llamaste al barbero para que me sacara una espina de la mano ¿te acuerdas? Me agarrabas con fuerza y me decías que me portase bien, que solo sería un momento. Bueno, pues era lo mismo, así que estaba convencida de que lo mejor era hacer lo que me decían.

»Lo siguiente que sé (y esto lo sé con certeza) es que estaba fuera de la litera y pisaba el suelo caliente, y me ataban a un Árbol rodeándome la cintura con un hierro. El sonido de ese hierro eliminó de mi mente los restos de la droga. Allí estaba el rey, dando alaridos, gimiendo y mesándose los cabellos. Y entonces me miró ¿sabes, Maya?, me miró de verdad, y pensé que me estaba viendo por primera vez. Pero lo único que deseaba es que parara, y que él y todos los demás se fueran y me dejasen sola para poder llorar. Ahora sí quería llorar. Mi mente se iba despejando cada vez más y estaba muy asustada. Intentaba imitar a esas niñas de los relatos griegos que nos contaba el Zorro, y sabía que podría aguantar hasta que se fueran, siempre que se marcharan ya.

—¡Ay, Psique! Tú misma has dicho que todo ha acabado bien. Olvida ese día tan horrible. Date prisa y cuéntame cómo te salvaste. Tenemos mucho de que hablar y mucho que organizar. No hay tiempo...

—Tenemos todo el tiempo del mundo, Orual. ¿Es que no *quieres* oír mi relato?

—Claro que sí. De cabo a rabo. Cuando estemos a salvo y...

—¿Y dónde vamos a estar más a salvo que aquí? Este es mi hogar, Maya. Y no entenderás lo más maravilloso y magnífico de mi aventura si no escuchas lo malo. Y tampoco fue tan malo ¿sabes?

—Es tan malo que apenas soy capaz de soportar oírte.

—Espera... Cuando por fin se fueron, me quedé sola bajo un cielo radiante, en medio de una montaña abrasadora y sedienta y de un silencio absoluto. Junto al Árbol no soplaba ni una ligera brisa: recuerda cómo fue el último día de sequía. Aquella bebida pegajosa me había dado mucha sed. Entonces me di cuenta por primera vez de que, tal y como estaba atada, no podía sentarme. Y mi corazón desfalleció. Me eché a llorar: ¡cuánto los extrañaba a ti y al Zorro, Maya! Lo único que podía hacer era rezar: pedir a los dioses que ocurriera pronto lo que tenía que ocurrir, fuese lo que fuese. Pero no sucedió nada, excepto que mis lágrimas aumentaron mi sed. Después, mucho después, empezaron a rodearme.

—¿A rodearte?

—Bueno, no pasé miedo. Al principio solo fueron los bueyes de la montaña. Los pobres estaban escuálidos. Me dieron lástima: tenían tanta sed como yo. Formaron un gran círculo a mi alrededor y se fueron acercando cada vez más, aunque no llegaron a tocarme, y empezaron a mugir. A continuación apareció un animal que no conocía, pero creo que era un lince. Se acercó mucho. Mis manos no estaban atadas y me pregunté si sería capaz de espantarlo. Pero no hubo necesidad. Después de avanzar y retroceder no sé cuántas veces (creo que tenía tanto miedo de mí como yo de él), se acercó y me olisqueó los pies; luego me puso encima sus patas delanteras y volvió a olisquearme. Y después se marchó. Me dio pena: al fin y al cabo, era compañía. ¿Y sabes en qué no paraba de pensar?

—¿En qué?

—Al principio intentaba darme ánimos con mi viejo sueño del palacio de oro y ámbar en la cima de la Montaña y en el dios... Intentaba creer en ello. Pero era incapaz. No entendía cómo había podido creérmelo ni siquiera por un instante. Todo aquello, todos mis antiguos anhelos, se habían desvanecido.

Estreché sus manos sin pronunciar palabra. Pero en mi fuero interno me alegré. A lo mejor —quién sabe— hubiera sido bueno alentar esa quimera la víspera de la Ofrenda si eso la ayudaba. Pero ahora me alegraba de que lo hubiera superado. Era algo que no me gustaba, algo antinatural y distante. Quizá esa alegría mía es una de las cosas que me reprochan los dioses. Pero ellos no hablan.

—Mi único consuelo era otro: apenas una idea a la que costaba mucho poner palabras —continuó—. Había en ella mucho de la filosofía del Zorro (eso que dice él de los dioses y de la «naturaleza divina»), mezclada con otras cosas que dijo el sacerdote acerca de la sangre, la tierra y los sacrificios que hacen crecer la cosecha. No me estoy explicando demasiado bien. Era como si brotara de lo hondo de mí, de algo aún más hondo que esa parte de mí que me hace ver imágenes de palacios de oro y ámbar, de aún más hondo que los miedos y las lágrimas. Carecía de forma, pero podías atraparlo; o dejar que te atrapara. Y entonces hubo un cambio.

—¿Qué cambio?

No entendía muy bien de qué estaba hablando, pero comprendí que debía dejarla seguir a su aire y que contara la historia a su manera.

—Un cambio de tiempo, claro. Así atada no podía verlo, pero sí notarlo. De repente sentí frío. Y supe que a mi espalda, en Gloma, el cielo debía de estar cubriéndose de nubes, porque todos los colores de la Montaña desaparecieron y mi propia sombra se desvaneció. Después llegó el primer momento dulce: detrás de mí suspiró el viento, el viento del oeste. Luego se levantó más y más viento; podías escuchar, oler y sentir cómo se acercaba la lluvia. Entonces comprendí claramente que los dioses existen, y que yo había traído la lluvia. A mi alrededor empezó a rugir el viento (aunque su sonido es demasiado suave para llamarlo rugido) y cayó la lluvia. El Árbol me resguardaba un poco de ella; tenía tanta sed que junté las manos y las extendí para poder lamérmelas. El viento arreció. Parecía a punto de levantarme del suelo: de no haber tenido la cintura sujeta por el hierro, habría salido volando por el aire. Y entonces, por fin, durante un instante, lo vi.

—¿Qué viste?

—Al viento del oeste.

—¿Eso es lo que *viste*?

—No es que viera algo, sino a *alguien*. Vi al dios del viento, al viento del oeste en persona.

—¿Seguro que estabas despierta, Psique?

—No era un sueño, no. Con esas cosas no podemos soñar porque nunca hemos visto nada parecido. Tenía forma humana, pero no se podía confundir con un hombre. Si lo vieras lo entenderías, hermana. ¿Cómo podría hacértelo comprender? ¿Has visto a algún leproso?

—Sí, claro.

—¿Y te has fijado en cuál es el aspecto de alguien sano al lado de un leproso?

—¿Te refieres a que parece aún más saludable y robusto?

—Exacto. Pues nosotros, al lado de los dioses, somos como leprosos.

—¿Quieres decir que ese dios tenía un aspecto tan sano como una manzana?

Psique se echó a reír y batió palmas.

—Es inútil —dijo—. Ya veo que no he logrado hacerme entender. Pero no importa: tú misma verás a los dioses, Orual. Así será; así haré que sea. No sé cómo, pero alguna manera habrá. Vamos a ver, quizá esto te ayude: cuando vi al viento del oeste, al principio ni me alegré ni me asusté. Solo sentí vergüenza.

—¿De qué? No te desnudaron, Psique ¿verdad?

—No, Maya, claro que no. Sentí vergüenza de mi apariencia mortal... de ser mortal.

—¿Y cómo ibas a poder evitarlo?

—¿Tú no crees que las cosas que más avergüenzan a los hombres son las que no pueden evitar?

Me acordé de mi fealdad y guardé silencio.

—Me tomó en sus hermosos brazos, que parecían abrasarme sin hacerme daño, y me sacó del anillo de hierro —dijo Psique—: tampoco sentí dolor, pero no sé cómo lo hizo. Luego me alzó por los aires, muy lejos del suelo, y volamos juntos. Naturalmente, se volvió a hacer invisible casi al instante. Solo le vi lo que dura un relámpago. Pero no importaba. Ahora sabía que era alguien, no algo, y no me asustaba en absoluto surcar el cielo, ni siquiera cuando íbamos cabeza abajo.

—¿Estás segura de que eso ocurrió realmente? ¿No sería un sueño?

—Si fue un sueño, hermana, dime: ¿cómo he llegado hasta aquí? Es más probable que el sueño sea todo lo que me había pasado hasta entonces. De hecho, ahora el rey y la vieja Batta me parecen un sueño. Pero me estás interrumpiendo, Maya... Así que me llevó por el aire y luego me depositó suavemente en el suelo. Al principio estaba sin aliento y demasiado desorientada para ver dónde me encontraba, porque el viento del oeste es un dios alegre y escandaloso. ¿Tú crees, hermana, que a los dioses jóvenes se les enseña cómo tratarnos? Basta el roce de sus manos para hacernos pedazos. Pero, cuando me recobré... ¡imagínate el momento! Me vi delante de la casa, tumbada en el umbral. Y no era la casa de oro y ámbar que solía imaginar: en ese caso bien podría haber pensado que se trataba de un sueño. Pero no lo era. Tampoco se parecía a ninguna casa de estas tierras, ni a las casas griegas que describe el Zorro. Era algo nuevo, algo inimaginable; tú misma puedes verlo; dentro de un rato te mostraré hasta el último rincón. ¿Para qué intentar explicártelo con palabras?

»Enseguida te dabas cuenta de que era la morada de un dios. No me refiero a un templo donde se adora a los dioses, sino a la casa donde vive el dios. Ni por todo el oro del mundo habría entrado en ella. Pero tuve que hacerlo, Orual. Porque de dentro salía una voz: una voz que era más que dulce, más dulce que cualquier música, y que al mismo tiempo me erizaba el vello. ¿Y sabes lo que decía, Orual? Decía: «Entra en tu casa, Psique (sí, decía *mi* casa), esposa del dios».

»Volví a sentir vergüenza, vergüenza de mi condición de mortal, y un miedo terrible. Pero más vergonzoso y más terrible habría sido desobedecer. Helada de frío, poca cosa como soy y temblando, subí las escaleras y crucé el pórtico para entrar en el patio. Allí no se veía a nadie, pero las voces volvieron a envolverme, dándome la bienvenida.

—¿Qué clase de voces?

—Parecían voces de mujer; tan parecidas al menos a una voz de mujer como la voz del dios a la de los hombres. Decían: «Entra, señora, entra. No tengas miedo». Las voces se movían al mismo tiempo que se movían quienes las pronunciaban, aunque yo no podía ver a nadie, y me arrastraban con su movimiento. Me llevaron a un frío salón de techo abovedado donde habían preparado una mesa con fruta y vino. Unos frutos que nunca... Bueno, ya los verás tú misma. Me dijeron: «Come algo antes del baño, señora; la fiesta se celebrará después». ¿Cómo podría explicarte qué sentía, Orual? Sabía que eran espíritus y deseaba postrarme a sus pies. Pero no me atrevía: si me hacían señora de esa casa, su señora habría de ser. Pero no dejaba de temer que todo aquello fuese una broma desagradable y que en cualquier momento se echaran a reír.

¡Qué bien la entendía!, pensé, dejando escapar un hondo suspiro.

—Pero estaba equivocada, Orual. Totalmente equivocada. Eso es de lo que se avergüenzan los mortales. Me ofrecieron fruta y vino...

—¿Te los ofrecieron las voces?

—Los espíritus. No podía verles las manos. Aun así, no daba la impresión de que los platos y la copa se movieran solos: estaba claro que los movían unas manos. Y, Orual —dijo bajando mucho la voz—, cuando agarré la copa, *noté*... noté que otras manos tocaban la mía. Otra vez ese tacto abrasador que no hacía daño. Fue terrible.

De repente se ruborizó y se echó a reír, y me pregunté por qué lo hacía.

—Ahora ya no sería terrible —dijo—. Luego me llevaron al baño. Ya lo verás. Está en un delicioso patio de columnas a cielo abierto, el agua es cristalina y con un aroma tan suave... igual de suave que el de todo este valle. Pasé mucha vergüenza cuando llegó el momento de desnudarme, pero...

—¿No has dicho que eran espíritus de mujeres?

—Sigues sin entenderlo, Maya. Esa vergüenza no tenía nada que ver con un Él o un Ella, sino con ser mortal, con ser... ¿cómo lo diría?... deficiente. ¿No crees que un sueño se avergonzaría si lo vieran caminando en el mundo de la vigilia? Entonces (cada vez hablaba más deprisa) me vistieron con una ropa maravillosa y empezó el banquete, y la música; y luego me llevaron a la cama, y anocheció, y llegó... él.

—¿Él?

—El novio, el propio dios. No me mires así, hermana. Sigo siendo tu Psique. Eso no lo cambiará nada.

—No lo puedo soportar más, Psique —dije levantándome—. Todo eso que me cuentas es prodigioso. Y, si es verdad, yo llevo toda la vida equivocada. Tendría que empezar de cero ¿Es todo verdad, Psique? ¿No estás jugando conmigo? Enséñamelo. Enséñame tu palacio.

—Por supuesto —dijo, poniéndose en pie—. Entremos en él. Y no te asustes de lo que veas u oigas.

—¿Está lejos? —pregunté.

Me lanzó una mirada rápida y cargada de asombro.

—¿Que si está lejos qué? —dijo.

—El palacio, la casa del dios.

Alguna vez habrán visto a un niño perdido en medio de una multitud que echa a correr detrás de una mujer pensando que es su madre; y habrán visto los ojos de ese niño cuando la mujer se da vuelta y su rostro es el de una extraña; entonces el niño se queda callado antes de romper a llorar. Esa era la expresión del rostro de Psique: vacía, muerta. Su alegre seguridad se hizo pedazos de golpe.

—Orual —dijo temblorosa —, ¿qué quieres decir?

También yo me asusté, aunque aún no me imaginaba la verdad.

—¿Qué quiero decir? —repuse—. Que dónde está el palacio; a qué distancia de aquí.

Psique dejó escapar un grito. Luego, pálida y clavando los ojos en mí, dijo:

—¡Es *esto*, Orual! ¡Está aquí! Estás en la escalinata de entrada.

ONCE

Si ALGUIEN NOS hubiera visto en ese momento, creo que pensaría que éramos dos enemigos enfrentados en un combate a muerte: separados apenas por unos centímetros, tensos los nervios, vigilándonos mutuamente con los ojos clavados el uno en el otro.

Y ahora llega la parte de mi historia en la que se basa mi denuncia contra los dioses; por eso tengo que procurar escribir, cueste lo que cueste, toda la verdad. Aun así, es difícil saber a ciencia cierta qué pensaba yo mientras transcurrían esos instantes decisivos envueltos en silencio. De tanto recordarlo se ha desdibujado en mi memoria.

Me imagino que mi primer pensamiento debió de ser: *Ha enloquecido*. Pero mi corazón entero se precipitó a cerrarle la puerta a algo tan monstruoso, tan difícil de soportar; y a no volver a abrirla. Quizá era yo quien estaba luchando para no volverme loca.

Cuando recobré el aliento, me limité a decirle con una voz que recuerdo como un susurro:

—Vámonos ahora mismo. Este lugar es horrible.

¿Creía yo en ese palacio invisible? Un griego se reiría de semejante idea. Pero en Gloma es diferente. Allí los dioses están muy cerca de nosotros. Arriba, en la Montaña, en el centro mismo de la Montaña, donde Bardia sintió miedo y adonde ni siquiera van los sacerdotes, cualquier cosa es posible. Ninguna puerta puede mantenerse cerrada. Es verdad que no lo creía plenamente, pero mis dudas eran infinitas: el mundo entero (y Psique con él) se me escurría de las manos.

Fuera lo que fuera lo que quise decir, Psique no me entendió.

—Así que, después de todo, sí lo ves —dijo.

—¿Ver qué? —le pregunté.

Era una pregunta estúpida: sabía muy bien qué.

—Esto, eso... —dijo ella—: las puertas, los muros relucientes...

Por alguna extraña razón, al oírla me invadió la ira, la ira de mi padre. No quería hacerlo, pero grité:

—¡Cállate! ¡Cállate de una vez! ¡Aquí no hay nada!

Su rostro enrojeció: por una vez, y solo por un instante, también ella se enfadó.

—¡Está bien! ¡Si no lo puedes ver, tócalo! —gritó—. Tócalo. Golpéalo. Date de cabeza con él. Aquí mismo...

Me agarró las manos, pero yo me zafé de las suyas.

—¡Ya basta, te he dicho! Aquí no hay nada de eso. Estás fingiendo. Intentas convencerte a ti misma.

Pero no era verdad. ¿Cómo iba yo a saber si realmente veía cosas invisibles o si, por el contrario, estaba loca? En cualquier caso, lo que se estaba desencadenando era algo abominable e insólito. Creyéndome capaz de acabar con ello mediante la violencia, me abalancé sobre Psique. Antes siquiera de caer en la cuenta de lo que hacía, la agarré por los hombros y la zarandeé como se zarandea a un niño.

Psique había crecido y era mucho más fuerte (más fuerte de lo que yo hubiera soñado jamás), y al instante se desembarazó de mí. Nos separamos, las dos jadeando y más enemistadas que nunca. Su rostro adquirió una expresión dura y suspicaz que nunca había visto en ella.

—Pero si tú misma has bebido el vino. ¿De dónde crees que lo he sacado?

—¿Vino? ¿Qué vino? ¿De qué estás hablando?

—¡Del vino que te he dado, Orual! Y de la copa. Te di una copa. ¿Dónde está? ¿Dónde la has escondido?

—¡Basta ya, niña! No tengo ganas de juegos. Eso no era vino.

—Pero si te lo di y te lo bebiste. Y las tortas de miel. Dijiste...

—El agua me la has dado en las manos.

—Pero tú elogiaste el vino y la copa. Dijiste...

—Elogié tus manos. Estabas jugando, como bien sabes, y yo te seguí la corriente.

Se quedó boquiabierta, sin perder nada de su belleza.

—Así que eso era todo —dijo despacio—. ¿Quieres decir que no viste una copa, que no probaste ningún vino?

No quise contestar. Me había entendido perfectamente.

Su garganta (¡qué hermosa era!) se movió como si le costara tragar algo. Psique frenó una marea de pasiones y cambió de actitud. Ahora mostraba una sobria tristeza teñida de compasión. Se golpeó el pecho con el puño cerrado igual que una plañidera.

—Así que eso es lo que él quería decir —dijo apenada—. No lo puedes ver. No lo puedes tocar. Para ti aquí no hay nada. ¡Cuánto lo siento, Maya!

Estuve a punto de creer que todo era real. Psique me había hecho dar bandazos de un lado a otro de mil modos distintos, mientras que ella no se había movido de su sitio. Estaba tan segura de su palacio como lo estaba de lo más evidente: tan segura como el sacerdote lo estaba de Ungit cuando mi padre le puso el puñal en las costillas; y yo tan insegura frente a ella como el Zorro frente al sacerdote. Ese valle era un lugar terrible, cargado de algo divino, de algo sagrado; un lugar donde no quedaba sitio para los mortales. Tal vez hubiera en él centenares de cosas que yo no era capaz de ver.

¿Puede un griego entender lo horrible que era ese pensamiento? Años después, he soñado una y otra vez que estoy en un lugar conocido —generalmente en la Sala de las Columnas—, donde todo lo que veo es distinto de lo que toco. Pongo la mano encima de la mesa y, en lugar de una madera lisa, noto tibios cabellos; y la esquina de la mesa saca una lengua caliente y húmeda y me lame. El gusto que dejan en mí estos sueños me remite a ese momento en que creía que ahí estaba el palacio de Psique y yo no lo veía. El terror era el mismo: una incoherencia mareante, dos mundos que rechinan al tocarse, como las dos partes de un hueso roto.

Pero en el mundo real el terror venía acompañado de una pena inconsolable, cosa que no ocurre en mis sueños. El mundo había estallado en pedazos y Psique y yo no compartíamos el mismo. Ni los mares, ni las montañas, ni la locura, ni la muerte siquiera habrían sido capaces de separarme tanto de ella y a una distancia tan insalvable. Los dioses ¡siempre los dioses! Ellos me la habían arrebatado. No nos dejarían nada. Como el azafrán cuando brota a primeros de año, una idea atravesó la primera capa de mi mente. ¿Acaso Psique no era digna de los dioses? ¿No tenía que pertenecerles a ellos? Pero, al instante, una inmensa oleada ciega y asfixiante de tristeza arrastró con ella esa idea.

—¡No es justo! —grité—. No es justo... ¡Vuelve, Psique! ¿Dónde te has ido? Vuelve...

Ella me estrechó de nuevo entre sus brazos.

—Maya, hermana —dijo—, estoy aquí. Maya, no... no lo soporto más. Me...

—Sí, pequeña mía. Te noto, te toco. Pero es como tocarte en un sueño. Estás a millas de distancia. Y...

Ella me alejó unos cuantos pasos de allí, me hizo sentar en una ladera cubierta de musgo y luego se sentó a mi lado. Con palabras y caricias me consoló todo lo que pudo. Y, así como en medio de una tormenta o de una batalla he sentido por un momento una calma repentina, entonces sentí consuelo. No prestaba atención a lo que me decía. Solo me importaban su voz y el amor que había en ella. Tenía una voz muy grave para ser de una mujer. Hoy sigo recordando a veces su forma de pronunciar tal o cual palabra, de un modo tan cálido y real como si Psique estuviera a mi lado, en mi habitación: esa suavidad, esa viveza que acompaña al maíz cuando brota de debajo de la tierra.

¿Qué me estaba diciendo?

—... Quizá, Maya, también tú aprendas a verlo. Le suplicaré, le imploraré que te lo permita. Lo entenderá.

Cuando le pedí este encuentro, me avisó de que tal vez no todo saliera según lo esperado. Nunca pensé... Yo soy solo la ingenua de Psique, como dice él. Nunca pensé que quería decir que no lo verías. Pero él lo debía de saber. Él nos dirá...

¿*ÉL*? Me había olvidado de ese *él*; o, al menos, dejé de tenerlo en cuenta en cuanto me dijo por primera vez que estábamos a las puertas del palacio. Y ahora no paraba de decir *él* y solo *él*, igual que las recién casadas. Dentro de mí empezó a crecer algo frío y violento: como lo que sucede en la guerra cuando eso que solo era *ellos* o *el enemigo* se convierte de repente en el hombre que, a pocos metros de ti, quiere acabar contigo.

—¿De quién me estás hablando? —le pregunté; cuando en realidad lo que quería decir era: «¿Por qué me hablas de él? ¿A mí qué me importa?».

—Pero, Maya, si ya te he contado la historia... —dijo—. De mi dios, por supuesto. De mi amante. De mi esposo. Del señor de mi casa.

—No aguanto más —dije, levantándome de un brinco. Sus últimas palabras, pronunciadas con voz suave y quebrada, me enardecieron. Volvió a invadirme la ira. Entonces (como en un destello de luz, como una esperanza de salvación) se me ocurrió preguntarme por qué y en qué momento había descartado esa primera idea de que Psique había enloquecido. Locura, claro: todo eso tenía que ser una locura. Y yo estaba casi tan loca como ella al imaginar otra cosa. Bastó esa palabra, locura, para que el aire del valle se me antojara más respirable, un poco más vacío de ese algo sagrado y terrible.

—Acabemos con esto, Psique —le dije con aspereza—. ¿Dónde está ese dios? ¿Dónde está ese palacio? En ningún sitio. Solo en tu imaginación. ¿Dónde está él? Enséñamelo. ¿Qué aspecto tiene?

Desvió ligeramente la mirada y luego bajó la voz más que antes, pero habló con mucha claridad, como si todo lo que había pasado entre nosotras hasta ese momento fuera insignificante al lado de la importancia de lo que estaba diciendo.

—Yo tampoco le he visto, Orual... por ahora —dijo—. Solo viene envuelto en la oscuridad sagrada. Dice que (todavía) no debo ver su rostro ni saber su nombre. Me ha prohibido encender cualquier luz en su... en nuestra alcoba.

Alzó los ojos y, cuando por un instante se cruzaron con los míos, vi en ellos una dicha indecible.

Alcé la voz y le dije con severidad:

—Nada de eso existe. No vuelvas a decir esas cosas. Levántate. Se hace tarde.

—Orual —dijo Psique, revestida de toda su majestad—, jamás te he mentido.

Intenté suavizar las formas, pero mis palabras sonaron frías y severas.

—Es cierto, no tienes intención de mentir. No estás en tus cabales, Psique. Imaginas cosas. Han sido el miedo y la soledad, y esa droga que te dieron. Te curaremos.

—Orual —dijo ella.

—¿Qué?

—Si todo es fruto de mi imaginación ¿cómo crees que he sobrevivido todos estos días? ¿Doy la impresión de haberme alimentado de bayas y de dormir al raso? ¿Tengo los brazos más delgados o las mejillas flácidas?

Creo que tuve intención de mentirle y contestarle a todo que sí, pero no pude. Toda ella, desde la cabeza hasta los pies desnudos, estaba impregnada de vida, de belleza y salud, que parecían derramarse sobre ella o bien brotar de ella. No era de extrañar que Bardia la hubiese adorado como a una diosa. Y los harapos no hacían sino realzar su belleza: toda su dulzura, todo ese rojo digno de una rosa y ese marfil, su cálida perfección llena de vitalidad. Incluso parecía (*imposible*, pensé) más alta que antes. Y, mientras la mentira moría en mis labios, me miró con expresión algo burlona. Esas miradas burlonas siempre habían sido uno de sus mayores encantos.

—¿Lo ves? —dijo—. Es todo verdad. Y... no, Maya, escucha... por eso todo va a salir bien. Lograremos... él logrará que puedas ver, y entonces...

—¡No quiero! —chillé, acercando mi cara a la suya, casi amenazándola, hasta tal punto que mi furia la obligó a retroceder—. No quiero. Lo odio, lo odio, ¡lo odio! ¿entiendes?

—¿El qué, Orual? ¿Qué es lo que odias?

—¡Todo! ¿Cómo quieres que te lo explique? Lo sabes muy bien. O lo sabías al menos. Esto, esto...

Y entonces algo que había dicho Psique acerca de él (y que hasta ese momento me había pasado desapercibido) comenzó a obrar un efecto terrible en mi mente.

—Eso que se acerca a ti en la oscuridad, eso que tienes prohibido ver. Oscuridad sagrada, dices tú. ¿Qué es eso? ¡Bah! Es como vivir en la morada de Ungit. Los dioses y la oscuridad siempre están unidos. Creo que puedo oler hasta...

La seriedad de su mirada, esa belleza suya tan llena de compasión y, al mismo tiempo, tan implacable me hicieron enmudecer por un instante. Y volví a estallar en lágrimas.

—¡Ay, Psique, qué lejos te has ido! —sollocé—. ¿Me escuchas siquiera? No puedo alcanzarte. ¡Antes me amabas, Psique! Vuelve. ¿Qué tenemos que ver nosotras con los dioses, con los prodigios y con todas esas cosas crueles y tenebrosas? Somos mujeres ¿no? Mortales. Vuelve al mundo real. Déjalo todo. Regresemos adonde éramos felices.

—Pero, Orual, piénsalo un momento. ¿Cómo voy a volver? Esta es mi casa. Estoy casada.

—¡Casada! ¿Con qué? —dije sintiendo un escalofrío.

—Si le conocieras...

—¡Te sientes atraída por él! ¡Ay, Psique...!

No me contestó, pero se ruborizó. Su rostro y todo su cuerpo me dieron la respuesta.

—¡Deberías haber sido una de las muchachas de Ungit! —le dije sin piedad—. Tendrías que haber vivido allí, a oscuras... rodeada de sangre, de incienso, de los susurros y el hedor de la grasa quemada. Te atrae vivir rodeada de cosas que no puedes ver, siniestras, sagradas y horribles. ¿No significa nada para ti dejarme, meterte en todo ese... renunciar a nuestro cariño?

—No, Maya, no puedo volver contigo. ¿Cómo voy a hacerlo? Eres tú quien debe venir hacia mí.

—Qué locura —dije.

¿Era o no una locura? ¿Dónde estaba la verdad? ¿Qué sería peor? Fue en ese momento cuando los dioses, si nos quisieran bien, habrían hablado. Y, sin embargo, fíjate en lo que hicieron.

Comenzó a llover. Una lluvia ligera que, no obstante, lo cambió todo.

—Ven, pequeña —dije—, tápate con mi manto. ¡Esos pobres harapos! Date prisa: te vas a empapar.

Ella me miró atónita.

—¿Cómo me voy a mojar, Maya —dijo—, si estamos sentadas aquí dentro, a cubierto? ¿Y qué es eso de los «harapos»? ¡Ah, lo olvidaba! Tampoco puedes ver mi ropa.

Mientras hablaba, en sus mejillas brillaban las gotas de lluvia.

Si el griego prudente que lee este libro tiene alguna duda de si aquello me convenció, que hable con su madre o con su esposa. En cuanto la vi, en cuanto vi a mi niña, a quien había cuidado desde que nació, sentada bajo una lluvia que le importaba tan poco como le importa al ganado, la idea de que su palacio y su dios fueran algo más que una locura me volvió a parecer inconcebible. Todas esas dudas desoladoras, todo ese vaivén entre dos opiniones, llegaron a su fin. Comprendí instantáneamente que tenía que elegir entre una y otra; y en ese mismo instante supe que había hecho mi elección.

—Psique —dije (ahora mi voz había cambiado)—, esto no es más que un delirio. No puedes quedarte aquí. Pronto llegará el invierno y acabará contigo.

—No puedo abandonar mi casa, Maya.

—¡Tu casa! Aquí no hay ninguna casa. Levántate. Ven aquí... Tápate con mi manto.

Meneó la cabeza con aire cansado.

—Es inútil, Maya —dijo—. Yo sí lo veo y tú no. ¿Qué juez puede darnos la razón a ti o a mí?

—Llamaré a Bardia.

—No puedo dejarle entrar. Y además no vendría.

Eso era verdad y yo lo sabía.

—Levántate, niña —dije—. ¿Me oyes? Haz lo que te digo. Tú nunca me has desobedecido, Psique.

Cada vez más empapada, alzó la mirada y dijo con cariño, pero con la firmeza de una roca:

—Maya querida, ahora estoy casada. Ya no es a ti a quien debo obedecer.

Comprendí entonces cómo es posible odiar a quienes amamos. Al instante mis dedos estaban rodeando su muñeca y mi otra mano su brazo. Y nos peleamos.

—*Tienes que* venir conmigo —resollé—. Te llevaremos a rastras... te esconderemos. Bardia tiene esposa, creo. Te encerraré en su casa... te haré entrar en razón.

Fue inútil. Tenía mucha más fuerza que yo. (*Claro* —pensé—, *dicen que los locos son el doble de fuertes*). La piel de las dos quedó marcada. Fue una pelea sofocante y caótica. Por fin nos separamos, ella mirándome con reproche y asombro, yo sollozando (igual que a la puerta de su celda), totalmente abrumada de vergüenza y desesperación. Había dejado de llover. Me imagino que la lluvia ya había logrado lo que deseaban los dioses.

No había nada que hacer.

Como siempre, Psique fue la primera en recobrarse. Me pasó la mano (una mano manchada de sangre: ¿cómo era posible que la hubiese arañado?) por el hombro.

—Querida Maya —dijo—, en todos estos años no recuerdo que te hayas enfadado casi nunca conmigo. No vas a empezar ahora. Mira, las sombras ya han llenado casi todo el patio. Tenía la esperanza de que comiéramos juntas y felices antes de que eso ocurriera. Aunque tú solo habrías saboreado bayas y agua fresca... El pan y las cebollas de Bardia te reconfortarán. Pero tengo que despedirte antes de que se ponga el sol. Lo he prometido.

—¿Te estás despidiendo de mí para siempre, Psique? ¿Sin más?

—Solo con el ruego de que vuelvas en cuanto puedas, Orual. Yo pelearé por ti. Algún modo habrá. Y entonces... entonces, Maya, nos volveremos a encontrar sin que nada se interponga entre nosotras. Pero ahora tienes que irte.

¿Qué otra cosa podía hacer sino obedecerla? Físicamente era más fuerte y yo no era capaz de dominar su mente. Me llevó de vuelta al río, cruzando ese valle solitario que ella llamaba su palacio. Ahora me parecía siniestro. El aire se había vuelto frío. Detrás de la oscura masa del collado llameaba el ocaso.

Al llegar al borde del agua Psique se aferró a mí.

—Volverás pronto, muy pronto ¿verdad?

—No sé si podré, Psique. Ya sabes cómo son las cosas en casa.

—Creo que en los próximos días el rey no te pondrá muchas pegas —dijo—. Se hace tarde. Dame un beso.

¡Querida Maya! Y ahora apóyate en mi mano. Tantea la piedra lisa con el pie.

Volví a sentir la cuchillada del agua helada. Miré hacia atrás desde el otro lado.

—Psique —estallé—, estamos a tiempo. Ven conmigo. Donde sea... Te sacaré de Gloma. Mendigaremos
en cualquier parte... o puedes vivir en casa de Bardia.
Donde quieras y lo que tú quieras.

Ella meneó la cabeza.

—No puedo —dijo—. Ya no me pertenezco a mí.
Olvidas, hermana, que estoy casada. Pero también soy
tuya. Si tú supieras... serías feliz. No estés triste, Orual.·
Todo irá bien; mejor de lo que hayas soñado nunca.
Vuelve pronto. Nos despedimos por poco tiempo.

Se alejó de mí para internarse en su horrible valle y la
acabé perdiendo de vista entre los árboles. En el lado del
río donde me hallaba, protegido por el collado, ya era de
noche.

—Bardia —llamé—. ¿Dónde estás, Bardia?

DOCE

LA SILUETA DE Bardia, gris a la luz del crepúsculo, se acercó a mí.

—¿La Bendita se ha quedado? —dijo.

—Sí.

Creo que me sentía incapaz de hablar con él de aquello.

—Veamos, pues, cómo vamos a pasar la noche. Ahora no encontraremos un camino por el que el caballo pueda subir hasta el collado; y, en cualquier caso, tendríamos que volver a bajar otra vez y dejar atrás el Árbol para pasar al otro valle. No podemos dormir en el collado: hay demasiado viento. Aunque dentro de una hora más o menos también hará bastante frío aquí, podemos guarecernos. Me temo que tendremos que quedarnos. No es el sitio ideal para los hombres: los dioses andan demasiado cerca.

—No importa —dije yo—. Es un sitio tan bueno como cualquier otro.

—Acompáñame, pues, señora. He recogido unas cuantas ramas.

Le seguí. En medio del silencio (solo se oía, con más fuerza que nunca, el murmullo de la corriente) mucho antes de llegar al caballo se pudo escuchar el ruido que hacían sus dientes al masticar la hierba.

Un hombre que además sea soldado es una criatura maravillosa. Bardia había elegido un sitio donde la ladera era más empinada y dos rocas unidas entre sí formaban algo muy parecido a una cueva. Las ramas estaban apiladas y el fuego encendido, aunque aún parpadeaba debido a la lluvia que acababa de caer. Bardia sacó de sus alforjas viandas mejores que pan y cebollas: hasta una frasca de vino. Yo todavía era una niña (que, en algunos aspectos, es tanto como decir una boba) y, cuando llegó la comida, me avergonzó descubrir que la pena y la preocupación no me habían quitado el hambre. Nunca he saboreado nada igual. Esa comida a la luz de la hoguera (que, en cuanto empezó a arder, sumió el resto del mundo en la oscuridad) me resultó cálida y hogareña: alimento de mortales y calor para los miembros y las barrigas de mortales, sin necesidad de pensar por el momento en dioses, enigmas y prodigios. Cuando terminamos, Bardia dijo con cierta timidez:

—Señora, no estás acostumbrada a dormir al raso y amanecerás helada. Por eso me voy a tomar la libertad (pues ante ti no valgo más que el mejor perro de tu padre) de decirte que convendría que durmiéramos uno al lado del otro, espalda contra espalda, como hacen los hombres en la guerra. Y tapados con los dos mantos.

Me mostré de acuerdo: en realidad, no existe otra mujer en el mundo con tan pocos motivos para ser cauta en este aspecto. Aun así, me sorprendió que dijera tal cosa: aún no sabía que, si eres lo bastante fea, cualquier hombre (a no ser que te tenga un odio mortal) deja de verte como una mujer.

El sueño de Bardia era el de los soldados: se durmió en dos suspiros, pero (como yo misma he comprobado desde entonces) preparado para, en caso de necesidad, suspirar una única vez antes de estar totalmente espabilado. Creo que yo no dormí nada: primero me lo impidieron la dureza y la inclinación de la pendiente, y después el frío. Y, además, algunos pensamientos veloces y tumultuosos, tan lúcidos como los de un demente: acerca de Psique y de mi complejo dilema, y acerca de alguna otra cosa.

El frío arreció tanto que me deslicé fuera del manto (cuyos bordes había humedecido el rocío) y empecé a caminar de un lado a otro. Y ahora tú, griego prudente, a quien tengo por lector y juez de mi causa, escucha bien lo que ocurrió.

Estaba amaneciendo y la niebla cubría el valle. Los remansos del río al que me acerqué a beber (tenía tanta sed como frío) eran agujeros negros en medio de la penumbra. Bebí un agua tan fría como el hielo y me pareció que me despejaba la mente. No obstante, ¿es capaz de semejante cosa un río que corre hacia el valle secreto de los dioses, o más bien de la contraria? Esta es otra de las cuestiones que quedan por dilucidar. Porque, cuando levanté la cabeza y mis ojos volvieron a fijarse en la niebla, vi en la otra orilla algo que me hizo sentir los latidos del corazón en la garganta. Ahí estaba el palacio, tan gris como todo lo demás a esa hora y en ese lugar, pero sólido y estático, muro contra muro, con columnas, arcos y arquitrabes por miles que formaban un exquisito laberinto. Como Psique había dicho, no existía otra casa igual ni en nuestras tierras ni en nuestros días. Pináculos y contrafuertes que ninguno de mis recuerdos (si es que se te ha pasado por la cabeza pensarlo) me hacían capaz de imaginar: de una altura y una elegancia insólitas, estilizados y llenos de puntas, como si de la piedra brotaran ramas y flores. No había luz en ninguna ventana. La casa estaba dormida. Y allí dentro, en algún lugar, dormido también, alguien o algo —¿hasta qué punto sagrado, terrible, hermoso o extraño?— con Psique entre sus brazos. Y yo... ¿qué había hecho, qué había dicho yo? ¿Qué sería de mí después de tanta blasfemia y tanto descreimiento? En ningún momento dudé de que tenía que cruzar el río, o intentar cruzarlo, aun a riesgo de morir ahogada. Debía presentarme en la escalinata de entrada a la casa e implorar. Implorar el perdón de Psique y del dios. Había tenido el atrevimiento de reprenderla (o, lo que era aún peor, de intentar consolarla como a una niña), cuando en realidad se hallaba muy por encima de mí, ya apenas mortal... si es que lo que veía era real. Estaba aterrada. Quizá no fuese real. Miré y volví a mirar para comprobar si se difuminaba o variaba en algo. Y, mientras me levantaba (pues seguía arrodillada en el mismo sitio donde había bebido), antes casi de ponerme de pie, todo desapareció. Hubo un breve instante en que creí ver algunos jirones de niebla que por un momento me parecieron torres y muros. Pero enseguida se extinguió cualquier parecido. Solo veía niebla y me escocían los ojos.

Y ahora, tú que me lees, pronúnciate. Ese momento en que o bien vi, o bien creí ver la Morada ¿habla a mi favor o a favor de los dioses? Si los dioses contestaran mi demanda ¿les serviría de defensa? ¿Era una señal, un indicio que me permitía resolver el enigma en uno u otro sentido? Eso no estoy dispuesta a admitirlo. ¿De qué vale una señal que no es, a su vez, más que otro enigma? Puede (y ya es mucho lo que les concedo) que la visión fuera real; quizá la nube que tapaba mis ojos de mortal se hubiera retirado por un momento. O puede que no. ¿Hay algo más fácil que el que alguien, turbado y quizá no tan lúcido como cree, escrutando la niebla a media luz, imagine lo que desde hace horas alimenta sus pensamientos? ¿Qué había más fácil para los dioses que enviar esa alucinación para burlarse de mí? En cualquier caso, algo hay en ello de burla divina. Primero plantean el enigma y luego permiten una visión imposible de comprobar y que solo viene a avivar y complicar la vorágine torturadora de tus conjeturas. Si tan cierta es su intención de guiarnos ¿por qué su guía no es clara? Psique era capaz de hablar a los tres años; ¿vas a decirme que los dioses aún no lo han logrado? Cuando regresé junto a Bardia se acababa de despertar. No le conté lo que había visto; nunca se lo había contado a nadie antes de escribirlo en este libro.

El trayecto fue incómodo: no lucía el sol, y el viento y a veces las ráfagas de lluvia nos azotaban constantemente el rostro. Sentada detrás de Bardia, era yo la que menos lo sufría.

Hacia el mediodía, guarecidos por un bosquecillo, hicimos un alto para comer las sobras. Naturalmente, el enigma no abandonó mi mente en ningún momento de la mañana; y fue allí, protegidos del viento durante un rato y algo más templados (¿estaría pasando frío Psique?; el mal tiempo se iba acercando), cuando decidí contarle todo a Bardia, excepto el momento en que mis ojos atravesaron la niebla. Sabía que era un buen hombre, discreto y (a su manera) inteligente.

Me escuchó muy atentamente, pero al acabar no dijo nada. Tuve que sacarle yo la respuesta.

—¿Cómo interpretas tú todo esto, Bardia?

—Señora —contestó él—, de los dioses y de los asuntos divinos no suelo hablar más que lo imprescindible. No soy un impío. No como con la mano izquierda, no yazgo con mi mujer durante la luna llena, no abro una paloma para limpiarla con un cuchillo de hierro, ni hago nada que sea peligroso o profano, ni lo haría aunque el rey me lo pidiera. Y, en cuanto a los sacrificios, siempre he obrado conforme a lo que se espera de un hombre con mis recursos. Por lo demás, creo que, cuanto menos juegue Bardia con los dioses, menos jugarán ellos con Bardia.

Aun así, yo estaba decidida a recibir su consejo.

—¿Tú crees, Bardia, que mi hermana está loca? —pregunté.

—Mira, señora —respondió—, no has hecho más que empezar a hablar y ya has dicho lo que más vale no decir. ¿Loca? ¿La Bendita? La acabamos de ver ayer y nadie diría que no está en sus cabales.

—Entonces ¿tú crees que en el valle había realmente un palacio, aunque yo no lo viera?

—No sé muy bien qué significa *real* cuando se trata de las moradas de los dioses.

—¿Y qué tienes que decir de ese amante que acude a ella en medio de la oscuridad?

—No tengo nada que decir de él.

—¡Y dicen los lanceros que no hay nadie tan valiente como tú! ¿Te da miedo susurrar siquiera lo que piensas? Necesito desesperadamente un consejo.

—¿Consejo sobre qué, señora? ¿Qué sucede?

—¿Cómo interpretas tú este enigma? ¿Realmente acude alguien a la alcoba de Psique?

—Eso dice ella, señora. ¿Quién soy yo para llamarla mentirosa?

—¿Y quién es él?

—Nadie lo sabe mejor que ella.

—Ella no sabe nada. Me ha confesado que no le ha visto nunca. ¿Qué clase de amante prohíbe a su esposa verle el rostro?

Bardia guardó silencio. Entre el índice y el pulgar sujetaba un guijarro con el que dibujaba rayitas en el suelo.

—¿Y bien? —dije.

—A mí no me parece un gran enigma.

—Entonces ¿qué respondes?

—Yo diría (hablando como mortal; seguro que los dioses saben mucho más)... Yo diría que es alguien cuyo rostro y figura no le resultarían demasiado agradables si los viera.

—¿Algo aterrador?

—La llaman la Esposa de la Bestia, señora. Venga, tenemos que montar otra vez. Ya estamos prácticamente a medio camino de casa.

Y, diciendo esto, se puso en pie.

Sus palabras no me resultaban nuevas. De hecho, era una de las conjeturas más espantosas que habían estado atropellando mi mente y debatiéndose en ella. Pero el golpe que supuso para mí escucharlo de sus labios era el resultado de saber que Bardia no albergaba ninguna duda. Le conocía lo bastante bien como para comprender que, si me había costado obtener de él una respuesta, era porque temía darla, y no por falta de certeza. Como bien decía, para él no existía ningún enigma. Y era como si todo el pueblo de Gloma hubiera hablado por su boca. Sin duda, Bardia pensaba que cualquier hombre prudente y temeroso de los dioses de nuestras tierras y nuestros tiempos coincidiría con él. Mis conjeturas ni siquiera se les habrían pasado por la cabeza: esa era la respuesta evidente, clara como el día. ¿Por qué buscar más allá? El dios y la Sombra de la Bestia eran el mismo. Le habían entregado a Psique. Teníamos la lluvia, el agua y (muy probablemente) la paz con Fars que deseábamos. Los dioses, por su parte, se la habían llevado a sus lares secretos, donde algo tan repugnante que no quería mostrarse, algo sagrado e intrincado, espectro, demonio o bestia —o las tres cosas a la vez (todo es posible para los dioses)—, disfrutaba de ella a su antojo. Estaba tan deshecha que, mientras continuamos viaje, no hubo nada en mí que se rebelara contra la respuesta de Bardia. Creo que me sentía igual que un prisionero cuando le torturan y le lanzan agua a la cara para sacarlo de su desmayo, y entonces vuelve a verse rodeado de la dura realidad, nítida e inconfundible, mucho peor que sus peores fantasías. Mis otras conjeturas me parecían sueños autocomplacientes nacidos de mis deseos. Pero ahora me había despertado. Nunca había existido un enigma: la verdad era lo peor, una verdad tan evidente como la nariz en el rostro de cualquiera. Tan solo el pánico me había mantenido ciega durante tanto tiempo.

Mi mano se deslizó hacia la empuñadura de la espada que ocultaba mi manto. Antes de caer enferma, había jurado que, si ese era el único remedio, mataría a Psique antes que librarla a la lascivia o a la voracidad de un monstruo. Y volví a tomar una firme decisión. Casi me asusté cuando me di cuenta de su alcance. «A eso es capaz uno de llegar», me decía el corazón: incluso a matarla (Bardia me había enseñado una estocada mortal y adónde apuntar). Entonces me volví a enternecer y lloré más amargamente que nunca, hasta que no fui capaz de decir si eran mis lágrimas o la lluvia lo que más empapaba mi velo. (Con el paso del día la lluvia se había hecho más constante). Y, llevada de ese enternecimiento, llegué a preguntarme qué necesidad había de salvarla de la Bestia o advertirle en su contra o inmiscuirse en todo aquello. «Psique es feliz —me decía el corazón—. Tanto si está loca como si existen un dios, o un monstruo, o cualquier otra cosa, ella es feliz. Tú misma lo has visto. Es diez veces más feliz en la Montaña de lo que tú serías capaz de hacerla nunca. Déjala. No lo estropees. No insistas en lo que se ha demostrado que no eres capaz de hacer».

Ya estábamos al pie de las colinas, casi a la vista (si es que se pudiera ver a través de la lluvia) de la morada de Ungit. Mi corazón no se alzó con la victoria. Me di cuenta de que existe un amor más profundo que el de quienes solo buscan la felicidad del ser amado. ¿Algún padre vería feliz a su hija si fuera prostituta? ¿Alguna mujer vería feliz a su amante si fuera un cobarde? Mi mano regresó a la espada. *Ella no*, pensé. Pasara lo que pasara, ella no. Fueran cuales fueran los acontecimientos, fuera cual fuera el precio, su muerte, la mía o un millar de muertes, aunque hubiera que enfrentarse a los dioses «barba contra barba», como dicen los soldados, ningún demonio jugaría con Psique, y menos aún con su consentimiento.

—Aún seguimos siendo las hijas de un rey —dije.

Acababa de decirlo cuando tuve un buen motivo para recordar desde otra perspectiva que era hija de un rey y de qué clase de rey. Porque estábamos vadeando ya el Shennit y Bardia (siempre previsor) me decía que, una vez pasáramos la ciudad y antes de llegar al palacio, me convenía desmontar y subir andando el sendero —el mismo donde Redival fue testigo por primera vez del culto a Psique—, cruzar los jardines y entrar en las dependencias de las mujeres por la parte de atrás. Era muy fácil adivinar qué haría mi padre si se enterase de que la misma a quien se suponía demasiado enferma para trabajar con él en la Sala de las Columnas había estado en el Árbol Sagrado.

TRECE

EL PALACIO ESTABA prácticamente a oscuras y, ya cerca de la puerta de mi alcoba, una voz dijo en griego:

—¿Y bien?

Era el Zorro. Según me contaron mis mujeres, se había quedado al acecho, como un gato delante de una ratonera.

—Vive, abuelo —dije, dándole un beso. Y añadí—: Ven en cuanto puedas. Estoy calada hasta los huesos. Tengo que asearme, cambiarme de ropa y comer algo. Te lo contaré todo cuando vuelvas.

Ya me había vestido y estaba acabando de cenar cuando el Zorro llamó a la puerta. Le hice entrar y él se sentó conmigo a la mesa. Le serví algo de beber. Solo se quedó con nosotros la pequeña Pubi, mi criada de tez oscura, que era fiel y me quería, y no sabía griego.

—Has dicho que *vive* —dijo el Zorro, alzando su copa—. Mira: voy a hacer una libación en honor de Zeus Salvador.

Lo hizo según la costumbre griega, volcando ágilmente la copa para dejar caer solamente una gota.

—Sí, abuelo: vive y se encuentra bien, y dice que es feliz.

—Siento que mi corazón va a estallar de alegría, pequeña —dijo—. Casi no puedo creer lo que dices.

—Solo has escuchado lo dulce, abuelo. Ahora viene lo amargo.

—Te escucho. Tienes que contármelo todo.

Entonces le hice un relato completo, sin mencionar lo que vi entre la niebla. A medida que hablaba, fue doloroso comprobar cómo su rostro se iba ensombreciendo y la tristeza que le hacía sentir. Y me pregunté: «Si a duras penas eres capaz de soportar esto ¿cómo podrás soportar arruinar la felicidad de Psique?».

—¡Pobre Psique! —dijo el Zorro—. ¡Nuestra pequeña! ¡Cuánto tiene que haber sufrido! El mejor remedio es el eléboro, y el descanso, la tranquilidad y los cuidados. Sí, estoy seguro de que recobraría la cordura si pudiéramos cuidar de ella. Pero ¿cómo vamos a darle todo, o siquiera algo de lo que necesita? No se me ocurre nada, hija mía. No obstante, hemos de reflexionar, trazar un plan. Me gustaría ser Ulises o Hermes.

—¿Así que estás convencido de que ha enloquecido?

Me lanzó una mirada rápida.

—¿Y qué has estado pensando tú, hija mía?

—Te parecerá un desvarío, pero tú no estuviste con ella, abuelo. Hablaba con mucho sosiego. Todas sus palabras guardaban coherencia. Se reía feliz. Su mirada no era la de una desquiciada. Si yo hubiera cerrado los ojos, habría creído que su palacio era tan real como este.

—Pero con los ojos abiertos no viste nada.

—¿Y no crees posible... y no como una posibilidad entre un millón... que quizá haya realidades que no somos capaces de ver?

—Por supuesto que sí: la justicia, la igualdad, el alma o las notas musicales.

—No me refiero a ese tipo de cosas, abuelo. Si existe el alma ¿no podría haber moradas del alma?

Se pasó las manos por los cabellos con ese gesto de siempre que me era tan familiar y que delataba la consternación de un maestro.

—Me vas a hacer creer, pequeña —dijo el Zorro—, que, después de todos estos años, ni siquiera has empezado a entender qué significa la palabra *alma*.

—Sé perfectamente lo que significa para ti, abuelo. Pero ni siquiera tú lo sabes todo. ¿No existen otras cosas (me refiero a *objetos*) que nosotros no vemos?

—Sí, muchísimas. Las que están a nuestras espaldas. Las que quedan muy lejos. Y todas si está lo bastante oscuro.

Se inclinó hacia delante y posó su mano sobre la mía.

—Empiezo a pensar, hija mía, que si consigo eléboro, la primera dosis va a ser para ti —dijo.

Al principio había estado tentada de hablarle del prodigio, de mi visión del palacio. Pero no podía permitírmelo: era el oyente menos adecuado del mundo para una historia como esa. Ya me había hecho avergonzarme de la mitad de las cosas que había estado pensando. Y en ese momento me vino a la cabeza otra idea alentadora.

—Entonces —dije— tal vez ese amante que la visita en la oscuridad forma parte también de su locura.

—Me gustaría poder creerlo —repuso el Zorro.

—¿Y por qué no, abuelo?

—¿No dices que estaba rolliza y sonrosada, que no estaba macilenta?

—Nunca ha tenido mejor aspecto.

—Entonces ¿quién la ha alimentado todo este tiempo?

Guardé silencio.

—¿Y quién la sacó de los hierros?

Eso no se me había ocurrido.

—¿Qué estás pensando, abuelo? —dije—. Tú... no serás tú el que insinúe que es el dios. Si lo dijera yo, te reirías de mí.

—Es más probable que me echara a llorar. ¡Ay, pequeña! ¿cuándo sacaré de tu alma a tu aya, a tu abuelita, al sacerdote y al adivino? ¿Crees que la Naturaleza Divina...? En fin, es una obscenidad, una ridiculez. También podrías decir que el universo se rasca o que la Naturaleza de las Cosas suele empinar el codo en la bodega.

—Yo no he dicho que fuera un dios, abuelo —repliqué—. Te he preguntado qué crees tú que es.

—Es un hombre, por supuesto —dijo el Zorro, golpeando la mesa con las manos—. ¿Qué pasa? ¿Sigues siendo una niña? ¿No sabías que en la Montaña hay hombres?

—¿Hombres? —farfullé.

—Sí. Vagabundos, desertores, forajidos, ladrones. ¿Dónde está tu sentido común?

La indignación encendió mis mejillas y salté de la silla. Porque que cualquier descendiente de nuestro linaje se una, incluso en legítimo matrimonio, a quienes no tienen ascendencia divina al menos por parte de un abuelo, se considera abominable. Lo que pensaba el Zorro era intolerable.

—¿Qué quieres decir? —le pregunté—. Psique se dejaría clavar una estaca antes que...

—Calma, hija mía —dijo el Zorro—. Psique no lo sabe. En mi opinión, algún ladrón o algún fugitivo se encontró a la pobre niña medio loca de terror y soledad y, probablemente, muy sedienta, y le quitó los hierros. Y, si no estaba del todo en su sano juicio ¿qué es lo más probable que balbuceara en su delirio? Hablaría de su casa de oro y ámbar en la Montaña, por supuesto. Tiene esa fantasía desde niña. El tipo ese le siguió la corriente. Él sería el mensajero del dios... bueno, del lugar de donde procede su dios del viento del oeste. Debe de ser un hombre. Se la llevaría al valle. Le susurraría que el dios, el novio, iría esa noche. Y, al anochecer, regresó.

—¿Y el palacio?

—Su fantasía de siempre, magnificada por su locura y que Psique cree real. Y el canalla se hace eco de todo lo que cuenta ella de su hermosa casa. Y quizá añade cosas de su cosecha. Así la ilusión va cobrando más y más solidez.

Por segunda vez en el día sentí pánico. La explicación del Zorro era tan clara y evidente que no abría ninguna puerta a la esperanza. Al escuchar a Bardia me había ocurrido casi lo mismo.

—Me parece, abuelo —dije débilmente—, que has dado con la clave del enigma.

—No hace falta ser Edipo. Pero el verdadero enigma que hay que resolver es este: ¿qué hacemos? No se me ocurre nada ¡absolutamente nada! Tu padre me ha vaciado el cerebro con tantos golpes en las orejas. Debe haber alguna forma... y tenemos poco tiempo.

—Y muy poca libertad. No puedo seguir fingiendo eternamente que estoy recluida en la cama. Y, en cuanto el rey sepa que me he curado ¿cómo voy a volver a la Montaña?

—¡Ah! En cuanto a eso... Lo olvidaba. Hemos recibido noticias. Han vuelto a ver leones.

—¿Qué? —chillé aterrada—. ¿En la Montaña?

—No, no, la noticia no es tan mala. Al revés: es más bien buena que mala. En algún lugar del sur y al oeste de Ringal. El rey va a organizar una gran cacería.

—Han vuelto los leones... Así que, después de todo, Ungit nos ha engañado. Quizá esta vez sacrifique a Redival. ¿Está muy enfadado el rey?

—¿Enfadado? No. De hecho, cualquiera diría que la pérdida de un pastor y de algo de mucho más valor como es uno de sus mejores perros y no sé cuántos novillos ha sido la mejor noticia que le podían dar. Nunca le he visto de tan buen humor. No se le caen de la boca en todo el día los perros, los reclamos y el tiempo... y un montón de lío y ajetreo: mensajes a tal o cual señor, conversaciones con el montero, visitas a las perreras, las herraduras de los caballos, la cerveza corriendo como si fuera agua... Hasta yo he recibido palmadas en la espalda de pura camaradería hasta que me han dolido las costillas. Pero lo que a nosotros nos importa es que estará de caza al menos los dos próximos días. Con suerte, cinco o seis.

—Pues ese es el tiempo que tenemos para hacer algo.

—Ni más ni menos. Saldrá mañana al amanecer. Y, en cualquier caso, tampoco tendríamos mucho más.

Si el invierno la sorprende en la Montaña, morirá. ¡Viviendo al raso! Y se quedará encinta, sin duda, antes de que nos dé tiempo a nada.

Fue como si me golpearan en el corazón.

—¡Que la lepra y la peste caigan sobre ese hombre! —resollé—. ¡Maldito sea! ¿Psique, madre del mocoso de un mendigo? Si alguna vez lo atrapamos, lo empalaremos. Agonizará durante días. ¡Podría despedazarlo con mis propios dientes!

—Esas pasiones enturbian nuestros consejos y tu propia alma —dijo el Zorro—. ¡Si hubiera algún sitio donde esconderla (si es que podemos traerla)!

—Había pensado que se podría ocultar en casa de Bardia —dije.

—¡Bardia! Bardia no meterá en su casa a la víctima de un sacrificio. Cuando se trata de dioses y de cuentos de viejas, tiene miedo de su propia sombra. Es un necio.

—No es verdad —dije ásperamente, pues muchas veces me irritaba el desprecio con que el Zorro trataba a gente valiente y honesta que no estaba empapada de su sabiduría griega.

—Y, si Bardia quisiera —añadió el Zorro—, su esposa no se lo permitiría. Todo el mundo sabe que es un calzonazos.

—¿Bardia? Si es todo un hombre... No puedo creer que...

—¡Bah! Está tan enamorado como Alcibíades. Ese tipo se casó con una mujer sin dote... por su belleza, en todo caso. Toda la ciudad lo sabe. Y ella le trata como a un esclavo.

—Debe de ser una canalla, abuelo.

—¿Y a nosotros qué nos importa? Pero no pienses en encontrar refugio para nuestra pequeña en esa casa. Habrá que ir más lejos, hija mía. Solo se la puede enviar fuera de Gloma. Si alguien se enterara de que no está muerta, irían por ella y la sacrificarían de nuevo. Si pudiéramos llevarla con la familia de su madre... pero no veo cómo hacerlo. ¡Oh, Zeus, si tuviera cien hoplitas bajo el mando de un hombre sensato!

—Yo no veo siquiera el modo de convencerla de que abandone la Montaña —dije—. Estaba obcecada, abuelo. Ya no me obedece. Creo que habrá que hacer uso de la fuerza.

—Y no la tenemos. Yo soy un esclavo y tú una mujer. No podemos llevarnos a la Montaña a una docena de lanceros. Y, si pudiéramos, nadie guardaría el secreto.

Estuvimos un buen rato sentados en silencio; el fuego parpadeaba y Pubi estaba sentada con las piernas cruzadas junto a la chimenea, avivando la leña y entreteniéndose con un juego de cuentas típico de su pueblo (una vez intentó enseñarme, pero no conseguí aprender). El Zorro hizo ademán de empezar a hablar una docena de veces, pero siempre acababa frenándose. Era rápido para hacer planes, pero, cuando descubría sus fallos, los descartaba con la misma rapidez.

—Solo podemos hacer una cosa, abuelo —dije por fin—. Tengo que ir a buscar a Psique. Algún modo habrá de convencerla. Una vez que esté de nuestro lado, una vez reconozca su deshonra y el peligro que corre, entre los tres pensaremos qué es lo mejor. Puede que tengamos que irnos las dos juntas a recorrer el mundo... errantes como Edipo.

—Y yo con ustedes —dijo el Zorro—. Una vez me ofreciste ayuda para escapar. Esta vez lo haré.

—Lo único seguro —dije— es que no la dejaremos en manos del canalla que ha abusado de ella. Buscaré alguna salida, cualquier salida, antes que eso. De mí depende. Su madre está muerta. (¿Ha conocido alguna otra madre que no sea yo?). Su padre no vale nada: ni como padre ni como rey. El honor de nuestra casa, la propia Psique... solo quedo yo para su defensa. No la abandonaré. Yo...

—¿Qué te pasa, niña? Estás pálida. ¿Te encuentras mal?

—Si no existe otra salida, la mataré.

—¡*Babai*! —exclamó el Zorro, tan alto que Pubi dejó de jugar y clavó la vista en él—. ¡Hija mía! Has traspasado la barrera de la razón y de la naturaleza. ¿Sabes qué significa eso? En tu corazón hay una parte de amor, cinco de ira y siete de orgullo. Los dioses saben que también yo quiero a Psique. Y tú también lo sabes: sabes que la amo tanto como tú. Es una triste desgracia que nuestra niña (nuestra Artemisa y nuestra Afrodita juntas) viva como una mendiga y caiga en brazos de un mendigo. Aun así... eso no es nada comparado con esos actos impíos que has mencionado. Piénsalo honradamente, conforme a la razón y la naturaleza, y no como te lo pinta la pasión. Ser pobre y pasar penalidades, ser la esposa de un hombre pobre...

—¡La esposa! Querrás decir su zorra, su ramera, su furcia, ¡su puta!

—La naturaleza no conoce esos nombres. Eso que llamas matrimonio es cuestión de leyes y costumbres, no de la naturaleza. El matrimonio natural no es más que la unión de un hombre que convence con una mujer que consiente. Y...

—¿El hombre que convence (o, más bien, el que fuerza o engaña) es un asesino, un extranjero, un traidor, un esclavo fugitivo o algún otro desecho?

—¿Desecho? Quizá yo no lo veo como tú. Yo soy esclavo y soy extranjero: y estoy dispuesto a fugarme, a arriesgarme a ser azotado y empalado, por amor a ti y a ella.

—Tú eres cien veces mi padre —dije, alzando su mano hasta mis labios—. No quería decir eso. Pero hay cosas que tú no entiendes, abuelo. Psique también lo dice.

—¡Buena niña! —dijo—. Yo se lo he repetido muchas veces. Me alegro de que haya aprendido la lección. Siempre ha sido una buena alumna.

—No crees en la sangre divina de nuestro linaje.

—Sí, claro que creo. De todos los linajes. Todos los hombres son de sangre divina, porque en todos los hombres hay un dios. Todos somos uno. Incluso el hombre que ha raptado a Psique. Le he llamado canalla y villano, y probablemente lo sea. Pero quizá no. Un buen hombre puede ser también forajido y fugitivo.

Me quedé callada. Todo eso no significaba nada para mí.

—Hija mía —dijo el Zorro de pronto (creo que ninguna mujer, al menos una mujer que te amara, haría lo que hizo él)—, el sueño visita pronto a los ancianos. Apenas puedo mantener los ojos abiertos. Me marcho. Quizá por la mañana lo veamos todo más claro.

¿Qué podía hacer sino despedirle? Esto demuestra que hasta los hombres más fieles nos fallan. Su corazón nunca está tan enteramente entregado a un asunto como para evitar que cualquier menudencia como la comida, la bebida, el sueño, la diversión o una joven, se interponga entre ese asunto y él; y, en ese caso, ni aunque seas la reina obtendrás nada de ellos mientras no se hayan salido con la suya. En aquellos días todavía no lo había entendido. Y sentí una inmensa desolación.

—Todo el mundo me abandona —dije—. A nadie le importa Psique: solo vive en los aledaños de sus pensamientos. Para ellos significa menos, mucho menos, de lo que Pubi significa para mí. Piensan un poco en ella y luego se cansan y pasan a otra cosa: el Zorro a dormir y Bardia a su preciosa y gruñona esposa. Estás sola, Orual. Sea lo que sea lo que haya que hacer, tienes que planearlo y llevarlo a cabo tú. No recibirás ayuda. Los dioses y los mortales se han apartado de ti. Eres tú quien debe resolver el enigma. Nadie te dirá nada a menos que te equivoques: entonces volverán para acusarte, burlarse y castigarte por ello.

Ordené a Pubi que se acostara. Y luego hice algo que creo que pocas personas han hecho. Me dirigí yo misma a los dioses, sola, con las palabras que brotaban espontáneamente de mí, sin templos y sin sacrificios. Me postré en el suelo y les invoqué de todo corazón. Retiré todo lo que había dicho en su contra. Les prometí todo lo que me pidieran si me enviaban una señal. No me la dieron. Cuando empecé, ardía el fuego en la habitación y la lluvia caía sobre el tejado; cuando volví a levantarme, el fuego era un poco más débil y la lluvia seguía tamborileando.

Ahora que sabía que estaba completamente sola, dije:

—Tengo que hacerlo... sea lo que sea... mañana. Así que debo descansar.

Me acosté en la cama. Me encontraba en ese estado en el que el cuerpo, agotado, se duerme enseguida, pero la mente está tan angustiada que te despierta en cuanto el cuerpo se ha saciado. A mí me despertó pocas horas después de la medianoche, sin brindarme ninguna oportunidad de volver a dormir. El fuego estaba apagado; había dejado de llover. Me acerqué a la ventana y me quedé mirando las ráfagas de oscuridad, con los nudillos apoyados en las sienes y enredándome el pelo en los puños, y me puse a pensar.

Mi mente estaba mucho más lúcida. Comprendí que era curioso que hubiera dado por ciertas tanto la explicación de Bardia como la del Zorro (cada una en su momento). Pero una de ellas tenía que ser falsa. Y no era capaz de averiguar cuál de las dos, porque ambas contaban con raíces sólidas. Si lo que se pensaba en Gloma era verdad, vencía la de Bardia; si la filosofía del Zorro era cierta, vencía la del Zorro. Pero no era capaz de descubrir de parte de quién estaba la razón: de las creencias de Gloma o de la sabiduría griega. Yo era hija de Gloma y pupila del Zorro; durante años había vivido separada en dos mitades que no encajaban.

Debía renunciar, pues, a intentar decidir entre Bardia y mi maestro. Y, nada más pensar esto, comprendí (y me pregunté cómo no me había dado cuenta antes) que no había diferencia. Porque ambos coincidían en algo. Los dos pensaban que o bien un demonio o bien un infame se había apoderado de Psique. ¿Qué más daba si se trataba de un ladrón o del espectro de la Sombra de la Bestia? Lo que ninguno de los dos creía era que lo que la visitaba de noche fuese algo bueno o hermoso. A nadie excepto a mí se le había ocurrido pensar tal cosa. ¿Por qué iban a pensarlo ellos? En mi caso, solo lo había hecho posible un deseo desesperado. Aquello llegaba en la oscuridad con la prohibición de ser visto. ¿Qué amante evitaría los ojos de su esposa si no era por algún motivo terrible?

Incluso yo había pensado lo contrario solo por un instante, mientras contemplaba la imagen de la casa al otro lado del río.

—No la tendrá —dije—. Psique no descansará entre esos brazos abominables. Esta noche será la última.

De pronto me vino a la memoria el recuerdo de Psique en el valle de la montaña, con el rostro radiante, rebosante de felicidad. Y volvió a asaltarme la horrible tentación: abandonarla a aquel loco sueño de felicidad, sucediera lo que sucediera; perdonarla, no sacarla de allí para sumarla a mi desgracia. ¿Tengo que portarme como una furia vengadora, y no como una madre amante? Y una parte de mi mente decía: «No te inmiscuyas. Cualquier cosa podría ser cierta. Te mueves entre prodigios que no entiendes. Cuidado. ¿Quién sabe qué desgracia atraerías sobre su cabeza y la tuya?». Pero la otra parte de mí respondía que yo era su madre y, a la vez, su padre (todo lo que le quedaba de los dos); que mi amor tenía que ser firme y prudente, y no frívolo e indulgente; que hay momentos en los que el amor debe ser severo. Después de todo, no era más que una niña. Si todo aquello escapaba a mi comprensión ¿cuánto más a la suya? Los niños tienen que obedecer. También a mí me costó en su momento decirle al barbero que le sacara la espina. ¿Y acaso no hice bien? Mi decisión era firme. Ahora sabía cuál de las dos cosas debía hacer, sin dejar pasar ni siquiera ese día que estaba a punto de empezar, siempre que Bardia no se hubiera ido a cazar leones y yo consiguiera arrancárselo a su esposa. Igual que al hombre que sufre un dolor o una pena infinitas aún es capaz de inquietarle la mosca que le zumba en la cara, así me inquietaba a mí la imagen de su esposa, esa niña mimada, que surgía de repente para demorarnos o ponernos trabas.

Tumbada en la cama, algo más serena y relajada ahora que sabía qué iba a hacer, esperé la llegada del día.

CATORCE

SE ME HIZO eterno hasta que el palacio comenzó a ponerse en movimiento, aunque en realidad lo hizo muy pronto debido a la cacería real. Aguardé a que el ruido creciera. Entonces me levanté, me puse la misma ropa del día anterior y agarré la misma urna. Esta vez guardé en ella una lámpara, una jarrita con aceite y una de esas largas bandas de lino como de un palmo y medio de ancho en las que las damas de honor de Gloma se envuelven en las bodas. La mía la guardaba en mi arcón desde la noche de bodas de la madre de Psique. Luego llamé a Pubi y le dije que me trajera algo de comer. Comí un poco y el resto lo metí en la urna, debajo de la banda. Cuando los cascos de los caballos, los cuernos y los gritos me indicaron que el rey y los suyos se habían marchado, me puse el velo y el manto y bajé. Al primer esclavo con que me tropecé lo mandé a averiguar si Bardia se había ido de caza y, en caso de hallarse en palacio, le dije que me lo enviara. Le esperé en la Sala de las Columnas. Estar allí a solas me produjo una extraña sensación de libertad; ni siquiera las preocupaciones me impidieron darme cuenta de que, en ausencia del rey, la casa tenía más luz y se sentía liberada. De las miradas de los demás deduje que a todos les ocurría lo mismo.

Entró Bardia.

—Bardia —le dije—, tengo que volver a la Montaña.

—Conmigo imposible, señora —contestó él—. No me han llevado de cacería (para mi desgracia) por un único motivo: para que cuide la casa. Hasta que vuelva el rey tengo que quedarme aquí incluso por la noche.

Aquello frustraba mis esperanzas.

—¿Y qué hacemos, Bardia? —dije—. Estoy en un gran apuro. Se trata de mi hermana.

Bardia se frotó el labio superior con el índice, como solía hacer cuando estaba perplejo.

—Y no sabes montar... —dijo—. Quizá... No, qué tontería. Uno no se puede fiar de un caballo si el jinete no sabe montar. Y no podrás esperar unos días ¿no? Lo mejor será que te acompañe otro hombre.

—No, Bardia, tienes que ser tú. Nadie más puede... Se trata de un asunto confidencial.

—Puedo dejarte a Gram dos días y una noche.

—¿Quién es Gram?

—El moreno bajito. Es un buen hombre.

—¿Pero sabe tener la lengua quieta?

—En realidad, el problema es si la sabe mover. En diez días apenas somos capaces de sacarle diez palabras. Pero es un hombre leal, y especialmente a mí, porque en una ocasión le hice un gran favor.

—No será lo mismo que ir contigo, Bardia.

—Es lo mejor que puedes hacer, señora, si no quieres esperar.

Le dije que no podía y Bardia mandó llamar a Gram. Era un hombre de rostro delgado y ojos muy oscuros, y me dio la impresión de que me miraba atemorizado.

Bardia le ordenó que fuera a buscar su caballo y me esperara en el cruce del sendero con el camino que lleva a la ciudad.

En cuanto se fue, le dije a Bardia:

—Y ahora dame una daga.

—¿Una daga, señora? ¿Para qué?

—Para lo que sirve una daga. Venga, Bardia, sabes que no voy a hacer nada malo.

Me lanzó una mirada de extrañeza, pero me la dio. Yo la guardé en mi cinturón, en el mismo sitio de donde el día anterior colgaba la espada.

—Adiós, Bardia.

—¿*Adiós*, señora? ¿Es que vas a estar fuera más de una noche?

—No lo sé —contesté.

Y luego, dejándole con la intriga, salí corriendo, bajé a pie el sendero y me reuní con Gram.

Aquel viaje no pudo parecerse menos al anterior. En todo el día no fui capaz de sacarle a Gram más que «sí, señora» o «no, señora». Llovía mucho e, incluso cuando escampaba, el viento era húmedo. El cielo gris amenazaba una lluvia torrencial y los pequeños valles y colinas, tan nítidos y llenos de brillo y de matices para Bardia y para mí el día antes, se fundían en una sola cosa. Habíamos salido muchas horas después y, cuando descendimos el collado hacia el valle secreto, estábamos más cerca de la tarde que del mediodía. Y allí, por fin, como si fuera cosa de los dioses (y quizá lo fuera), el tiempo mejoró, hasta tal punto que costaba creer que el valle no contara con luz propia y que las intensas ráfagas de lluvia se limitaran a rodearlo, igual que lo rodeaban las montañas.

Llevé a Gram hasta el lugar donde Bardia y yo habíamos pasado la noche y le dije que me esperara allí, sin
cruzar el río.

—Tengo que ir sola. Puede que regrese a esta orilla
al anochecer, o cuando ya sea de noche. Pero creo que
todo el tiempo que esté en ese lado lo pasaré allí, más
adelante, cerca del vado. No vengas a buscarme si no te
llamo.

—Sí, señora —contestó Gram para variar; y me miró
como si aquella aventura no le gustara nada.

Me dirigí al vado, como a un tiro de arco de donde
estaba Gram. Tenía el corazón congelado como el
hielo, pesado como el plomo, frío como la tierra, pero
sin una sombra de duda o vacilación. Puse el pie en la
primera piedra del paso y llamé a Psique. Debía de estar muy cerca, pues casi al instante la vi bajar la ladera.
Éramos como las dos imágenes del amor, la alegre y la
severa: Psique tan joven, tan radiante, con la felicidad
en su mirada y en su cuerpo; y yo seria y decidida, con
el dolor en la mano.

—Te lo dije, Maya —me dijo en cuanto hube cruzado el río y nos abrazamos—. El rey no te ha puesto
ningún impedimento ¿verdad? ¡Saluda a una profetisa!

Me quedé sorprendida, pues había olvidado su vati-
cinio. Pero lo aparté de mi mente para prestarle atención
más tarde. Ahora tenía que cumplir con mi deber: ahora
menos que nunca podía retomar las dudas y las cábalas.
Nos separamos un poco del agua —ignoro en qué lugar
de su palacio fantasma nos hallábamos— y tomamos
asiento. Me quité la capucha y el velo y coloqué la urna
junto a mí.

—¡Qué sombrío está tu rostro, Orual! —dijo Psique—. Igual que cuando te enfadabas conmigo de pequeña.

—¿Alguna vez me enfadé? ¿Tú crees, Psique, que cuando te regañaba o te negaba algo, mi corazón no sufría diez veces más que el tuyo?

—Hermana, no tenía intención de echarte nada en cara.

—Entonces no me eches nada en cara hoy tampoco. Tenemos que hablar muy en serio. Escucha, Psique. Nuestro padre no es un padre. Tu madre (¡la paz sea con ella!) está muerta y a su familia no la has visto jamás. Yo he sido para ti (o he intentado ser y debo seguir siéndolo) tu padre, tu madre y tu familia. Y también el rey.

—Todo eso y más has sido para mí desde el día en que nací, Maya. Tú y el Zorro son lo único que he tenido.

—¡Ah, sí! El Zorro... También tengo algo que decirte de él. Por eso, Psique, si hay alguien que deba cuidar de ti, aconsejarte o protegerte, o si hay alguien que deba hablarte del honor de nuestra sangre, esa soy yo y solo yo.

—Pero ¿por qué me dices eso, Orual? ¿No creerás que he dejado de quererte porque ahora tengo también un esposo a quien amar? Si lo entendieras... eso me hace quererte más a ti ... a ti, a todos y todo lo demás.

Disimulé un escalofrío y continué.

—Sé que me quieres, Psique —dije—. Y creo que no podría vivir si no lo hicieras. Pero también tienes que confiar en mí.

Psique no dijo nada. Había llegado el momento culminante y más terrible, y me quedé prácticamente muda. Busqué el mejor modo de empezar.

—La otra vez hablamos de aquel día en que te sacaron la espina de la mano —dije—. Entonces te lastimaron, Psique, pero había que hacerlo. Quienes aman hacen daño. Y hoy tengo que volver a lastimarte. Psique, eres apenas una niña. No puedes hacer lo que se te antoje. Tienes que dejar que vele por ti y que te guíe.

—Ahora tengo un esposo que me guía, Orual.

Me costó dominar la ira y el temor ante su insistencia, pero me mordí el labio y continué:

—Y el daño que te voy a causar tiene que ver precisamente con ese esposo, como tú lo llamas.

La miré directamente a los ojos y le pregunté con aspereza:

—¿Quién es él? ¿Qué es?

—Un dios —repuso ella en voz baja y temblorosa—. Creo que es el dios de la Montaña.

—¡Ay, Psique, te han engañado! Si supieras la verdad, morirías antes que yacer en su lecho.

—¿La verdad?

—Tienes que afrontarla, pequeña. Sé valiente. Déjame que arranque la espina. ¿Qué clase de dios no se atreve a mostrar su rostro?

—¡Que *no se atreve*! Me vas a hacer enfadar, Orual.

—Piénsalo, Psique. No hay nada hermoso que oculte su rostro. No hay nada honesto que oculte su nombre. Escucha: en tu corazón podrás hallar la verdad, por mucho que intentes ocultarla con palabras. Piensa: ¿a quién dicen que estabas prometida? A la Bestia. Y, si no es la Bestia ¿quién más vive en estas montañas? Ladrones y asesinos, hombres peores que animales, y seguramente lascivos y crápulas. ¿Y tú crees que eres una presa que dejarían escapar si te cruzas en su camino? Ese es tu amante, pequeña. O bien un monstruo (sombra y monstruo a la vez; un fantasma, tal vez, o un muerto viviente), o bien un sucio canalla cuyos labios sobre tus pies, o sobre el borde de tu túnica siquiera, serían un baldón para nuestra sangre.

Psique se quedó callada un buen rato con los ojos clavados en su regazo.

—Por eso, Psique... —dije al fin, tan cariñosamente como pude; pero ella apartó la mano que yo había posado sobre las suyas.

—No te equivoques, Orual. Si estoy pálida es a causa de la ira. En esta ocasión la he dominado, hermana. Te perdono. Tu intención... no creo que tengas mala intención. Pero ¿cómo has podido... por qué te has ensuciado y torturado el alma con esas ideas? En fin: si alguna vez me has querido, quítatelas de encima ya.

—¿Mis ideas? No son solo mías. Dime, Psique ¿cuáles son las dos personas más inteligentes que conoces?

—Bueno... Una es el Zorro. Y la segunda... ¡conozco a tan pocas! Me imagino que, a su manera, también Bardia es inteligente.

—Aquella noche, en la habitación de las cinco paredes, tú misma dijiste que era un hombre prudente. Pues bien, Psique, los dos, tan inteligentes y tan distintos, coinciden entre ellos y conmigo en lo que se refiere a ese amante tuyo. Los tres estamos seguros: o es la Sombra de la Bestia o es un canalla.

—¿Les has contado mi historia, Orual? Has hecho mal. No te di permiso. Mi señor no ha dado permiso. ¡Eso es más propio de Batta que de ti, Orual!

Aunque no pude evitar que la ira enrojeciera mi rostro, no quise desviarme del tema.

—Seguramente —dije—. Los secretos de ese... de ese *esposo*, como lo llamas tú, no tienen fin. ¿Cómo es posible, pequeña, que ese amor infame te haya trastornado el cerebro hasta el punto de impedirte ver lo más evidente? ¿Un dios? Un dios que se oculta ante ti, que se escabulle y susurra: «¡chitón!», y «guarda el secreto», y «no me traiciones», como un esclavo fugado...

Creo que no me escuchaba, porque lo que dijo fue:

—¡El Zorro también! Qué extraño. Jamás pensé que creyera en la Bestia.

Yo no había dicho que lo hiciera. Pero, si así era como interpretaba mis palabras, pensé que no era mi deber sacarla del error: un error que podía ayudarla a llegar a la verdad principal. Necesitaba cualquier clase de ayuda para guiarla hacia ella.

—Ni él ni Bardia ni yo —continué— nos creemos ni por asomo esa quimera tuya de que es el dios; como tampoco que este brezal sea un palacio. Y ten por seguro, Psique, que si pudieras preguntárselo a cualquier hombre o a cualquier mujer de Gloma, todos te dirían lo mismo. La verdad es demasiado evidente.

—¿Y a mí qué más me da? ¿Cómo lo van a saber ellos? Yo soy su esposa y lo sé.

—¿Cómo lo vas a saber si no le has visto jamás?

—Orual ¿cómo puedes ser tan simple? ¿Cómo... cómo no voy a saberlo?

—Dímelo tú, Psique.

—¿Y qué quieres que te conteste? No estaría bien... es... y especialmente a ti, hermana, que eres virgen.

Tanta gazmoñería de vieja en una niña como ella estuvo a punto de agotar mi paciencia. Aunque ahora creo que no era esa su intención, parecía estar burlándose de mí. Pero me controlé.

—Muy bien, Psique: si tan segura estás, no te negarás a ponerle a prueba.

—¿Qué prueba? No necesito ninguna prueba.

—Te he traído una lámpara y aceite. Mira: aquí están. Las dejé a su lado.

—Espera a que él ... o a que eso se quede dormido. Y luego míralo.

—No puedo hacer eso.

—¡Ah! ¿Lo ves? Te niegas a hacer la prueba. ¿Y sabes por qué? Porque no tienes la certeza. Si la tuvieras, estarías deseando hacerla. Si, como tú dices, es un dios, te bastará un vistazo para salir de dudas. Esas siniestras ideas nuestras, como las llamas tú, se desvanecerán. Pero no te atreves.

—¡Qué malpensada eres, Orual! La única razón por la que no puedo verle (y mucho menos valiéndome de tretas como la que tú me propones) es que él me lo ha prohibido.

—Tanto a mí como a Bardia y al Zorro solo se nos ocurre un motivo para esa prohibición. Y un solo motivo para que tú la acates.

—Entonces sabes muy poco del amor.

—¿Otra vez me estás restregando por la cara mi virginidad? Pues la prefiero a la pocilga donde estás metida tú. Y por mucho tiempo. De eso que tú ahora llamas amor no sé nada. Sobre ese tema puedes chismorrear con Redival mejor que conmigo; o con las jóvenes de Ungit, quizá, o con las rameras del rey. El amor que yo conozco es otro. Te diré en qué consiste. No...

—¡Orual, estás desvariando! —dijo Psique sin sombra de ira y mirándome con los ojos muy abiertos, con aflicción, pero sin dar indicios de doblegarse. Cualquiera habría pensado que yo no era (prácticamente) su madre, sino su hija. Hacía mucho que había comprendido que la antigua Psique, dócil y sumisa, se había ido para siempre; pero en ese momento fue como si lo descubriera por primera vez.

—Es verdad, estoy desvariando —dije—. Me has puesto furiosa. Pero creo (corrígeme si me equivoco) que cualquier amor, si estuviera en su mano, desearía desmentir las viles acusaciones vertidas contra el ser amado. Dile a una madre que su hijo es horroroso. Si es guapo, te lo demostrará. Ninguna prohibición se lo impediría. Y, si lo mantiene oculto, es que la acusación es cierta. Te da miedo la prueba, Psique.

—Me da miedo... no, me da vergüenza desobedecerle.

—Entonces, en el mejor de los casos ¡mira en qué le estás convirtiendo! En algo peor que nuestro padre. ¿Alguien que te quisiera se enfadaría si desobedecieras una orden tan absurda... y por tan buena razón?

—Tonterías, Orual —respondió Psique meneando la cabeza—. Es un dios. Seguro que tiene buenos motivos para hacerlo. ¿Cómo voy a conocerlos yo? Solo soy la ingenua de Psique.

—¿Entonces no lo harás? Crees (o dices que crees) que puedes probar que es un dios y librar a mi corazón de todos los temores que padece. Pero no lo harás.

—Lo haría si pudiera, Orual.

Miré a mi alrededor. El sol casi estaba desapareciendo detrás del collado. Faltaba muy poco para que me despidiera. Me levanté.

—Esto se tiene que acabar —dije—. Lo harás. Te lo ordeno, Psique.

—Querida Maya, mis deberes hacia ti se han acabado.

—Pues con ellos acabará mi vida —dije.

Me retiré el manto, extendí mi brazo izquierdo desnudo y clavé la daga en él hasta que la punta asomó por el otro lado. Mayor aún fue el dolor al sacar el hierro de la herida; pero todavía hoy me cuesta creer lo poco que lo sentí.

—¡Orual! ¿Te has vuelto loca? —gritó Psique, levantándose de un salto.

—En la urna hay lino. Véndame la herida —dije, mientras me sentaba con el brazo extendido para que la sangre cayera en el brezo.

Pensaba que se pondría a chillar y a retorcerse las manos, o que se desmayaría. Pero me engañaba. Psique estaba muy pálida, pero no se descompuso. Me vendó el brazo. La sangre iba empapando capa tras capa, hasta que dejó de brotar. (Había tenido suerte con la puñalada. Si hubiera sabido entonces tan bien como hoy cómo es un brazo, probablemente no me habría decidido a hacerlo —aunque ¿quién sabe?—).

El vendaje nos llevó un buen rato. Cuando fuimos capaces de decir algo, el sol estaba aún más bajo y el aire era frío.

—¿Por qué lo has hecho, Maya? —me preguntó Psique.

—Para demostrarte que voy muy en serio, pequeña. Me has puesto en una situación crítica. Elige: o juras sobre esta daga, aún mojada con mi sangre, que esta noche vas a hacer lo que te he dicho, o te mato a ti primero y luego me mato yo.

—Orual —dijo Psique, alzando la cabeza majestuosamente—, podrías haberte ahorrado la amenaza de matarme a mí. Todo el poder que tienes sobre mí reside en la segunda.

—Entonces jura, pequeña. Jamás me has visto romper mi palabra.

No fui capaz de entender la mirada que había en su rostro. Creo que cualquier amante (me refiero a alguien enamorado) miraría así a la mujer que le ha engañado. Psique dijo por fin:

—Me estás enseñando una clase de amor que no conocía. Es como asomarse a un pozo profundo. No estoy segura de preferir tu amor a tu odio. Sabes lo arraigado que está en mí y que ningún otro amor reciente puede mermarlo, y lo estás convirtiendo en una herramienta, en un arma, en una estrategia y un medio de control, en un instrumento de tortura... Empiezo a pensar que nunca te he llegado a conocer. Pase lo que pase a partir de ahora, parte de lo que existía entre nosotras acaba de morir aquí.

—Basta de sutilezas —dije—. Las dos moriremos aquí literalmente si no juras.

—Si lo hago —repuso ella acaloradamente— no será porque dudo de mi marido ni de su amor. Será únicamente porque tengo mejor opinión de él que de ti. No puede ser tan cruel como tú. Me niego a creerlo.

Entenderá que me han torturado hasta obligarme a desobedecer. Me perdonará.

—No hace falta que se entere.

La mirada de desprecio que me lanzó me despellejó el alma. Y, sin embargo, esa nobleza suya ¿no se la había enseñado yo? ¿Qué había en Psique que no fuera obra mía? Y ahora la utilizaba para mirarme como si no existiera mayor bajeza que la mía.

—¿Crees que se lo voy a ocultar, que no se lo voy a decir? —dijo; y cada una de sus palabras fue como lijar una herida en carne viva—. Muy bien: todo viene a ser lo mismo. Como tú dices, acabemos con esto. Con cada palabra que dices me resultas más desconocida. ¡Y yo que tanto te quería!: te amaba, te respetaba, confiaba en ti y, siempre que convino, te obedecía. Y ahora... Aun así, no quiero encontrarme tu sangre en el umbral de mi casa. Has elegido muy bien tu amenaza. Juraré. ¿Dónde está tu daga?

Había vencido y mi corazón vivía un tormento. Sentía un poderoso deseo de desdecirme y pedirle perdón. Pero le tendí la daga. (En Gloma, «jurar sobre el filo», como decimos nosotros, es el juramento más inquebrantable).

—Pese a todo —dijo Psique—, sé lo que estoy haciendo. Sé que estoy traicionando al mejor de los amantes y que quizá, antes del alba, mi felicidad quede destruida para siempre. Ese es el precio que le has puesto a tu vida. Y lo voy a pagar.

Juró. Brotaron mis lágrimas e intenté decir algo, pero ella miró hacia otro lado.

—Está a punto de ponerse el sol —dijo—. Vete. Has salvado la vida; vete y vívela como puedas.

De pronto sentí miedo de Psique. Volví al río y, de alguna manera, conseguí cruzarlo. Y la sombra del collado cubrió todo el valle en cuanto se puso el sol.

QUINCE

CREO QUE AL llegar al otro lado del río me desmayé, porque en mi memoria existe una laguna desde que lo crucé hasta que volví a ser plenamente consciente de tres cosas: el frío, el dolor en el brazo y la sed. Bebí con verdadera ansia. Luego quise comer algo y entonces recordé que me había dejado la urna con la lámpara. Mi alma se negaba a llamar a Gram, a quien consideraba un incordio. Aunque seguía pareciéndome una locura, pensaba que todo habría ido mejor y de diferente manera si me hubiera acompañado Bardia. Dejé vagar mis pensamientos imaginando lo que estaría haciendo y diciendo ahora si estuviese conmigo, hasta que recordé el asunto que me había llevado hasta allí. Me avergoncé de haber pensado, siquiera por un instante, en otras cosas. Tenía intención de quedarme junto al vado, a la espera de distinguir alguna luz (es decir, a Psique encendiendo la lámpara) y verla desaparecer en cuanto la apagara para ocultarla. Luego, es probable que mucho más tarde, volvería a verse otra luz: Psique contemplando a ese amante vil mientras dormía. Y después —enseguida, esperaba yo— se deslizaría en la oscuridad y me llamaría en susurros («Maya, Maya») desde el otro lado del río. Y ahí estaría yo, en medio del paso. Esta vez yo la ayudaría a ella a vadear el río. Psique lloraría y desfallecería mientras yo la estrechaba entre mis brazos y la consolaba; porque entonces sabría quiénes eran sus verdaderos amigos y volvería a quererme; y, estremecida, me daría las gracias por haberla salvado de aquello que la lámpara le había revelado. Unos pensamientos que acaricié gustosa cuando surgieron y mientras duraron.

Pero también surgieron otros pensamientos. Por mucho que lo intentara, no podía borrar de mi mente el temor a haberme equivocado. Un dios real... ¿De verdad era imposible? Pero no me podía detener mucho en eso. Lo que retornaba una y otra vez a mi cabeza era la idea de una Psique en cierta medida (no sé en qué medida) derrumbada, perdida, privada de felicidad, una forma llorosa y errante, cuya vida había quedado arruinada gracias a mí. No sé decir cuántas veces sentí aquella noche el violento deseo de volver a cruzar esa agua gélida para gritarle que la liberaba de su promesa, que no encendiera la lámpara, que no la había aconsejado bien. Pero me dominé.

Ni unos pensamientos ni otros atravesaban la primera capa de mi mente. Debajo de ellos, tan profundo como el profundo océano del que hablaba el Zorro, se extendía el abismo frío y desesperanzador de su desprecio, de su desamor, de su intenso odio.

¿Cómo podía odiarme Psique cuando en mi brazo palpitaba y ardía la herida infligida por amor a ella?

«¡Qué cruel eres, Psique!», sollocé. Y entonces me di cuenta de que volvía a caer en los sueños que acompañaron mi enfermedad. Así que controlé mis pensamientos y me armé de fuerza. Pasara lo que pasara, tenía que permanecer vigilante y conservar el juicio.

La primera luz apareció bastante pronto y luego se apagó. Aunque una vez obtenido su juramento nunca dudé de la lealtad de Psique, me dije: «Hasta ahora todo va bien». Eso me hizo plantearme una nueva pregunta: ¿qué significaba *bien*? Pero la idea se esfumó.

Hacía cada vez más frío. Mi brazo era una barra candente y el resto de mi cuerpo un témpano de hielo encadenado a ella e imposible de fundir. Empecé a pensar que me estaba arriesgando mucho. Podía morir, herida y de hambre, o al menos quedarme tan congelada que me sobreviniera la muerte. Y de esa semilla brotó en un instante un ramillete de fantasías enorme y ridículo. En ese momento, sin preguntarme cómo habría llegado a esa situación, me vi tendida en la pira funeraria, y a Psique —que ahora ya sabía la verdad y volvía a quererme— golpeándose el pecho, llorando y arrepintiéndose de su crueldad. Allí estaban también el Zorro y Bardia, este último empapado en llanto. Todo el mundo me amaba después de muerta. Pero me avergüenza escribir estas tonterías.

Lo que las frenó fue la siguiente aparición de la luz que, a mis ojos, durante tanto tiempo embebidos de oscuridad, les pareció más brillante de lo que nadie creería posible. Firme y resplandeciente, creaba un ambiente hogareño en medio de aquel lugar salvaje. Y, durante más tiempo del esperado, brilló quieta, llenando de quietud el mundo que la rodeaba. Entonces esa quietud se quebró.

La voz potente que surgió de algún lugar cercano a la luz me atravesó el cuerpo con una oleada de terror tan vertiginosa que el dolor del brazo desapareció. No era un sonido desagradable; pese a su implacable dureza, estaba bañado en oro. Mi terror fue el saludo que la carne mortal dirige a las cosas inmortales. Y después, muy poco después de que se elevara el tono de ese discurso ininteligible, me llegó el sonido del llanto. Creo que se me rompió el corazón, si es que unas palabras tan manidas conservan algo de su significado. Pero ni ese sonido inmortal ni los sollozos duraron más que dos latidos del corazón. He dicho latidos del corazón, pero no creo que mi corazón latiera ni una sola vez hasta que aquello acabó.

Un relámpago formidable me ofreció una vista completa del valle. Entonces, justo encima de mi cabeza, sonó un trueno que dio la impresión de partir el cielo en dos. Sin pausas entre uno y otro, los rayos se clavaron en el valle a derecha e izquierda, cerca de mí y también a lo lejos, por todas partes. Cada golpe de luz mostraba cómo caían los árboles: las columnas imaginarias de la casa de Psique se vinieron abajo. Fue como si cayeran en silencio, pues los truenos tapaban el estrépito. Pero había otro ruido que no eran capaces de tapar. En algún lugar, a mi izquierda, se resquebrajaron las paredes de la Montaña. Vi (o creí ver) fragmentos de roca arrancados de todas partes, chocando unos con otros y volviendo a alzarse hacia el cielo, rebotando como la pelota de un niño. El río creció tan deprisa que me vi atrapada en la corriente antes de lograr apartarme de un salto, empapada hasta la cintura. Era una desgracia a medias, porque con la tormenta llegó una lluvia despótica y arrolladora, y el cabello y la ropa ya no eran más que esponjas.

Aun ciega y con el cuerpo molido, aquello me pareció buena señal. Demostraba (o eso creía yo) que todo iba bien. Psique había provocado a ese algo espantoso y suscitado su furia. Lo había despertado: no había ocultado la luz lo suficiente; o bien —sí, eso era lo más probable— aquello solo estaba fingiendo dormir: debía de ser algo que no necesitaba del sueño. Seguro que acabaría con ella y conmigo. Pero entonces Psique sabría la verdad. En el peor de los casos, moriría desengañada, desilusionada, reconciliada conmigo. Todavía podíamos escapar. Y, si fracasábamos, moriríamos juntas. Doblada por la mitad debido a la violencia de la lluvia, me levanté para cruzar el río.

Creo que nunca podría haberlo cruzado (se había convertido en un torrente letal, profundo y cubierto de espuma) aunque hubiera gozado de libertad para hacerlo. Y no gocé de ella, porque se encendió una especie de relámpago permanente: un relámpago pálido, cegador, desprovisto de calidez y bienestar, que revelaba con perfecta nitidez hasta el objeto más pequeño, y que no se extinguía. Esa luz formidable, tan quieta como una vela ardiendo en una habitación cerrada y protegida con cortinas, se cernía sobre mi cabeza. En el centro se divisaba algo parecido a un hombre. Es curioso, pero no puedo precisar su tamaño. Aunque su rostro quedaba muy por encima de mí, mi memoria no guarda el recuerdo de la forma de un gigante. Y tampoco sé decir si estaba de pie o si solo parecía estarlo, si estaba en la otra orilla o encima del agua.

La luz no se movía, pero la imagen que vislumbré de ese rostro fue tan fugaz como el destello de un relámpago.

No podía soportarlo. Tanto mis ojos como mi corazón, mi sangre e incluso mi cerebro eran demasiado débiles. Me habría sobrecogido menos un monstruo —la Sombra de la Bestia que yo y todo Gloma imaginábamos— que la belleza de aquel rostro. Y creo que la ira (lo que los hombres llaman ira) habría sido más tolerable que esa repulsión desprovista de pasión y de medida con que me miraba. Si bien estando agachada casi era capaz de llegar a tocar sus pies, sus ojos parecían arrojarme a una distancia infinita de él. Censuraba, rebatía, recusaba y (lo que era peor) sabía todo lo que yo había pensado, hecho o sido. Hay un verso griego que dice que ni siquiera los dioses pueden cambiar el pasado. ¿Será cierto? Me daba a entender que yo sabía desde el principio que el amante de Psique era un dios, y que todas mis dudas, miedos, conjeturas, deliberaciones, mis preguntas a Bardia, mis preguntas al Zorro, tantas vueltas y revueltas, habían sido una torpe invención, polvo que yo misma me había arrojado a los ojos. Juzga tú, lector de este libro. ¿Era así? ¿O había sido así al menos en el pasado, antes de que ese dios lo cambiara? Y, si de verdad pueden cambiar el pasado ¿por qué no lo hacen nunca por piedad?

Creo que los truenos cesaron en cuanto apareció la luz. Reinaba un profundo silencio cuando el dios me dirigió la palabra. Y, así como en su rostro no había ira (lo que los hombres llaman ira), tampoco la había en su voz. Era una voz impasible y suave; como el pájaro que canta en la rama de la que se ha ahorcado un hombre.

—Psique ha sido desterrada. Pasará hambre y sed y sus pies hollarán arduos caminos. Aquellos contra los que no puedo luchar dispondrán de ella. Tú, mujer, te conocerás a ti misma y lo que has hecho. Tú también serás Psique.

La voz y la luz se extinguieron al mismo tiempo, como cortadas de un tajo. Luego, en medio del silencio, volví a escuchar el sonido del llanto.

Nunca, ni antes ni después de aquello, he oído un llanto como ese: ni de un niño, ni de un hombre herido en la palma de la mano o torturado, ni de una niña tomada como esclava en una ciudad conquistada. Si oyeras llorar así a la mujer que más odias, la consolarías. Te abrirías paso entre llamas y espadas para acercarte a ella. Y yo sabía quién estaba llorando, y qué habían hecho, y quién se lo había hecho.

Me levanté para dirigirme hacia ella. Pero el llanto ya se oía en la distancia. A mi derecha, Psique descendía gimiendo hacia el final del valle, donde yo no había estado nunca, allí donde seguramente acababa en pendiente o en escarpados acantilados en dirección al sur. Y no fui capaz de cruzar el río. Ni siquiera me habría ahogado. El agua me habría molido, congelado o hundido en el fango; pero de algún modo, cada vez que conseguía aferrarme a una roca —de nada servía agarrarse a la tierra, porque se desprendía de la orilla en grandes bloques antes de deslizarse dentro de la corriente—, veía que seguía en el mismo lado. A veces ni siquiera sabía dónde estaba el río: la oscuridad me tenía completamente desorientada y el suelo se había convertido en poco más que un barrizal, de forma que las pozas y los arroyos recién formados me llevaban de un lado a otro.

No soy capaz de recordar nada más de aquella noche. Cuando empezó a despuntar el día, pude contemplar lo que la ira del dios había hecho con el valle. Solo quedaban rocas desnudas, tierra asolada y aguas nauseabundas en las que flotaban árboles, arbustos, ovejas y, de vez en cuando, algún ciervo. Si por la noche hubiera logrado cruzar el primer río, no habría servido de nada; solo habría llegado a la estrecha franja de lodo que lo separaba del siguiente. Ni siquiera entonces pude evitar gritar el nombre de Psique hasta quedarme sin voz, aunque sabía que era absurdo. La había oído abandonar el valle. Había marchado al exilio vaticinado por el dios. Había empezado una existencia errante de país en país sin dejar de llorar: llorando —imposible engañarme— no mi pérdida, sino la de su amor.

Fui en busca de Gram: el infeliz estaba tiritando. Lanzó una única mirada asustada a mi brazo vendado y no hizo preguntas. Después de comer lo que llevábamos en las alforjas, nos pusimos en marcha. Hacía buen tiempo.

Yo contemplaba con una mirada nueva cuanto me rodeaba. Ahora que había comprobado de un modo inapelable que los dioses existen y que me odiaban, me parecía que lo único que me quedaba por hacer era aguardar mi castigo. Me preguntaba cuál sería el acantilado junto al cual resbalaría el caballo, haciendo que nos precipitáramos por un barranco unos cuantos centenares de pies; de qué árbol me caería una rama en la nuca mientras pasábamos por debajo de él; o si la herida se infectaría y esa sería la muerte que me esperaba. Al recordar que a veces los dioses nos convierten en animales, de vez en cuando me tocaba por debajo del velo para ver si me habían empezado a crecer pelos de gato, hocico de perro o colmillos de jabalí. Aun así, no tenía miedo: nunca he tenido menos. Es algo extraño y, al mismo tiempo, tranquilizador y reconfortante mirar la tierra, la hierba y el cielo que te rodean y decirles interiormente: «Ahora todos ustedes son mis enemigos. Ninguno volverá a tratarme bien. Solo son mis verdugos». Pero pensaba que era más probable que las palabras *tú también serás Psique* significaran que, si ella debía errar en el exilio, también yo debía hacerlo. Y eso —ya lo había pensado antes— ocurriría muy fácilmente si los hombres de Gloma se negaban a ser gobernados por una mujer. No obstante, los dioses se equivocaban (¿querría eso decir que no lo saben todo?) si pensaban que para mí el peor castigo era cumplir el mismo que Psique. Si pudiera sufrir el suyo además del mío... Aun así, la mejor alternativa a esta era compartirlo. Entonces sentí crecer dentro de mí una especie de fuerza agria y sombría. Sería una buena mendiga. Era fea; y Bardia me había enseñado a pelear.

Bardia... Eso me hizo preguntarme qué parte de la historia le contaría. Y luego qué parte le contaría al Zorro. No se me había ocurrido pensar en ello.

DIECISÉIS

Nada más entrar en el palacio por la parte de atrás me enteré de que mi padre todavía no había regresado de la cacería. Aun así, me dirigí a mis aposentos sigilosamente y sin dejarme ver, como si el rey ya estuviera de vuelta. Aunque al principio no fui consciente de ello, cuando me di cuenta sin sombra de duda de que no me estaba escondiendo del rey, sino del Zorro, sentí cierta inquietud. El Zorro siempre había sido mi refugio y mi consuelo.

Al ver la herida, Pubi empezó a gritar; me quitó el vendaje (la zona tenía mal aspecto) y me puso otro limpio. La tarea fue complicada. Estaba comiendo con buen apetito cuando llegó el Zorro.

—Hija mía ¡loados sean los dioses que te han traído de vuelta! —dijo—. He estado sufriendo por ti todo el día. ¿Dónde has estado?

—En la Montaña, abuelo —dije, escondiendo mi brazo izquierdo.

Ese era el primer obstáculo: no podía decirle que me había herido yo sola. Aunque hasta entonces no había caído en ello, ahora que lo tenía delante sabía que me regañaría por haber intentado presionar así a Psique. Una de sus máximas decía que, si no podemos convencer a nuestros amigos con razones, debemos conformarnos «y no servirnos de un ejército mercenario», refiriéndose a las pasiones.

—Te has adelantado, pequeña —dijo—. Creía que ayer, cuando nos despedimos, quedamos en volver a hablar del tema hoy por la mañana.

—Nos despedimos para que durmieras —contesté.

Sin quererlo, mis palabras sonaron feroces y la voz igual que la de mi padre. Y me avergoncé.

—Así que ha sido mi culpa —dijo el Zorro con una sonrisa triste—. Bien, señora, pues ya me has castigado. Pero ¿qué noticias traes? ¿Psique ha querido escucharte?

En lugar de responder a su pregunta, le hablé de la tormenta y de la riada, y del valle convertido en ciénaga; de cómo había intentado cruzar la corriente sin lograrlo; de cómo escuché a Psique alejarse llorando, hacia el sur, abandonando Gloma. No tenía sentido hablarle del dios: pensaría que estaba loca o soñando.

—¿Quieres decir que no llegaste a hablar con ella? —dijo el Zorro con el rostro descompuesto.

—Sí —repuse—. Hablamos un poco... antes de eso.

—¿Ha ido algo mal, pequeña? ¿Se han peleado? ¿Qué ha ocurrido entre ustedes dos?

Eso era más difícil de responder. Al final, después de interrogarme con insistencia, le conté mi plan de la lámpara.

—¿Qué daimón te metió ese ardid en la cabeza, hija mía? ¿Qué esperabas? —gritó el Zorro—¿No era previsible que el villano que duerme a su lado, ese forajido huido, se despertara? ¿Y qué iba a hacer sino agarrarla y llevársela a rastras a otra guarida? Si es que no le clavaba un puñal en el corazón por temor a que le delatara a sus perseguidores... De hecho, bastaría la luz para convencerle de que ya le había traicionado. Tal vez lloraba porque estaba herida. ¡Si te hubieras dejado aconsejar!

No fui capaz de decir nada. Me preguntaba por qué no se me había ocurrido nada de eso y si alguna vez había llegado a creer que su amante fuese un hombre de las montañas.

El Zorro se me quedó mirando y comprendí que cada vez le extrañaba más mi silencio.

—¿Te costó mucho convencerla para que lo hiciera? —me preguntó por fin.

—No —respondí.

Mientras comía, me había quitado el velo que había llevado todo el día; ahora deseaba fervientemente no haberlo hecho.

—¿Y cómo la convenciste?

Eso fue lo peor de todo. No podía contarle la verdad de lo que había hecho. Ni de lo que había dicho. Porque, cuando le dije a Psique que tanto él como Bardia coincidían acerca de su amante, en lo que en realidad coincidían era en que se trataba de algo infame y aterrador. Pero, si le contaba eso al Zorro, diría que la opinión de Bardia y la suya eran totalmente opuestas: el uno decía que solo eran cuentos de viejas y las conjeturas del otro se referían a algo totalmente real. El Zorro vería claramente que había mentido. Nunca podría hacerle entender lo distinto que se veía todo en la Montaña.

—Yo... hablé con ella —logré decir por fin—. La convencí.

Me lanzó una mirada prolongada e inquisitiva, tan tierna como en los viejos tiempos, cuando solía sentarme en sus rodillas para cantarme *Se fue la luna*.

—Ya veo. Me estás ocultando algo —dijo al fin—. No, no te voltees. ¿Crees que voy a intentar obligarte a que me lo cuentes, que te voy a suplicar? Ni hablar. Somos amigos. Si te atormentara para enterarme, se alzaría entre nosotros una barrera peor que la que alza tu secreto. Algún día... En fin, tienes que obedecer al dios que hay dentro de ti y no al mío. No llores. No dejaría de quererte ni aunque me ocultaras cien secretos. Soy un árbol viejo y mis mejores ramas las podaron el día que me hicieron esclavo. Tú y Psique eran todo lo que tenía. Ahora... ¡pobre Psique! A lo suyo no le veo remedio. Pero a ti no te voy a perder.

Me abrazó antes de irse y tuve que morderme el labio para no gritar cuando me tocó la herida. Hasta entonces eran pocas las veces en que me había alegrado de que se fuera. Y, al mismo tiempo, pensaba que había sido mucho más benévolo que Psique.

Nunca hablé con Bardia de aquella noche.

Antes de dormirme tomé una decisión que, por insignificante que parezca, marcó una profunda diferencia durante los años siguientes. Al igual que el resto de las mujeres que habitaban en mis tierras, nunca me cubría el rostro; durante los dos viajes a la Montaña me tapé con un velo para evitar que me descubrieran. Y decidí que a partir de entonces lo usaría siempre.

Jamás he dejado de llevarlo, ni dentro ni fuera de casa. Es como si hubiera firmado un pacto con mi fealdad. Hubo un tiempo, de niña, en que aún no sabía que era fea. Hubo un tiempo (no debo ocultar en este libro ninguna de mis locuras ni nada que me avergüence) en que creí, como creen las niñas y como Batta me decía siempre, que podía hacer esa fealdad más tolerable apañando mi ropa o mi cabello con tal o cual cosa. En ese momento elegí llevar velo. Esa noche fue el Zorro el último hombre que vio mi rostro; y no hay muchas mujeres más que lo hayan vuelto a ver.

El brazo sanó bien, como han sanado siempre las heridas de mi cuerpo; y, cuando al cabo de unos siete días regresó el rey, dejé de fingir que estaba enferma. Llegó a casa borracho, porque en la cacería se había cazado y bebido a partes iguales, y de muy mal humor, ya que solo traían dos leones y ninguno lo había matado él; y uno de sus perros favoritos había acabado destrozado.

A los pocos días nos llamó al Zorro y a mí a la Sala de las Columnas. En cuanto me vio tapada con el velo, gritó:

—¿Qué pasa, muchacha? ¿Ahora te cuelgas cortinas? ¿Tienes miedo de que nos deslumbre tu belleza? ¡Quítate ese perifollo!

Entonces me di cuenta por primera vez de lo que aquella noche en la Montaña había obrado en mí. Nadie que hubiera visto y escuchado al dios podía temer los rugidos del viejo rey.

—Es triste que te reprendan por tener esta cara y también por ocultarla —dije sin tocar el velo.

—Ven aquí —dijo el rey, esta vez sin alzar la voz.

Me adelanté y me quedé tan cerca de su silla que mis rodillas casi tocaban las suyas, sólidas como una piedra. Ver su rostro sin que él pudiera ver el mío me producía cierta sensación de poder. Estaba empezando a apoderarse de él una de esas iras pálidas suyas.

—¿Pretendes ser más lista que yo? —dijo, casi en un susurro.

—Sí —contesté yo, sin alzar la voz por encima de la suya, pero nítidamente.

Un instante antes no sabía qué iba a hacer o decir; esa palabra tan breve salió de mi boca sin pensarlo.

Se quedó mirándome el rato que se tarda en contar hasta siete y casi llegué a pensar que me mataría de una puñalada. Entonces se encogió de hombros con desprecio y gruñó:

—Eres igual que todas. Palabras, palabras y solo palabras... Intentarías convencer a un hombre de que el día es la noche si quisiera escucharte. A ver, Zorro ¿están listas esas mentiras que has estado escribiendo para que esta las copie?

Nunca volvió a pegarme y yo nunca volví a tenerle miedo. Y a partir de aquel día no retrocedí ni una sola pulgada frente a él. Al contrario: comencé a echarle pulsos, y poco tiempo después de aquello le dije que era imposible que el Zorro y yo vigiláramos a Redival si teníamos que trabajar para él en la Sala de las Columnas. Mi padre gruñó y lanzó maldiciones, pero convirtió a Batta en su carcelera. Últimamente Batta había intimado mucho con él y pasaba horas y horas en la alcoba real. Me imagino que él no la metía en su cama, porque ni siquiera en sus mejores tiempos Batta había sido algo más que lo que el rey consideraba «sabrosa»; pero ella chismorreaba y cuchicheaba con él, le adulaba y le preparaba sus ponches, pues a mi padre empezaban a pesarle los años. La mayor parte del tiempo Batta no se separaba de Redival, aunque formaban esa clase de pareja dispuesta a sacarse mutuamente los ojos en un instante y, al siguiente, arrimarse la una a la otra para cotillear y decir obscenidades.

Ni esto ni nada de lo que ocurría en palacio me importaba en absoluto. Era como un reo a la espera del verdugo: creía que muy pronto recibiría un golpe repentino de los dioses. Pero los días fueron pasando y no sucedía nada, y empecé a comprender, al principio a regañadientes, que estaba condenada a vivir, y a vivir una vida siempre igual, durante mucho tiempo.

Una vez lo hube asumido, fui sola a la habitación de Psique y lo coloqué todo como estaba antes de que empezaran nuestras penalidades. Encontré varios versos en griego que parecían un himno al dios de la Montaña. Los quemé. Decidí acabar con todo lo relacionado con esa parte de Psique. Llegué a quemar hasta la ropa que había vestido el último año; pero la que llevaba antes, y especialmente la que quedaba de su infancia, así como las joyas que le gustaban de niña, las colgué en su sitio. Quería que todo estuviera ordenado para que, si algún día volvía, se lo encontrara igual que cuando aún era feliz y mía. Luego cerré la puerta y la sellé. Y, en la medida de lo posible, le eché el cerrojo a una de las puertas de mi mente. Para evitar volverme loca tenía que desterrar todos los pensamientos relacionados con ella, excepto los que me devolvían a sus primeros y felices años. Nunca hablaba de ella. Si mis mujeres mencionaban su nombre, las mandaba callar.

Si lo mencionaba el Zorro, era yo quien no decía nada y cambiaba de tema. Estar con el Zorro me resultaba más incómodo que antes.

Aun así, le hacía muchas preguntas acerca de lo que él denominaba las partes físicas de la filosofía, acerca del fuego seminal y de cómo el alma brota de la sangre, y de las fases del universo; y sobre plantas y animales, y la situación, los suelos, los climas y los gobiernos de las ciudades. Deseaba aprender cosas serias y acumular conocimientos.

En cuanto sanó mi herida, retomé con esmero mis clases de esgrima con Bardia. Empecé antes de que mi brazo izquierdo pudiera sujetar un escudo, porque él decía que pelear sin escudo era también una destreza que había que aprender. Según Bardia, hacía muchos progresos, y ahora sé que era verdad.

Tenía el propósito de reforzar más y más esa fuerza agria y sombría que había sentido al escuchar la sentencia del dios; despojarme de la mujer que había en mí mediante el aprendizaje, la lucha y el trabajo. A veces, por la noche, cuando el viento aullaba o caía la lluvia, me asaltaba como el agua que rompe un dique una pregunta insistente y angustiosa: si Psique seguiría viva, y dónde estaría en una noche como aquella, y si las mujeres de los campesinos la ahuyentarían con rudeza de sus puertas, aterida de frío y hambrienta. Pero luego, después de una hora de llanto, de forcejeos y de invocaciones a los dioses, me calmaba y reconstruía el dique. Muy pronto Bardia me enseñó a montar a caballo tan bien como a manejar la espada. Me trataba y se dirigía a mí cada vez más como si yo fuera un hombre.

Y eso me apenaba y me agradaba a la vez.

Así marchaban las cosas hasta que llegó el solsticio de invierno, una fiesta que en nuestras tierras se celebra por todo lo alto. Al día siguiente el rey regresó pasadas tres horas de la medianoche de los festejos a los que había asistido en la casa de un noble y, al subir la escalinata del pórtico, cayó al suelo. Aquel día hizo tanto frío que el agua que los criados habían utilizado para fregar los peldaños se heló. Todo su peso fue a caer sobre la pierna derecha, que se golpeó contra el borde del escalón; cuando los hombres corrieron a ayudarle, se puso a aullar de dolor, dispuesto a clavar los dientes en la primera mano que lo tocara. Un minuto después estaba maldiciéndolos por dejarlo ahí tirado y muerto de frío. Nada más llegar les indiqué a los esclavos con la cabeza que lo levantaran y lo llevaran dentro, dijera lo que dijera e hiciese lo que hiciese. Lo acostamos mientras se retorcía de dolor y llamamos al barbero, quien dijo, tal y como sospechábamos todos, que se había roto el fémur.

—Pero yo no soy capaz de colocarlo, señora, aunque el rey me permitiera ponerle los dedos encima.

Envié un emisario a la morada de Ungit para avisar al segundo sacerdote, conocido por ser un buen cirujano. Antes de que llegara, el rey había bebido vino suficiente para convertir a un hombre sensato en un demente y, en cuanto el sacerdote apartó la ropa y empezó a tocarle la pierna, se puso a aullar como un animal e intentó clavarle la daga. Entonces Bardia y yo intercambiamos unos susurros, hicimos entrar a seis guardias y entre todos sujetamos al rey. Entre grito y grito, no apartaba los ojos de mí (las manos las tenía atadas) y gritaba:

—¡Llévensela! ¡Llévense a la del velo! No dejen que me torture. La conozco muy bien. Sé quién es.

Aquella noche no durmió, ni tampoco el día y la noche siguientes: por si el dolor de la pierna fuera poco, tosía como si le fuera a estallar el pecho; y cada vez que le dábamos la espalda, Batta lo regaba con vino. Yo no pasaba mucho tiempo en la alcoba real, porque en cuanto me veía se volvía histérico. Seguía diciendo que sabía quién era yo por mucho que llevara velo.

—Señor —decía el Zorro—, es la princesa Orual, tu hija.

—¡Eso dice ella! —contestaba el rey—. Pero yo la conozco bien. ¿No ha estado toda la noche quemándome la pierna con un hierro al rojo vivo? Sé quién es. ¡Guardias! ¡Bardia! ¡Orual! ¡Batta! ¡Llévensela!

La tercera noche, el segundo sacerdote, Bardia, el Zorro y yo nos pusimos a hablar en susurros delante de la alcoba. El segundo sacerdote se llamaba Arnom; era un hombre enigmático, no mucho mayor que yo, y tan barbilampiño como un eunuco (aunque no podía serlo, porque, aunque Ungit tiene eunucos, solo un hombre con todos sus atributos puede ser sacerdote).

—Es probable que esto concluya con la muerte del rey —dijo Arnom.

Sí —pensé yo—. *Y entonces empezará todo. En Gloma nacerá un nuevo mundo y, si consigo conservar la vida, me desterrarán. Yo también seré Psique.*

—Eso creo yo también —dijo el Zorro—. Y ocurrirá en un momento delicado. Tenemos mucho trabajo por delante.

—Más del que piensas, Lisias —dijo Arnom. Hasta entonces nunca había oído llamar al Zorro por su nombre—. La situación de la casa de Ungit es tan complicada como la del rey.

—¿Qué quieres decir, Arnom? —preguntó Bardia.

—El sacerdote se está muriendo. Si algo he aprendido hasta ahora, no durará ni cinco días.

—¿Y le sucederás tú? —dijo Bardia. El sacerdote inclinó la cabeza.

—Siempre que el rey no lo impida —dijo el Zorro. Eso decían las leyes de Gloma.

—Es imprescindible que, llegado ese momento, Ungit y el palacio estén de acuerdo —dijo Bardia—. Más de uno querría aprovechar la ocasión para sembrar la discordia en Gloma.

—Sí, es imprescindible —dijo Arnom—. Nadie se rebelará en contra de los dos.

—Es una suerte que no existan fricciones entre la reina y Ungit —añadió Bardia.

—¿La reina? —dijo Arnom.

—Sí, la reina —respondieron Bardia y el Zorro al unísono.

—¡Ojalá la princesa estuviera casada! —dijo Arnom inclinándose respetuosamente—. En la guerra los ejércitos de Gloma no pueden obedecer las órdenes de una mujer.

—Con esta reina sí pueden —repuso Bardia; y el modo en que apretó su mandíbula inferior le hizo asemejarse a un ejército.

Vi cómo Arnom me miraba fijamente y creo que mi velo fue más útil que cualquier expresión de audacia; más útil tal vez de lo que habría sido la belleza.

—Entre Ungit y la casa del rey solo existen desavenencias respecto a los Morones —dijo—. De no ser por la enfermedad del rey y del sacerdote, habría venido antes a tratar ese tema.

Yo estaba al tanto de todo aquel asunto y comprendí qué quería decir. Los Morones era un territorio fértil al otro lado del río y, desde que empecé a trabajar con mi padre, él y Ungit habían mantenido una disputa a muerte sobre cuál de los dos era su propietario o qué parte le correspondía a cada uno. Pese al poco aprecio que le tenía a Ungit, yo siempre había pensado que debía pertenecer a su casa, dotada de escasos recursos para cubrir las cargas de sus constantes sacrificios. Y también creía que, una vez que a Ungit se le facilitara una cantidad razonable de tierras, dejaría de exprimir al pueblo exigiéndole tantas ofrendas.

—El rey todavía vive —intervine; hasta entonces no había pronunciado palabra y mi voz sorprendió a todos—. Pero, mientras esté enfermo, soy yo quien habla por su boca. Y es deseo del rey ceder los Morones a Ungit, sin exigir nada a cambio y con carácter indefinido, y la alianza quedará grabada sobre piedra... con una condición.

Bardia y el Zorro me miraron asombrados. Pero Arnom preguntó:

—¿Cuál es esa condición?

—Que, a partir de ahora, el capitán de la guardia real sea elegido por el rey o por su sucesor y esté al mando de la guardia de Ungit, que le deberá obediencia.

—¿Y a la guardia también la mantendrán el rey y sus sucesores? —preguntó Arnom, veloz como el rayo.

No me esperaba esa maniobra, pero pensé que una respuesta contundente era preferible a una reflexión más detenida.

—Eso se determinará en razón de las horas que dediquen a la casa de Ungit y a esta.

—Ese es buen negocio para ti, señora... es decir, para el rey —dijo el sacerdote.

Pero yo sabía que lo aceptaría, porque Ungit tenía más necesidad de buenas tierras que de lanceros. Además, a Arnom le sería difícil suceder al sacerdote con el palacio en contra. En ese momento el rey empezó a aullar al otro lado de la puerta y el sacerdote regresó junto a su lecho.

—Bien hecho, hija mía —susurró el Zorro.

—Larga vida a la reina —susurró Bardia. Y los dos siguieron el mismo camino que Arnom.

Me quedé en el vestíbulo, que estaba vacío y con el fuego al mínimo. Fue el momento más extraño de mi vida. Ser reina: eso no apaciguaría las aguas implacables contra las que había estado construyendo mi dique interior. Quizá aumentara su fuerza. Entonces me asaltó un pensamiento muy distinto: el rey estaría muerto. Y sentí vértigo. La amplitud de un mundo del que él estaría ausente; la claridad de un cielo que él no volvería a nublar; la libertad. Lancé un hondo suspiro: en cierto modo, el más dulce que había lanzado nunca. Casi llegué a olvidar la causa principal de mi dolor.

Pero fue tan solo un momento. Reinaba la calma y casi todos los habitantes del palacio dormían. Creí escuchar el sonido de un llanto, el llanto de una niña, ese llanto que, lo quisiera o no, no dejaba de escuchar nunca. Parecía venir de fuera, de detrás del palacio. En ese instante las coronas, la política y mi padre se alejaron miles de millas de mi mente. Atormentada por una esperanza, corrí hacia el otro lado del vestíbulo y salí por la puertecita situada entre el establo de ordeño y las dependencias de la guardia. Brillaba la luna, pero el aire no estaba tan quieto como pensaba. ¿Qué había sido del llanto? Entonces me pareció escucharlo otra vez.

—Psique —llamé—. ¡Istra! ¡Psique!

Me dirigí hacia aquel sonido. Ahora no estaba tan segura. Recordé que, cuando se movían las cadenas del pozo (y en ese momento la brisa era suficiente para empujarlas), hacían un ruido parecido a ese. ¡Qué desilusión, cuánta amargura!

Aguardé y agucé el oído. No se oía ningún llanto. Pero algo se estaba moviendo. Entonces vi una silueta cubierta con un manto cruzar una zona iluminada por la luna y ocultarse entre los arbustos. Fui tras ella lo más rápido que pude. Luego metí la mano entre las ramas. Y otra mano la tocó.

—No hagas ruido, preciosa —dijo una voz—, y llévame ante el rey.

Era una voz muy extraña: y era la voz de un hombre.

DIECISIETE

—¿QUIÉN ERES? —DIJE, liberando mi mano y retrocediendo como si hubiera tocado una serpiente—. Sal de ahí y déjate ver.

Pensé que debía de tratarse de uno de los amantes de Redival y que Batta ejercía tanto de alcahueta como de carcelera.

El hombre que apareció era alto y esbelto.

—Vengo a presentar una súplica —dijo, con tanta jovialidad que su voz no sonó en absoluto como una súplica—. Y soy de los que no dejan marcharse a una muchacha bonita sin un beso.

No habría tardado un instante en rodearme con sus brazos si yo no lo hubiera impedido. Entonces vio destellar la punta de mi daga a la luz de la luna y se echó a reír.

—Tienes muy buena vista si eres capaz de distinguir belleza en este rostro —dije, volviendo la cara hacia él para asegurarme de que veía la muralla inexpresiva de mi velo.

—Solo tengo buen oído, amiga mía —dijo—. Me imagino que una muchacha con una voz como la tuya solo puede ser hermosa.

Para una mujer como yo el episodio era tan insólito que casi sentí el absurdo deseo de prolongarlo. Aquella noche el mundo entero me resultaba extraño. Pero recobré el juicio.

—¿Quién eres? —le pregunté—. Contesta o llamo a los guardias.

—No soy un ladrón, preciosa —dijo él—, aunque reconozco que me has cazado escabulléndome como un ladrón. Pensé que en tu jardín había algún pariente mío con quien no tengo la intención de encontrarme. Vengo con una súplica para el rey. ¿Puedes llevarme hasta él?

Dejó oír el tintineo de un par de monedas en la mano.

—A no ser que el rey sane de repente, yo soy la reina.

Lanzó un leve silbido y volvió a reír.

—Si es así, me he portado como un auténtico estúpido —dijo—. Entonces vengo a suplicarte: te suplico alojamiento y protección por unas cuantas noches, quizá solo por una. Soy Trunia de Fars.

La noticia me dejó alelada. Ya he dicho antes que este príncipe estaba en guerra con su hermano Argan y con su padre, el anciano rey.

—¿Así que te han derrotado?

—En una escaramuza de la caballería de la que tuve que huir —repuso— y que no habría tenido mayores consecuencias de no ser porque me perdí y cometí el error de entrar en Gloma. Mi caballo se quedó cojo a unas tres millas de aquí. Y lo que es peor: las fuerzas de mi hermano están desplegadas por toda la frontera. Si puedes esconderme durante un día o dos (ten por seguro que, en cuanto salga el sol, sus emisarios llamarán a tu puerta) para poder entrar en Esur y reunirme con el grueso de mi ejército en Fars, le demostraré a él y a todo el mundo si me ha derrotado o no.

—Todo eso está muy bien, príncipe —dije—. Pero si atendemos tus súplicas, la ley nos obliga a defenderte. No soy una reina tan joven como para creer que en este momento puedo entrar en guerra con Fars.

—La noche es muy fría para dormir al raso —dijo él.

—Serías bien recibido si no vinieras a pedir refugio, príncipe. Pero en estas condiciones eres demasiado peligroso. Solo puedo alojarte como prisionero.

—¿Como prisionero? —contestó—. Entonces buenas noches, reina.

Salió disparado como si no sintiera el cansancio que yo, sin embargo, sí había percibido en su voz, y corrió como todo el que está acostumbrado a hacerlo. Y esa huida significó su ruina. Yo podría haberle advertido dónde está situada la vieja piedra de molino. El príncipe cayó cuan largo era e intentó levantarse con una rapidez asombrosa; entonces dejó escapar un agudo silbido de dolor, se movió con dificultad, lanzó una maldición y se quedó quieto.

—Me lo he torcido, si es que no me lo he roto —dijo—. Maldigo a los dioses que inventaron los tobillos del hombre. Ya puedes llamar a tus lanceros, reina. Aquí está tu prisionero. ¿Y mi prisión acabará ante el verdugo de mi hermano?

—Te salvaremos si podemos —contesté—. Si podemos hacerlo sin entrar en guerra con Fars, lo haremos.

Como ya he dicho, las dependencias de la guardia estaban de ese lado de la casa y me resultó bastante fácil llegar a una distancia suficiente para que los hombres pudieran oírme sin necesidad de apartar los ojos del príncipe. En cuanto los oí acercarse, le dije:

—Tápate la cara con la capucha. Cuantos menos sepan quién es mi prisionero, más libres tendré las manos.

Lo levantaron y se lo llevaron cojeando hasta el vestíbulo; después de sentarlo junto al fuego, pedí que le trajeran vino y algo de comer, y al barbero para que le vendara el tobillo. Luego entré en la alcoba real. Arnom se había ido. El rey estaba peor: tenía el rostro de color púrpura y respiraba con dificultad. Al parecer no podía hablar; aun así, al ver cómo sus ojos nos miraban a los tres de uno en uno, me pregunté qué pensaría y cuáles serían sus sentimientos.

—¿Dónde estabas, hija? —preguntó el Zorro—. Hemos recibido pésimas noticias. Acaba de llegar un emisario a caballo anunciando que Argan de Fars, acompañado de tres o cuatro veintenas de jinetes, ha cruzado la frontera y se encuentra tan solo a unas diez millas de aquí. Dice que está buscando a su hermano Trunia.

¡Qué pronto se aprende a ser rey o reina! El día anterior me habría importado muy poco cuántos extranjeros cruzaban nuestras fronteras a caballo; esa noche fue como si alguien me diera una bofetada.

—Tanto si cree realmente que tenemos aquí a Trunia como si ha cruzado la frontera de un territorio tan asfixiado solo para hacer una demostración de fuerza y poner remedio a su ruinosa fama —dijo el Zorro—, en cualquier caso...

—Trunia está aquí —dije.

Antes de que la sorpresa les permitiera recuperar el habla, los llevé a la Sala de las Columnas, porque no podía soportar los ojos de mi padre clavados en nosotros. Los demás no parecían tenerle más en cuenta que a un muerto. Ordené que encendieran las luces y el fuego en la torre, la antigua prisión de Psique, y que trasladaran allí al príncipe una vez hubiera comido. Luego nos enfrascamos los tres en una conversación.

Y los tres coincidíamos en tres cosas. En primer lugar, si Trunia lograba capear el temporal, era bastante probable que acabara derrotando a Argan y gobernando Fars. El rey era anciano y ya no valía para nada. Cuanto más durara la trifulca, más crecería el bando de Trunia, porque Argan era falso y cruel y se había ganado el odio de muchos; además, desde su primera batalla (librada mucho antes de todo aquello), cargaba con una fama de cobarde que le hacía despreciable. En segundo lugar, con Trunia como rey de Fars, tendríamos un vecino mucho más favorable a nosotros que con Argan, sobre todo después de haber estrechado lazos con él cuando más crítica era su situación. Pero, en tercer lugar, tampoco estábamos en condiciones de entrar en guerra con Fars, ni siquiera con el bando de Argan; la peste había acabado con muchos de nuestros jóvenes y seguíamos faltos de trigo.

No sé de dónde me vino la idea que comenzó a germinar en mi cabeza.

—Bardia ¿el príncipe Argan es buen espada? —pregunté.

—A esta mesa están sentados dos mejores que él, reina.

—¿Y procuraría a toda costa no hacer nada que reavivara los viejos rumores acerca de su falta de valor?

—Supongo que sí.

—Entonces, si le presentáramos un campeón que se enfrentase a él en defensa de Trunia a un solo combate, ofreciendo en prenda la cabeza de este, en cierto modo se sentiría obligado a aceptarlo.

Bardia se quedó pensativo.

—Vaya, suena como algo sacado de un antiguo poema. Pero ¡por todos los dioses!, cuanto más lo pienso, más me gusta la idea. Por débiles que seamos, no querrá una guerra contra nosotros mientras tenga otra en su propia casa. Más aún si no le dejamos otra alternativa. Sus esperanzas dependen de conservar o ganarse el favor de su pueblo. No está en condiciones de desperdiciarlo. Además, no es muy honroso perseguir a su hermano hasta nuestras puertas como si estuviera sacando a un zorro de su madriguera. Eso no hará que le quieran más. Si encima se niega a combatir, su nombre se hundirá más aún. Creo que tu plan tiene sentido, reina.

—Es muy inteligente —dijo el Zorro—. Aunque nuestro hombre acabe muerto y tengamos que entregar a Trunia, nadie podrá decir que lo hemos tratado mal. Salvamos nuestro buen nombre y no entramos en guerra con Fars.

—Y si nuestro campeón acaba con Argan —añadió Bardia—, sentaremos a Trunia en el trono y nos habremos ganado un buen amigo; todo el mundo dice que es un hombre razonable.

—Para no dejar ningún cabo suelto, amigos míos —dije—, nuestro campeón tiene que ser tan despreciable que, si Argan no acepta, caiga sobre él la deshonra más espantosa.

—Eso es demasiado arriesgado, hija mía —dijo el Zorro—. Y a Trunia no le conviene. No queremos que nuestro hombre acabe derrotado.

—¿A qué estás dándole vueltas, señora? —preguntó Bardia, atusándose el bigote como tenía por costumbre—. No podemos pedirle que se enfrente a un esclavo, si te estás refiriendo a eso.

—No. A una mujer —repuse.

El Zorro me miró atónito. Nunca le había hablado de mis ejercicios de esgrima, en parte porque para mí era un tema delicado mencionarle a Bardia, pues me enojaba oírle decir que era estúpido o bárbaro. (Bardia, a su vez, llamaba al Zorro griegucho o «tejedor de palabras», cosa que a mí no me molestaba tanto).

—¿Una mujer? —dijo el Zorro—. ¿Quién se ha vuelto loco: tú o yo?

Entonces una gran sonrisa que ensancharía cualquier corazón iluminó el rostro de Bardia, quien no obstante meneó la cabeza.

—He jugado demasiado al ajedrez para poner en peligro a mi reina.

—¿Cómo dices, Bardia? —le dije, dotando a mi voz de toda la firmeza de que fui capaz—. ¿Así que solo me estabas adulando cuando me dijiste que era mejor espada que Argan?

—En absoluto. Arriesgaría mi dinero apostando por ti. Pero en esta clase de cosas cuenta tanto la suerte como la destreza.

—Te olvidas del valor.

—En ese sentido nada tengo que temer de ti.

—No entiendo de qué estan hablando.

—La reina quiere defender a Trunia, Zorro —dijo Bardia—. Y podría hacerlo, desde luego. Nos hemos enfrentado muchas veces. Los dioses no le han concedido a nadie, sea hombre o mujer, un don natural como el suyo. ¡Qué lástima, señora, que no te hicieran varón!

—Es monstruoso, contrario a toda costumbre, y a la naturaleza y... a la modestia —dijo el Zorro.

En asuntos como ese el Zorro era un griego de los pies a la cabeza: seguía pareciéndole propio de bárbaros y escandaloso que las mujeres de nuestras tierras no llevaran velo. A veces, cuando todavía bromeábamos, le decía que tendría que llamarle abuelita en vez de abuelo. Ese era otro de los motivos por los que nunca le había hablado de mi afición a la esgrima.

—La mano de la naturaleza me formó en un descuido —dije yo—. Y, si reúno las condiciones para ser un hombre ¿por qué no voy a poder pelear también como ellos?

—Hija mía —dijo el Zorro—, ten piedad de mí y, aunque solo sea por eso, quítate de la cabeza una idea tan horrible. El plan del campeón y el combate era bueno. ¿Lo mejoraría algo esta locura?

—Lo mejoraría mucho —repuse—. ¿Te crees que soy tan tonta como para pensar que estoy a salvo solo por ocupar el trono de mi padre? Arnom está de mi lado. Bardia está de mi lado. Pero ¿qué me dices de los nobles y del pueblo? Yo no sé nada de ellos ni ellos de mí. Si viviera alguna de las mujeres del rey, supongo que conocería a las esposas de los señores y a sus hijas. Mi padre nunca me ha permitido verlas, y mucho menos a ellos. No tengo amigos. ¿Acaso no es este combate el mejor modo de ganármelos? ¿No estarán más deseosos de que los gobierne una mujer que ha luchado por Gloma y matado a su enemigo?

—No habría nada mejor, desde luego —dijo Bardia—. Ninguna otra cosa ocuparía los corazones y los labios de la gente durante un año.

—Se trata de tu vida, pequeña —dijo el Zorro, con los ojos llenos de lágrimas—. De tu vida. Primero pierdo mi hogar y mi libertad, luego a Psique y ahora a ti. ¿No dejarás una sola hoja en este viejo árbol?

Yo era capaz de leer en su corazón, porque sabía que en su súplica había tanta angustia como en las que yo le dirigí a Psique. Las lágrimas que acudieron a mis ojos ocultos por el velo eran lágrimas de piedad hacia mí antes que hacia él. Pero no las dejé caer.

—Estoy decidida —dije—. Y a ninguno de los dos se les puede ocurrir otro medio mejor de evitar el peligro. ¿Sabes dónde está Argan, Bardia?

—El mensajero dijo que en el Vado Rojo.

—Enviad cuanto antes a nuestro heraldo. El lugar elegido para el combate será los campos que separan la ciudad del Shennit. Y la fecha, de hoy en tres días. Y estas son las condiciones: si caigo derrotada, le entregaremos a Trunia y perdonaremos su entrada ilegal en nuestro territorio. Si cae derrotado él, Trunia será hombre libre y obtendrá un salvoconducto para atravesar la frontera y reunirse con los suyos en Fars, o para ir adonde quiera. En uno y otro caso, todos los extranjeros tendrán que estar fuera de Gloma dentro de dos días.

Los dos me miraron sin decir nada.

—Ahora me voy a acostar —dije—. Habla con el mensajero, Bardia, y vete a la cama. Buenas noches a los dos.

El rostro de Bardia me dio a entender que me obedecería, aunque no fuera capaz de poner palabras a su asentimiento. Me di vuelta rápidamente y me fui a mi alcoba.

Verme allí sola y rodeada de silencio fue como encontrarse de repente al abrigo de una muralla en un día de temporal de viento para poder tomar aliento y reponerse. Desde que Arnom dijera hacía unas horas que el rey se estaba muriendo, era como si otra mujer hubiera estado actuando y hablando por mí. Podríamos llamarla la reina, porque Orual era alguien distinto, y ahora yo volvía a ser Orual (me pregunté si así era como se sentirían todos los príncipes). Al volver la vista atrás para examinar lo que había hecho la reina me quedé sorprendida. ¿De verdad creía la reina que acabaría con Argan? En ese momento comprendí que yo, Orual, no lo creía. Ni siquiera estaba segura de ser capaz de pelear contra él. Nunca había usado una espada con filo: de mis simulacros de combate no esperaba otra cosa que agradar a mi maestro, cosa que para mí no era una nadería. ¿Qué ocurriría si, cuando llegara el día y sonaran las trompetas y se desenvainaran las espadas, mi valor desfallecía? Sería el hazmerreír del mundo entero; pude ver la mirada abochornada en el rostro del Zorro, en el rostro de Bardia. Pude oírles decir: «¡Con lo valiente que fue su hermana en el momento de la Ofrenda! ¡Qué extraño que, a pesar de lo dócil y dulce que era, mostrara más coraje!». Y entonces Psique sería superior a mí en todo: en valor, en belleza y en esos ojos que recibieron de los dioses el don de ver lo invisible, e incluso en fortaleza (recordé cómo me agarraba mientras nos peleábamos). «No —me dije poniendo en ello toda el alma—; ¿Psique? Psique no sostuvo jamás una espada, ni trabajó como un hombre en la Sala de las Columnas, ni entendió ni oyó hablar apenas de asuntos de Estado... Su vida fue la de una muchacha, la de una niña».

De pronto esos pensamientos me hicieron preguntarme: «¿Será que he vuelto a caer enferma?». Parecían haber regresado los infames sueños de mi delirio, cuando los dioses crueles generaron en mi mente la espantosa y loca quimera de que Psique era mi peor enemiga. ¿Psique mi enemiga? ¿Ella, mi pequeña, lo más querido de mi corazón, a quien había engañado y arruinado la vida, aquella por cuya causa los dioses tenían derecho a darme muerte? Entonces vi de un modo muy distinto el desafío que le había lanzado al príncipe. Por supuesto que me mataría: era el verdugo de los dioses. Y eso sería lo mejor que me podía pasar: mucho mejor que cualquiera de las condenas que aguardaba. Mi vida no sería más que un desierto de arena: ¿quién habría esperado que fuese tan corta? Y todo encajaba tan bien con lo que pensaba a diario desde que el dios había dictado sentencia que me pregunté cómo había podido olvidar ese desierto de arena durante las últimas horas.

La culpa la tenía mi condición de reina: todas esas decisiones que había que tomar y que se abalanzaban sobre mí sin darme tiempo a respirar, y de las que dependían tantas cosas; y la rapidez, el ingenio, el riesgo y adelantarse a la jugada del otro. Decidí que durante los dos días que me quedaban reinaría haciendo el mejor uso de todo ello; y, en el caso de que Argan no acabara conmigo, reinaría tanto tiempo como los dioses lo permitieran. No era el orgullo ni el brillo de la fama lo que me movía, o no del todo. Me aferraría a mi reinado como el hombre afligido se agarra a la jarra de vino o como la mujer afligida, si es hermosa, se aferra a sus amantes. Era un arte que no te dejaba tiempo para desalentarte. Si Orual desapareciera para convertirse en reina, sería como burlar a los dioses.

Pero ¿había dicho Arnom que mi padre se estaba muriendo? No, no exactamente.

Me levanté y volví a la alcoba real a oscuras, tanteando las paredes para encontrar el camino, porque me habría avergonzado que alguien me viera. En la alcoba había luz. Habían dejado a Batta a su cargo. Estaba sentada en la silla del rey junto al fuego, durmiendo el sueño ruidoso de las viejas empapadas en vino. Me acerqué al lecho de mi padre, que parecía completamente despierto. Quién sabe si los ruidos que hacía eran un intento de decir algo. Pero, cuando me vio, su mirada fue inequívoca: era la mirada del terror.

¿Me reconoció y pensó que iba a matarle? ¿Creyó que era Psique que había regresado de la tierra de los muertos para llevárselo con ella?

Hay quienes dirán (tal vez los dioses) que, si lo hubiera matado, no habría sido menos inmisericorde de lo que fui. Porque, mientras él me miraba aterrado, yo, a mi vez, le miraba aterrada: aterrada de que siguiera viviendo.

¿Qué esperan los dioses de nosotros? Mi liberación estaba tan cerca... El prisionero puede llegar a tolerar el calabozo; pero ¿y si casi consigue escapar, si saborea la primera oleada de aire fresco antes de ser encerrado de nuevo, de regresar al rechinar de sus cadenas, al olor de la paja?

Volví a mirar su rostro aterrado, idiotizado, casi el rostro de un animal. Y hallé consuelo en el pensamiento que me vino a la cabeza: «Aunque viviera, jamás recobraría el juicio».

Regresé a mi alcoba y dormí a pierna suelta.

DIECIOCHO

A LA MAÑANA siguiente, en cuanto me desperté, fui a la alcoba real para someter al rey a mi primer examen del día; ningún ser querido, ningún médico habrá vigilado con tanta atención como yo cada cambio en la respiración y el pulso de un enfermo. Aún estaba junto a su lecho (sin haber observado ninguna diferencia en él) cuando entró Redival, histérica y deshecha en lágrimas.

—¡Ay, Orual! —dijo—. ¿Se está muriendo el rey? ¿Y qué pasó anoche? ¿Quién es ese joven extranjero? Dicen que es un hombre muy apuesto y tan valiente como un león. ¿Es un príncipe? ¿Y qué será de nosotras si muere el rey?

—Que seré la reina, Redival. Y tú recibirás el trato que merezca tu conducta.

Casi no habían salido estas palabras de mi boca cuando Redival empezó a prodigarme muestras de afecto, a besarme la mano, desearme felicidad y decir que siempre me había querido más que a nadie en el mundo. Sentí náuseas. Ningún esclavo se habría arrastrado de ese modo ante mí. Cuando mi cólera me hace temible, todos han aprendido a no gimotear como mendigos. No hay nada que me mueva menos a compasión.

—No seas necia, Redival —le dije, dándole un empujón para que me soltara la mano—. No te voy a matar. Pero, si asomas la nariz fuera de esta casa sin mi permiso, mandaré que te azoten. Ahora lárgate de aquí.

Ya en la puerta, se volvió y me preguntó:

—Reina, me buscarás marido ¿verdad?

—Sí: probablemente dos —contesté—. Tengo una docena de hijos de reyes colgados en mi armario. Vete.

Entró el Zorro, miró al rey y murmuró:

—Aún podría durar algunos días —y añadió—: Hija mía, ayer me equivoqué. Creo que esa idea de pelear contra el príncipe es una locura; yo diría que incluso indecorosa. Pero hice mal en llorar, suplicar e intentar forzarte apelando al afecto que me tienes. El amor no es algo que se pueda utilizar.

Se calló, porque en ese momento Bardia se acercó a la puerta.

—Ya ha llegado el heraldo de Argan, reina —dijo—. Nuestro hombre se encontró con el príncipe (cuya insolencia es un ultraje) a menos de diez millas de distancia.

Pasamos a la Sala de las Columnas (la expresión de los ojos de mi padre mientras me seguían era espeluznante) e hicimos entrar al heraldo, un hombre alto y corpulento que iba vestido como un pavo real. Si prescindimos de su grandilocuencia, el mensaje venía a decir que el rey aceptaba el combate. Pero también decía que no teñiría su espada con la sangre de una mujer, de modo que vendría acompañado de una soga con que ahorcarme una vez me hubiera desarmado.

—Esa es un arma en la que no he adquirido destreza —contesté—, así que no es justo que tu señor la traiga con él. Pero, como tiene más años que yo (creo que hace mucho que libró su primer combate), se lo concederemos para compensar su edad.

—No puedo decirle eso al príncipe, reina.

Pensé que ya había dicho suficiente (si mi sarcasmo no llegaba a oídos de Argan, seguro que llegaría a oídos de otros) y pasamos a tratar por orden las condiciones del combate y los mil detalles que debíamos acordar. Había transcurrido casi una hora cuando se marchó el heraldo. Como pude comprobar, mientras hacíamos los preparativos la consternación del Zorro iba en aumento a medida que cada palabra pronunciada convertía el asunto en algo más real e irrevocable. Aunque ahora la mayor parte de mí pertenecía a la reina, de vez en cuando Orual susurraba palabras incómodas a mi oído.

Luego llegó Arnam y, antes de que empezara a hablar, supimos que el anciano sacerdote había muerto y que él era su sucesor. Iba vestido con las pieles y las vejigas y se había colgado la máscara de pájaro. Esa imagen provocó en mí la misma sacudida que un sueño nauseabundo del que te olvidas al despertar y que recuerdas súbitamente al mediodía. No obstante, una segunda mirada me tranquilizó. Nunca sería tan terrible como el antiguo sacerdote: no era más que Arnom, con quien había llegado a un acuerdo favorable el día anterior. No tuve la sensación de que entrara en la habitación acompañado de Ungit. Y eso despertó extrañas ideas en mi mente.

Pero no tuve tiempo de detenerme en ellas. Arnom y el Zorro fueron a la alcoba real y se pusieron a hablar acerca del estado del rey (los dos parecían entenderse bien), mientras Bardia me hacía una seña para que le siguiera. Salimos por la puerta que da al este, al mismo sitio en el que el Zorro y yo estuvimos la mañana del nacimiento de Psique, y hablamos mientras caminábamos arriba y abajo entre los parterres de hierba.

—Bueno, reina —dijo—, este va a ser tu primer combate.

—¿Y dudas de mi valor?

—No es tu valor el que pueden matar, reina. Pero tú nunca has matado a nadie; y este es un asunto de vida o muerte.

—¿Y qué me quieres decir, pues?

—Solo esto: las mujeres y los niños hablan con mucha ligereza de matar a un hombre. Pero créeme: no es nada fácil; la primera vez, quiero decir. Hay algo en el hombre que se rebela contra ello.

—¿Crees que me voy a apiadar de él?

—No sé si se puede hablar de piedad. Pero la primera vez yo lo sentí: es lo más difícil del mundo hundir la espada en una carne que palpita.

—Pero lo hiciste.

—Sí. Mi enemigo era muy poco hábil. Pero ¿qué habría pasado si hubiera sido rápido? Ese es el peligro ¿entiendes? Hay un momento en que una pausa (la quinta parte del tiempo que dura un parpadeo) puede hacer que dejes pasar la oportunidad. Y podría ser tu única oportunidad: entonces habrás perdido el combate.

—No creo que nada detenga mi mano, Bardia —dije. Mi mente intentaba conseguir una prueba de ello. Me imaginé a mi padre recuperado y acercándose a mí en uno de sus arrebatos de cólera. Estaba segura de que no me temblaría la mano en el momento de apuñalarlo.

Tampoco me había temblado cuando me clavé la daga en el brazo.

—Esperemos que no —dijo Bardia—. Pero necesitas practicar. Todos los hombres que se alistan lo hacen.

—¿Practicar?

—Sí. Ya sabes que esta mañana van a matar a un cerdo. Y tú, reina, serás el matarife.

Comprendí inmediatamente que, si eso me hacía encogerme, la reina perdería terreno y Orual lo ganaría.

—Estoy preparada.

Conocía muy bien aquel asunto, porque habíamos visto sacrificar animales desde niñas. Redival siempre lo veía y se ponía a chillar; y, aunque yo no lo había visto tantas veces como ella, sabía controlar mi lengua. Así que maté al cerdo (no ofrecemos sacrificios de cerdos, porque Ungit los aborrece: hay una antigua leyenda que explica el porqué). Y juré que, si regresaba con vida del combate, Bardia, el Zorro, Trunia y yo nos cenaríamos las partes más sabrosas. Después de quitarme el mandil de matarife y de lavarme, volví a la Sala de las Columnas: ahora que a mi vida quizá solo le quedaran dos días, debía cumplir un deber. El Zorro ya estaba allí: llamé a Bardia y a Arnom como testigos y le concedí al Zorro la libertad.

Un instante después me encontré sumida en la desesperación. Ahora no logro entender cómo pude ser tan ciega para no preverlo. Mi única intención era evitar que, tras mi muerte, Redival lo pusiera en ridículo, lo ninguneara y quizá lo vendiera. Pero en ese momento, mientras los otros dos le felicitaban y le besaban en las mejillas, algo se rompió dentro de mí. «Serás una gran pérdida para nuestros consejos»; «en Gloma mucha gente lamentará tu marcha»; «no viajes en invierno»... Pero ¿qué estaban diciendo?

—¡Abuelo! —grité, esta vez no como reina, sino como Orual, como la Orual niña—. ¿Eso quiere decir que me dejarás, que te irás?

El Zorro alzó hacía mí una mirada trémula y cargada de infinita inquietud.

—¿Libre? —murmuró—. Quieres decir que podría... que puedo... no me importaría demasiado morir en el camino. No si pudiera bajar hasta el mar. Habrá pescado, aceitunas... No, aún es pronto para las aceitunas. Y el olor del puerto. Y conversar paseando por el mercado: conversando de verdad. Ustedes no saben nada de eso, qué tontería: ninguno de ustedes. Debería darte las gracias, hija. Pero, si alguna vez me has querido, ahora no digas nada. Mañana. Permite que me retire.

Se cubrió la cabeza con el manto y salió a tientas de la habitación.

Entonces ese juego a ser reina que me había mantenido a flote y ocupada desde el momento de levantarme llegó a su fin. Todos los preparativos para el combate estaban concluidos. Solo tocaba esperar lo que quedaba de ese día y el siguiente entero. Y ahora me abrumaba una pena nueva: si salía con vida, tal vez tuviera que vivir sin el Zorro.

Salí al jardín. No quería ver el terreno que hay detrás de los perales donde él, Psique y yo habíamos sido felices tantas veces. Empecé a caminar abatida por el otro lado, al oeste, hacia el huerto de frutales, hasta que el frío me obligó a entrar de nuevo: era un día desapacible, oscuro y frío, sin sol. Mientras escribo, siento tanta vergüenza como temor al revivir lo que pensaba. Mi ignorancia me impedía entender la fuerza del deseo que arrastraba a mi viejo maestro hacia su propia tierra. Yo había vivido siempre en el mismo sitio; en Gloma todo me resultaba rancio, manido y obvio, e incluso cargado de recuerdos temibles, dolorosos y humillantes. Ignoraba cómo es el recuerdo que los exiliados guardan de su hogar. Me dolía que el Zorro llegara incluso a desear dejarme. Había sido el pilar fundamental de mi vida, algo que creía seguro y estable y que, al mismo tiempo, agradecía tan poco como el amanecer y la misma tierra. Había sido tan necia de pensar que yo era para él lo mismo que él para mí. «¡Estúpida! —me decía—, ¿aún no te has enterado de que tú no significas eso para nadie? ¿Qué eres tú para Bardia? Probablemente, lo mismo que ha sido para él el rey. Su corazón pertenece a su casa, a su esposa y a sus mocosos. Si le importaras, nunca te habría dejado pelear. ¿Y qué eres para el Zorro? Su corazón ha estado siempre en tierras griegas. Quizá hayas sido el consuelo de su cautiverio. Dicen que los prisioneros domestican a las ratas y que, en cierto modo, llegan a quererlas. Pero ábreles la puerta, quítales las cadenas ¿y qué les importará la rata entonces?». Aun así ¿cómo era capaz de dejarnos después de habernos querido tanto? Volví a verlo con Psique sentada en sus rodillas. «Más hermosa que Afrodita», decía. «Sí, pero esa era Psique», me decía el corazón. «Si siguiera con nosotros, el Zorro se quedaría. A quien quería era a Psique, no a mí». Y, mientras lo decía, sabía que no era verdad, pero no quería o no podía sacármelo de la cabeza.

El Zorro vino a buscarme antes de acostarme, con la cara grisácea y muy tranquilo. De no ser porque no cojeaba, cualquiera habría pensado que había sufrido tortura.

—Felicítame, hija mía —dijo—, porque he ganado una batalla. Lo que es mejor para los demás tiene que ser lo mejor para cualquier hombre. Solo soy un miembro del Todo y debo cumplir la función que me han asignado. Me quedaré y...

—¡Oh, abuelo! —exclamé, echándome a llorar.

—Calma, calma —me dijo abrazándome—. ¿Qué iba a hacer yo en Grecia? Mi padre ha muerto. Seguramente mis hijos se habrán olvidado de mí. Mi hija... solo sería un estorbo para ella: como dice el poema, *un sueño extraviado a plena luz del día*. Además, el viaje es largo y está lleno de peligros. Quizá nunca lograra llegar al mar.

Y continuó quitándole importancia a su hazaña, como si temiese que yo fuera a disuadirle de ella. Pero yo, con el rostro sobre su pecho, solo podía sentir felicidad.

Aquel día fui a ver a mi padre varias veces, pero no observé ningún cambio en él.

Pasé mala noche. No por miedo al combate, sino por el desasosiego que provocaban en mí tantos y tan distintos cambios como me enviaban los dioses. Solo la muerte del anciano sacerdote daba para una semana entera de reflexión. Ojalá hubiera sucedido antes (de ser así, Psique podría haberse salvado), pero en realidad nunca me había planteado ser testigo de su desaparición, igual que nunca me había imaginado levantarme una mañana y encontrarme con que la Montaña Gris ya no estaba ahí. Pese a ser obra mía, la concesión de libertad al Zorro también me parecía otro cambio imposible. Era como si la enfermedad de mi padre hubiera movido algún puntal y todo el mundo (todo el que me era conocido) se derrumbara. Estaba internándome en un territorio nuevo y extraño. Tan nuevo y tan extraño que esa noche ni siquiera era capaz de sentir tristeza. Eso me sorprendía. Una parte de mí me hacía aferrarme a esa tristeza diciéndome: «Si deja de amar a Psique, Orual estará muerta»; pero la otra decía: «Deja que Orual muera. Nunca serviría para reina».

El último día, la víspera de la batalla, se me presenta como un sueño: cada hora que pasaba lo hacía más increíble. El alboroto y la notoriedad que despertó mi combate se fueron transmitiendo (no formaba parte de nuestra política mantenerlo en secreto) y a las puertas del palacio se agolpó la muchedumbre del pueblo. Aunque no estimaba su favor menos de lo que este merecía (bien recordaba cómo se había vuelto en contra de Psique), quiérase o no su entusiasmo aceleró mi pulso y generó en mi cerebro una suerte de locura. Algunos de los principales, nobles y ancianos, acudieron a presentarme sus respetos. Todos me aceptaban como reina; hablé poco, pero creo que lo hice bien (recibí los elogios de Bardia y del Zorro), y yo veía cómo se quedaban mirando mi velo, seguramente preguntándose qué se ocultaba tras él. Fui a la habitación de la torre para ver al príncipe Trunia y decirle que habíamos encontrado un campeón (sin especificar cuál) que iba a luchar por él, y que le trasladaríamos dignamente custodiado para que fuera testigo del combate. Luego pedí vino para beber juntos. Pero, cuando se abrió la puerta (cosa que en ese momento me irritó), en lugar del mayordomo de mi padre fue Redival quien entró llevando la jarra y la copa. Fui una necia al no preverlo. La conocía lo suficientemente bien para adivinar que, mientras hubiera un hombre extraño en la casa, se abriría camino a mordiscos con tal de dejarse ver. Aun así, me sorprendió descubrir lo dulce, tímida, recatada y diligente que podía parecer mi hermana pequeña (tal vez una hermana ligeramente esclavizada y humillada) mientras nos acercaba el vino con la mirada baja (sin perderse ni un solo detalle de Trunia, desde su pie vendado hasta los cabellos) y una seriedad infantil.

—¿Quién es esta belleza? —preguntó Trunia en cuanto Redival desapareció.

—Es mi hermana, la princesa Redival —respondí.

—Gloma es un jardín de rosas incluso en invierno — dijo él—. ¿Y tú, reina, por qué eres tan cruel que ocultas tu rostro?

—Si llegaras a conocer un poco más a mi hermana, seguro que ella te lo explicaría —dije con más aspereza de la que hubiera deseado.

—Eso sería posible siempre que tu campeón venciera mañana —dijo el príncipe—; en caso contrario, mi esposa será la muerte. Pero, si sigo viviendo, no querría que la amistad entre nuestros dos linajes se enfriara. ¿No podría casarme con alguien de tu familia? ¿Y por qué no contigo?

—En mi trono no hay espacio para dos, príncipe.

—¿Y qué me dices de tu hermana?

Naturalmente, era una oferta que merecía ser valorada. Pero en ese momento me molestó decir que sí, probablemente porque ese príncipe me parecía veinte veces mejor que ella.

—Por lo que a mí respecta, ese matrimonio es posible —dije—. Primero tengo que hablarlo con mis consejeros. Por mi parte no hay inconveniente.

El final del día fue aún más extraño que el principio. Bardia me llevó al cuartel para entrenarme por última vez.

—Tu principal fallo ha sido siempre la finta hacia atrás, reina —dijo—. Creo que lo hemos corregido, pero tengo que asegurarme de que lo dominas.

Nos dedicamos a ello media hora y, durante una pausa para tomar aliento, dijo:

—Tu destreza no puede ser mayor. Estoy convencido de que, si nuestras espadas tuvieran filo, me matarías. Pero aún tengo que decirte dos cosas. Primero: si sucediera, reina... aunque es poco probable que te suceda a ti, porque tienes sangre divina... pero si una vez te hayas quitado el manto, y la gente se calle, y camines por el descampado al encuentro del otro hombre, sintieras miedo, no le prestes atención. Todos lo hemos sentido en nuestro primer combate. Yo lo siento antes de cada combate. Y segundo: el peso y la medida de la cota de malla que llevas son perfectos, pero no es demasiado atractiva. Tanto a una reina como a un campeón les vendría bien algo de oro. Vamos a ver qué encontramos en la alcoba del rey.

Ya he dicho antes que el rey guardaba en ella toda clase de armas y armaduras, así que entramos en su alcoba. El Zorro estaba sentado junto al lecho: no sé por qué ni con qué intención. Me parecía imposible que quisiera a su antiguo señor.

—No hay cambios —dijo.

Bardia y yo empezamos a hurgar entre las cotas de malla y enseguida nos pusimos a discutir: a mí me parecía más segura y más flexible la que había utilizado siempre, pero él no paraba de decir:

—Espera, espera... Aquí hay una mejor.

Y entonces, cuando más enfrascados estábamos los dos, oímos la voz del Zorro a nuestras espaldas:

—Se acabó.

Nos volteamos y miramos. Aquello que llevaba tanto tiempo en el lecho viviendo a medias ahora estaba muerto; y había muerto (si es que era capaz de darse cuenta) contemplando cómo una muchacha le robaba su armadura.

—La paz sea con él —dijo Bardia—. Ahora mismo terminamos. Luego pueden entrar las criadas a lavar el cuerpo.

Y nos dimos vuelta otra vez para zanjar el asunto de la malla.

Y así, lo que tantos años llevaba imaginando pasó inadvertido en medio de un cúmulo de asuntos que, en ese momento, tenían más importancia. Una hora después, al recordarlo, me quedé sorprendida. Desde entonces he comprobado muchas veces que el revuelo que levanta la muerte de la mayoría de la gente es mucho menor de lo que cabría esperar. Hay hombres mucho más queridos y más merecedores de amor que mi padre que, al hundirse, solamente dejan tras de sí un pequeño remolino.

Me quedé con mi vieja cota de malla, aunque le dijimos al armero que la restregara bien para que pareciera de plata.

DIECINUEVE

CUANDO LLEGA UN día importante, es posible que lo que lo dota de importancia sea lo que lleve menos tiempo: una comida se despacha enseguida, pero en la matanza, la cocina y el aderezo, y luego en limpiar y restregar se tarda mucho más. Mi combate con el príncipe duró apenas la sexta parte de una hora y todo lo que lo rodeó más de diez.

Antes de nada, ahora que el Zorro era un hombre libre y la Linterna de la reina (así llamamos nosotros al cargo que se le había asignado y que el rey había mantenido en suspenso), yo quise que estuviera presente en el combate espléndidamente ataviado. Una niña impertinente que asistiera a su primera fiesta no habría originado tantos problemas como él. Decía que las ropas que usaban los bárbaros eran igual de bárbaras que ellos y, cuanto mejores, peores. Quería vestir su ropa apolillada de siempre. Y cuando hubimos llegado con él a un cierto acuerdo, Bardia quiso que yo peleara sin velo: decía que me quitaría visibilidad y no veía manera de que me lo pusiera ni por encima ni por debajo del yelmo. Pero yo me negué a pelear a cara descubierta. Al final hice que Pubi me confeccionara una capucha o máscara de paño fino que impidiera ver mi rostro: tenía dos agujeros para los ojos y cubría todo el yelmo. No había necesidad de aquello, porque había peleado con Bardia docenas de veces sin quitarme el velo, pero la máscara me confería el aspecto aterrador de un fantasma.

—Si es tan cobarde como dicen, esto le helará la sangre.

Al parecer, debíamos ponernos en marcha muy pronto, porque la gente congregada en las calles nos obligaría a avanzar despacio. Así que hicimos bajar a Trunia y montamos nuestros caballos. Algo se dijo de vestirle mejor a él también, pero se negó.

—Tanto si el campeón de ustedes muere como si le matan —dijo—, no cambiará nada el resultado vestir de púrpura o mi viejo uniforme de combate. ¿Y dónde está tu campeón, reina?

—Lo verás cuando lleguemos allí, príncipe —respondí.

Trunia sufrió un sobresalto al verme por primera vez amortajada como un espectro. No se me veían ni el cuello ni el yelmo: solo dos agujeros en medio de un montículo de nieve, como un espantapájaros o un leproso. Su sobresalto me proporcionó un indicio de la futura reacción de Argan.

Varios señores y ancianos nos esperaban en la puerta para ir abriéndonos paso por la ciudad. Es fácil adivinar en qué pensaba yo: así había salido Psique un día para sanar a la gente; y así había salido otro día para servir de ofrenda a la Bestia. Quizá a eso se refería el dios cuando dijo *tú también serás Psique.* Yo también podía ser una ofrenda. Aquella era una idea excelente y muy sólida a la que agarrarse. Pero ahora todo era tan inminente que poco podía pensar en mi muerte o en mi vida. Con todos los ojos puestos en mí, mi única preocupación era parecer valiente tanto en ese momento como en el combate. Le habría pagado diez talentos a cualquier profeta que anunciara que moriría después de resistir cinco minutos.

Los señores que iban a mi lado estaban muy serios. Supongo que pensaban (y así me lo confesaron un par de ellos cuando más adelante los conocí mejor) que Argan no tardaría en desarmarme, pero que mi absurdo desafío era un medio tan bueno como cualquier otro para expulsar de nuestro territorio tanto a él como a Trunia. No obstante, si la expresión de los nobles era lúgubre, en las calles el pueblo lanzaba hurras y gorros al aire. Eso me habría resultado halagador si no fuera por lo que traslucían sus rostros. En ellos podía leer con bastante nitidez lo que estaban pensando. No pensaban ni en mí ni en Gloma. Los combates suponían para ellos un espectáculo gratuito; y más atractivo aún si quien peleaba era una mujer: igual que quienes no distinguen una nota de otra se agolpan para escuchar a alguien tocar el arpa con los dedos de los pies.

Cuando por fin llegamos a campo abierto junto al río, aún sufrimos más retrasos. Allí estaba Arnom con su máscara de pájaro y un toro ofrecido en sacrificio; los dioses enredan tanto en nuestros asuntos que no se puede hacer nada hasta que no sacan tajada. Enfrente de nosotros, al otro lado del campo, estaban los jinetes de Fars y, en medio de ellos, Argan montado a caballo. Fue algo sumamente extraño verlo allí, un hombre idéntico a los demás, y pensar que uno de los dos acabaría matando al otro. *Matar*: tenía la impresión de no haber pronunciado nunca esa palabra. Argan era un hombre de barba y cabellos de un rubio pajizo, delgado pero algo abotargado, y con una mueca de enfado en sus labios: un personaje muy desagradable. Ambos desmontamos y nos fuimos acercando, probamos un trozo pequeño de carne de toro e hicimos juramento en nombre de nuestros pueblos de respetar los acuerdos firmados.

Y ahora, pensé, *ahora nos dejarán empezar*. (Aquel día lucía un pálido sol en un cielo gris y soplaba un viento cortante: «¿Querrán que nos congelemos antes de empezar a pelear?», me dije). Pero aún hubo que hacer retroceder a la gente con las astas de las lanzas y el campo quedó despejado; y aún tuvo Bardia que cruzarlo y susurrar algo al oído del primer oficial de Argan, y luego acercarse los dos juntos a Arnom y susurrarle algo al oído, y nuestros trompetas respectivos colocarse uno al lado del otro.

—Ahora, reina —dijo Bardia, cuando yo casi había perdido la esperanza de que los preparativos concluyeran en algún momento—, que los dioses te protejan. Allí estaba el Zorro, con el rostro esculpido en piedra; si hubiera intentado decir algo se habría echado a llorar. Vi cómo Trunia se quedaba helado (nunca le he tenido en cuenta que palideciera) cuando me quité el manto, desenvainé la espada y avancé por la hierba.

Los hombres de Fars estallaron en carcajadas. Los nuestros lanzaron vítores. Argan se quedó a diez pasos de mí y luego a cinco; y empezamos.

Sé que al principio me menospreció: sus primeros cruces de espada revelaban una tranquilidad insolente. Pero, cuando le rocé la piel de los nudillos de un solo golpe afortunado (y tal vez su mano quedó algo entumecida), reaccionó. Aunque yo no le quitaba el ojo a su espada, de algún modo lograba ver también su rostro. *De sangre caliente*, pensé. Tenía el ceño fruncido y una especie de rabia canallesca le rondaba los labios, aunque quizá solo ocultara cierto temor. Yo, por mi parte, no sentía miedo, porque, ahora que estábamos metidos en ello, no me veía en el combate. Era como cualquiera de mis entrenamientos con Bardia: los mismos golpes, las mismas fintas, los mismos puntos muertos. Ni siquiera la sangre de sus nudillos marcaba diferencia alguna: tanto la punta roma como el golpe plano de una espada podían hacer lo mismo.

Quizá tú, el griego para quien escribo, no hayas peleado nunca; o, si has peleado, lo más probable es que lo hayas hecho como hoplita. A menos que estuviéramos los dos juntos, yo con una espada e incluso con una estaca en la mano, no podría hacerte entender el curso del combate. No tardé en convencerme de que no podía matarme. Pero no estaba tan segura de poder matarle a él. Temía que la cosa se prolongara demasiado y la superioridad de su fuerza acabara aplastándome. Lo que no olvidaré nunca es el cambio que se había operado en su rostro. Me tenía totalmente desconcertada. No lo entendía. Ahora, sin embargo, sí lo entendería. Desde entonces he visto los rostros de otros hombres cuando empiezan a pensar: *Voy a morir*. Sabrás de qué te hablo si lo has visto alguna vez: la vida más viva que nunca, la intensidad rabiosa y angustiada de la vida. Entonces Argan cometió el primer error y desperdicié la ocasión. Dio la impresión de pasar mucho tiempo (en realidad solo fueron unos minutos) cuando volvió a suceder. Esta vez sí estaba preparada. Lancé una estocada directa y, con un solo movimiento, giré la espada y le hice un corte profundo en el lado interno de la pierna, donde ningún cirujano sería capaz de detener la sangre. Me eché hacia atrás para que al caer no me llevara con él; el primer hombre al que mataba me salpicó menos que el primer cerdo que maté.

La gente corrió hacia Argan, pero no había posibilidad alguna de salvarle la vida. Los gritos de la multitud resonaban en mis oídos de un modo extraño, como suenan las cosas cuando llevas puesto el yelmo. Apenas jadeaba: muchos de mis combates con Bardia habían durado bastante más. Pero de repente me sentía muy débil y me temblaban las piernas; y me encontré cambiada, como si me hubieran arrancado algo. Muchas veces me he preguntado si es así como se sienten las mujeres cuando dejan de ser vírgenes.

Bardia, con el Zorro pisándole los talones, se acercó corriendo con lágrimas en los ojos y el rostro radiante.

—¡Dichosa seas! —gritó—. ¡Mi reina! ¡Mi guerrera! ¡Mi mejor alumna! ¡Por todos los dioses, qué bien has peleado! Ha sido un golpe para no olvidar nunca.

Y se llevó mi mano izquierda a los labios. Me eché a llorar y bajé la cabeza para impedir que viera cómo resbalaban mis lágrimas bajo la máscara. Pero aún no había recuperado el habla cuando me rodearon todos (Trunia a caballo, porque no podía caminar) colmándome de elogios y dándome las gracias, hasta el punto de sentirme molesta, aunque notaba dentro de mí un dulce pinchazo de orgullo. No tuve un momento de paz. Debía dirigir unas palabras a la gente y a los hombres de Fars. Al parecer, debía hacer montones de cosas. Y pensé: *¡Lo que daría por ese cuenco de leche que me bebí a solas en el establo el primer día que manejé una espada!*

Cuando recobré la voz, pedí mi caballo, monté en él, lo puse de costado junto al de Trunia y le tendí la mano a este. Luego avanzamos unos cuantos pasos hasta tener delante a los jinetes de Fars.

—Extranjeros —dije—, han visto morir al príncipe Argan en un combate limpio. ¿A alguno le queda alguna duda sobre la sucesión en Fars?

Como única respuesta, una media docena de hombres, seguramente los principales partidarios de Argan, dieron media vuelta y se marcharon al galope. Los demás alzaron sus cascos con las puntas de las lanzas y lanzaron gritos a favor de Trunia y de la paz. Entonces solté su mano y Trunia se adelantó y se mezcló con ellos, y empezó a hablar con los capitanes.

—Ahora, reina —me dijo Bardia al oído—, es de suma importancia que invites a algunos de nuestros hombres más importantes y a unos cuantos de Fars (el príncipe nos dirá cuáles) a festejarlo en palacio. Y también a Arnom.

—¿Festejarlo con qué, Bardia? ¿Les ofrezco pan de habas? Sabes que las despensas de Gloma están vacías.

—Tenemos el cerdo, reina. Y Ungit nos dará una parte del toro: hablaré con Arnom. Deja que el vino de la bodega del rey corra esta noche y el pan se notará menos.

Así fue como se desvaneció mi esperanza de una cena íntima en compañía de Bardia y del Zorro: aún no había limpiado de mi espada la sangre de mi primera batalla cuando volvía a convertirme en ama de casa.

¡Si pudiera marcharme a caballo de allí para hablar con el mayordomo antes de que llegaran al palacio, y saber cuánto vino teníamos realmente! Durante sus últimos días de vida, tanto el rey como Batta debían de haber bebido vino suficiente para bañarse en él.

Al final fuimos cinco de ellos y veinte de nosotros, contándome a mí, quienes regresamos al palacio. El príncipe iba a mi lado, prodigándome toda clase de elogios (algo de razón tenía) y sin dejar de rogarme que le dejara ver mi rostro. No eran más que palabras corteses que para cualquier otra mujer no habrían significado nada. Pero para mí era tan novedoso y (debo confesarlo) tan agradable que no pude sino seguirle un poco el juego. Mucho antes de que empezaran nuestros problemas había sido feliz junto a Psique y al Zorro, mucho más feliz de lo que jamás podría esperar volver a ser. Ahora, por primera (y última) vez en mi vida, estaba contenta. Parecía envolverme un mundo nuevo y radiante.

Se trataba, por supuesto, del viejo engaño de los dioses: inflar la burbuja antes de pincharla.

Y la pincharon en cuanto crucé el umbral de mi casa. Una niña desconocida para mí, una esclava, salió de un rincón desde donde permanecía al acecho y susurró algo al oído de Bardia, a quien hasta ese momento se le veía feliz; entonces se extinguió la luz de su rostro. Se acercó a mí y me dijo con expresión algo avergonzada:

—Reina, *mis horas de trabajo han terminado*. Ya no me necesitas. Te agradecería que me permitieras volver a casa. Mi esposa está de parto. No lo esperábamos tan pronto. Me gustaría acompañarla esta noche.

En ese momento comprendí la ira de mi padre, pero puse todo mi empeño en dominarme y le dije:

—Por supuesto, Bardia, debes hacerlo. Preséntale mis respetos a tu esposa. Y ofrécele este anillo a Ungit para que le conceda un parto feliz.

El anillo que saqué de mi dedo era el más valioso que tenía.

Su agradecimiento fue muy caluroso, pero apenas tuvo tiempo de manifestarlo, porque salió corriendo. Supongo que nunca se ha imaginado lo que esas palabras, «mis horas de trabajo han terminado», significaron para mí. Sí, de eso se trataba: de horas de trabajo. Yo era su trabajo; Bardia se ganaba el pan siendo mi soldado. Concluida la jornada, volvía a casa como cualquier asalariado y retomaba su auténtica vida.

El banquete de esa noche fue el primero al que asistía y el último al que asistí de principio a fin (nosotros no comemos reclinados como los griegos, sino en sillas o bancos). Después de aquel festín, y he celebrado muchos más, lo único que he hecho ha sido entrar tres veces, homenajear a los invitados más ilustres y volver a salir, siempre acompañada de dos de mis mujeres. Eso me ha ahorrado mucho cansancio y, además, ha difundido un elevado concepto de mi orgullo y mi modestia que me ha resultado bastante útil. Esa noche me senté casi en un extremo de la mesa, la única mujer en medio de aquella multitud de hombres. Tres cuartas partes de mí eran una Orual tímida y asustada que esperaba una reprimenda del Zorro por estar allí, y me encontraba muy sola; la cuarta parte restante era la reina, orgullosa (a la vez que aturdida) del entusiasmo y los clamores, que unas veces soñaba con poder reír y beber tanto como un hombre y un guerrero, y otras respondía insensatamente a los requiebros de Trunia, como si su velo ocultara el rostro de una mujer hermosa.

Cuando me marché y me interné en el ambiente fresco y sosegado de la galería, la cabeza me dolía y me daba vueltas. *¡Qué asco!* —pensaba—. *¡Qué repugnantes son los hombres!* Todos habían terminado borrachos (salvo el Zorro, que se había retirado temprano); no obstante, su forma de beber me había asqueado menos que su forma de comer. Nunca había visto a los hombres entregados a sus apetitos: engullendo, arrancando pedazos a mordiscos, eructando, hipando, grasa por todas partes, huesos por el suelo y los perros peleándose a sus pies. ¿Todos los hombres eran así? ¿Acaso Bardia...? Y regresó mi sentimiento de soledad. Un doble sentimiento: por Bardia y por Psique. Inseparables. El panorama creado por el sueño imposible de una loca consistía en que todo había sido diferente desde el principio, que Bardia era mi marido y Psique nuestra hija. Yo estaba alumbrando a Psique y él regresaba a casa para estar conmigo. Entonces descubrí ese poder maravilloso que tiene el vino. Entiendo por qué los hombres se emborrachan. El efecto que producía en mí no era borrar las penas, sino convertirlas en algo glorioso y noble, como música triste, y a mí de alguna manera en alguien grande y digno de respeto por sentirlas. Era la triste y grandiosa reina de un poema. No frené las gruesas lágrimas que brotaban de mis ojos. Las disfruté. En una palabra: estaba ebria; me comportaba como una loca.

Y de allí a mi lecho de loca. ¿Qué era eso? No; no era una niña llorando en el jardín. Allí no había ninguna niña helada, hambrienta, proscrita y temblorosa, deseando entrar y sin atreverse a ello. Era el balanceo de las cadenas del pozo. Sería una tontería volver a levantarse, salir y llamar: Psique, Psique, mi único amor. Soy una gran reina. He matado a un hombre. Estoy ebria como un hombre. Todos los guerreros beben después de la batalla. Los labios de Bardia en mi mano fueron como el roce de un rayo. Todos los grandes príncipes tienen amantes o enamoradas. Ahí está el llanto otra vez. No, solo son los cubos del pozo. «Cierra la ventana, Pubi. Vete a la cama, muchacha. ¿Me quieres, Pubi? Dame un beso de buenas noches. Buenas noches». El rey ha muerto. Nunca volverá a tirarme del cabello. Una estocada y un tajo en la pierna lo habría matado. Soy la reina y mataré también a Orual.

VEINTE

AL DÍA SIGUIENTE incineramos al que había sido el rey. Al siguiente se comprometieron Redival y Trunia (la boda se celebró al cabo de un mes). Al tercer día todos los extranjeros se habían marchado y la casa volvió a ser nuestra. Y empezó mi reinado.

Aunque sumaron la etapa más larga de mi vida, pasaré por encima sobre los muchos años durante los cuales la reina de Gloma iba conquistando más terreno dentro de mí y Orual retirándose. Encerré a Orual bajo llave o la dejé dormir lo mejor que pude en lo más hondo de mí y allí se quedó acurrucada. Era como estar encinta, pero al revés: lo que llevaba dentro de mí iba haciéndose poco a poco más pequeño y perdiendo vida.

Puede que quien lea este libro haya escuchado relatos y canciones sobre mi reinado, mis batallas y mis grandes hazañas. Que esté seguro de que la mayoría es mentira, porque ahora sé que los rumores, especialmente en reinos vecinos, duplican y triplican la verdad. Mis verdaderas hazañas se fundieron con las de una gran reina guerrera que vivió hace mucho tiempo, creo que más al norte, y se confeccionó a retazos un hermoso tapiz hecho de prodigios y cosas imposibles atribuidas a ambas.

No obstante, lo cierto es que, después de mi combate con Argan, solo hubo tres guerras; y una de ellas, la última, librada contra los hombres de los carros que viven pasada la Montaña Gris, fue poca cosa. Aunque en todas ellas cabalgué junto a mis hombres, nunca he sido tan estúpida como para considerarme un gran capitán. Eso se lo dejé a Bardia y a Penuan, a quien conocí la noche del combate con Argan y que se convirtió en el noble más digno de mi confianza. Y he de decir lo siguiente: nunca estuve en una batalla en la que, cuando las tropas avanzaban y las primeras flechas del enemigo caían como rayos en medio de nosotros, cuando la hierba y los árboles que nos rodeaban se convertían de pronto en un lugar, en un campo de batalla, en algo que recogerían las crónicas, no deseara fervientemente haberme quedado en casa. Solamente una vez mi brazo protagonizó una gran hazaña. Fue en la guerra con Esur: algunos de sus jinetes nos tendieron una emboscada y, en cuanto Bardia alcanzó su posición, se encontró rodeado. Entonces me lancé al galope y apenas fui consciente de lo que hacía antes de que el asunto quedara zanjado; dicen que acabé con siete hombres yo sola. (Ese día me hirieron). Pero, si escucharas el rumor que corría entre el pueblo, pensarías que era yo quien planeaba cada guerra y cada batalla, y que mataba más enemigos que el resto del ejército junto.

Mi verdadera fuerza residía en dos cosas. Por un lado, conté con dos excelentes consejeros, sobre todo los primeros años. No ha habido colegas que se hayan complementado mejor, porque el Zorro sabía lo que Bardia no sabía, y a ninguno de los dos les preocupaban nada su propia dignidad ni su carrera cuando lo que estaba en juego eran mis necesidades. Acabé comprendiendo algo que mi ignorancia de niña no me había dejado ver: que las pullas y los sarcasmos que se cruzaban no eran más que una especie de juego. Tampoco me adulaban. En ese sentido mi fealdad suponía una ventaja: no veían en mí a una mujer. De lo contrario, habría sido imposible que, sentados los tres junto al fuego en la Sala de las Columnas, cosa que ocurría a menudo, habláramos con tanta libertad. De ellos aprendí miles de cosas acerca de los hombres.

Mi segunda fuerza residía en mi velo. Jamás hubiera imaginado lo útil que me resultaría hasta que lo comprobé. Desde la primera vez en que el velo me hizo invisible, aquella noche en el jardín con Trunia, la gente empezó a descubrir toda clase de hermosos matices en mi voz. Al principio era «profunda como la de un hombre, pero no varonil»; y después, antes de que los años la quebraran, fue la voz de un espíritu, de una sirena, o de un Orfeo. A medida que pasaron los años y cada vez quedó menos gente en la ciudad (y nadie fuera de ella) que recordara mi rostro, corrieron las historias más disparatadas en torno a lo que ese velo ocultaba. Nadie creía que se tratara de algo tan vulgar como el rostro de una mujer fea. Algunos, y en especial casi todas las mujeres más jóvenes, decían que era insoportablemente aterrador: la cara de un cerdo, un oso, un gato o un elefante. La mejor versión de todas era la de que no tenía cara; si me quitara el velo, solo mostraría un vacío. Otros (varones en su mayoría) decían que llevaba velo porque mi belleza era tan deslumbrante que, si lo dejaba ver, todos los hombres del mundo se volverían locos; o que Ungit envidiaba mi belleza y había prometido marchitarla si me mostraba a cara descubierta. El resultado de tanta necedad fue mi transformación en algo sumamente enigmático y terrible. He visto palidecer y guardar silencio como niños aterrados a embajadores de probado valor en el campo de batalla cuando me giraba para mirarlos en la Sala de las Columnas, incapaces de saber si los miraba a ellos. Empleando esa misma arma he obligado a los embusteros más expertos a ruborizarse y desembuchar la verdad.

Lo primero que hice fue trasladar mis dependencias a la zona norte del palacio para alejarme del ruido que hacían las cadenas del pozo. Porque, si por el día sabía perfectamente qué lo provocaba, por la noche no podía hacer nada para evitar descubrir en él el llanto de una niña. Pero ni ese traslado ni otros posteriores (probé en toda la casa) fueron eficaces. Descubrí que no había zona del palacio al que no llegara el sonido del balanceo de las cadenas; me refiero a ese momento de la noche en que el silencio es más profundo. Es algo que jamás comprenderá quien nunca ha temido escuchar un ruido concreto y, al mismo tiempo (y ahí estaba Orual, la Orual que se resistía a morir), también ha temido no escucharlo por si, después de mil desengaños, pudiera ser real, por si Psique hubiera vuelto de verdad. Pero yo sabía que era una locura. Si Psique siguiera viva y pudiera y quisiera regresar, lo habría hecho hacía mucho tiempo. Debía de haber muerto; o alguien la habría capturado para venderla como esclava.

Cuando me asaltaba esa idea, mi único recurso consistía en levantarme, por tardía que fuera la hora y por mucho frío que hiciera, ir a la Sala de las Columnas y ponerme a trabajar en algo. Allí he estado leyendo y escribiendo hasta acabar con la vista prácticamente nublada, la cabeza en ebullición y los pies doliéndome del frío.

Naturalmente, tenía postores en todos los mercados de esclavos y rastreadores en todo territorio a mi alcance al acecho de cualquier relato de un viajero capaz de ponernos sobre la pista de Psique. Así seguimos haciéndolo durante unos cuantos años que me resultaron tremendamente duros, pues sabía que no había esperanza.

No llevaba un año reinando (lo recuerdo muy bien, porque se estaban recogiendo los higos) cuando ordené ahorcar a Batta. Unas palabras de uno de los mozos de cuadra que escuché por casualidad me revelaron que Batta llevaba tiempo siendo la plaga del palacio. No había baratija que le regalaran a un esclavo y apenas un buen bocado que les sirvieran en el plato que Batta no les obligara a compartir con ella bajo la amenaza de difundir chismes que acabaran dando con ellos en el poste de los azotes o en las minas. Y, después de la muerte de Batta, fui reduciendo el personal para mejorar la organización. Había demasiados esclavos. A los que eran ladrones y a las que eran unas zorras los vendí. A muchos de los buenos, tanto hombres como mujeres, si eran fuertes y prudentes (porque, de otra manera, liberar a un esclavo significa tener a un nuevo mendigo en la puerta), les concedí la libertad y les proporcioné como medio de vida terreno y una casa.

Yo los emparejaba y ellos se casaban. A veces incluso les dejaba elegir esposa o esposo, que es algo raro y poco habitual en los matrimonios entre esclavos, pero que suele dar buenos resultados. Aunque supuso una gran pérdida para mí, liberé a Pubi, quien escogió a un hombre excelente. Algunas de mis horas más felices han transcurrido junto al fuego de su casa. La mayoría de los esclavos liberados se convirtieron en prósperos campesinos que vivían cerca del palacio y me eran muy fieles. Era como tener una segunda guardia.

Reforcé los cimientos de las minas (son minas de plata). Al parecer, mi padre las consideraba únicamente un castigo. «¡Llévenselo a las minas! —decía—. Así aprenderá. Que trabaje hasta morir». No obstante, en las minas abundaban más las muertes que el trabajo, por lo que rendían muy poco. En cuanto conseguí un capataz honrado (Bardia no tenía rival a la hora de encontrar a esa clase de hombres), compré esclavos jóvenes y fuertes, me aseguré de que tuvieran un alojamiento sin humedades y buenos alimentos y les hice saber a todos que serían libres cuando hubieran extraído determinada cantidad de plata. Dicha cantidad era la que a un hombre constante le podía hacer concebir esperanzas de ganarse la libertad al cabo de diez años, que luego redujimos a siete. Las rentas disminuyeron el primer año, pero al tercero se incrementaron en una décima parte. Hoy rinden un cincuenta por ciento más que en época de mi padre. Nuestra plata es la mejor de esta parte del mundo y una importante fuente de riqueza.

Saqué al Zorro del estrecho cuchitril en el que llevaba durmiendo todos esos años y le asigné unos aposentos dignos en el ala sur del palacio, además de un terreno como medio de vida que le impidiera sentirse dependiente de mi generosidad. También le di dinero para que comprara libros, si es que era posible. Los comerciantes, de quienes nos separaban unos veinte reinos, tardaron mucho en enterarse de que podían vender libros en Gloma, y aún tardaron más en llegar los libros, que pasaban repetidamente de mano en mano, por lo que el viaje completo solía durar un año o más. El Zorro se tiraba de los pelos cuando se enteraba de lo que costaban. «Un óbolo a cambio de un talento», decía. Teníamos que conformarnos con lo que recibíamos, no con lo que elegíamos. Así fue como reunimos lo que para un país bárbaro como el nuestro era una biblioteca decente: dieciocho obras en total. De Homero teníamos la poesía de Troya incompleta: solo hasta el llanto por Patroclo; dos tragedias de Eurípides, una sobre Andrómeda y otra donde Dioniso recita el prólogo y el coro está formado por furias; y un libro excelente y muy útil (sin metro) sobre la alimentación y el cuidado de los caballos y el ganado, la prevención de lombrices en los perros y otras cosas por el estilo. Además, algunos diálogos de Sócrates, un poema de Tisias Estesícoro en honor de Helena, un libro de Heráclito y otro muy largo y muy complejo (sin metro) que empieza *Todos los hombres, por naturaleza, desean saber*. En cuanto comenzaron a llegar los libros, Arnom pasaba mucho tiempo con el Zorro aprendiendo a leerlos; y con el tiempo acudieron más hombres: la mayoría eran los hijos menores de los nobles.

Y empecé a vivir como debe hacerlo una reina y a conocer a mis nobles, y a tener muestras de cortesía con las damas ilustres de mi territorio. Como era de rigor, conocí a Ansit, la esposa de Bardia. Yo me la imaginaba de una belleza deslumbrante, pero en realidad era de poca estatura y, después de haber tenido ocho hijos, estaba muy gorda y había perdido sus formas. Todas las mujeres de Gloma ensanchan igual cuando aún son muy jóvenes. (Tal vez eso contribuyera a la fantasía de que mi velo ocultaba un hermoso rostro. Era virgen y conservaba mis formas, y el que no se me viera la cara me hacía pasable). Puse todo mi empeño en mostrarme cortés con Ansit, e incluso afectuosa. De hecho, la habría querido más, aunque solo fuera por Bardia, si hubiera podido hacerlo. Pero cuando se hallaba en mi presencia enmudecía como un ratón; creo que me tenía miedo. Si intentábamos mantener una conversación, dejaba vagar su mirada por la habitación, como preguntándose: «¿Cuándo acabará esto?». Entonces me asaltaba como un fogonazo una idea no desprovista de júbilo: «¿Es posible que esté celosa?». Y así ocurrió siempre, a lo largo de los años, cada vez que nos veíamos. Yo solía decirme: «Ha dormido en su lecho, y eso es malo. Ha parido a sus hijos, y eso es peor aún. Pero ¿alguna vez se ha agachado a su lado en una emboscada, o ha compartido con él una cantimplora asquerosa con que saciar la sed al final del día? Por muchas miradas de tortolitos que hayan cruzado ¿alguna vez se han despedido con los ojos como hacen los que se saben buenos compañeros de armas cuando cabalgan en distintas direcciones en situaciones de peligro? Yo sí sé lo que es eso, yo sí que lo he hecho, más veces de las que es capaz de imaginar. Ella es su juguete, su entretenimiento, su placer, su reposo. Yo comparto su vida de hombre».

Resulta curioso pensar cómo todos los días Bardia iba de la reina a su esposa y de su esposa a la reina convencido de que cumplía sus obligaciones con ambas (y así era), y sin dedicar un solo pensamiento a la disputa que originaba entre ellas. Eso es lo que ocurre con los hombres. El único pecado que los dioses jamás perdonan es haber nacido mujer.

La responsabilidad de mi condición de reina que más me pesaba solía ser la relacionada con la casa de Ungit y los sacrificios. Y el peso podría haber sido aún mayor de no ser porque Ungit ahora era más débil, o al menos eso me llevaba a pensar mi orgullo. Arnom abrió ventanas nuevas en los muros y la morada de Ungit dejó de ser tan oscura. Además, la mantenía de un modo distinto: después de cada sacrificio lavaba la sangre con agua. Olía más a limpio y menos a sagrado. Y, gracias al Zorro, Arnom estaba aprendiendo a hablar de los dioses como un filósofo. El principal cambio se operó cuando propuso colocar una imagen femenina de estilo griego frente a la antigua piedra amorfa. Creo que le hubiera gustado deshacerse también de la piedra, pero en cierto modo se trata de la propia Ungit y la gente se habría sublevado si la quitaban de allí. Conseguir la imagen que Arnom quería supuso un gasto descomunal, porque en Gloma nadie era capaz de confeccionarla; hubo que traerla no de tierras griegas, sino de otras cuyos hombres habían aprendido de los griegos. Por entonces yo era rica y les ayudé con plata. No estaba muy segura de por qué lo hacía; creo que pensaba que una imagen de esa clase de alguna manera significaba la derrota de esa Ungit vieja, ávida y sin rostro que me había aterrorizado durante mi infancia. Cuando por fin llegó la imagen, a unos bárbaros como nosotros nos pareció extraordinariamente bella y realista, a pesar de que entró en su morada blanca y desnuda; una vez pintada y vestida, venían a visitarla gente de todos los territorios vecinos y peregrinos. El Zorro, que en su patria había visto obras mucho mejores y más hermosas, se reía de aquella imagen.

Yo seguía intentando encontrar una habitación desde donde no escuchar ese ruido que unas veces era el balanceo de las cadenas movidas por el viento y otras el llanto de una Psique perdida y pobre como una mendiga junto a mi puerta. Como no lo conseguía, hice rodear el pozo de un muro de piedra, lo teché con paja y coloqué una puerta. Los muros eran muy gruesos; según mi cantero, absurdamente gruesos. «Has gastado piedra suficiente, decía, para construir diez pocilgas nuevas». Durante algún tiempo solía visitarme en sueños o en la duermevela la espantosa ilusión de que lo que había tapiado con una mordaza de piedra no era un pozo, sino a la propia Psique o a Orual. Pero aquello pasó. Dejé de oír el llanto de Psique. Al año siguiente vencí a Esur.

El Zorro envejeció y necesitaba reposo; cada vez venía menos a la Sala de las Columnas. Estaba muy ocupado escribiendo una historia de Gloma. Redactó dos versiones, una en griego y otra en nuestra lengua, en la que se consideraba capaz de expresarse con elocuencia. Me resultaba extraño ver nuestro idioma escrito en caracteres griegos. Nunca le dije al Zorro que lo dominaba menos de lo que él pensaba, hasta el punto de que a veces lo que escribía movía a risa, tanto más cuanto más elocuente se creía. A medida que cumplía años, sus conversaciones versaban menos sobre filosofía y más sobre la elocuencia, las figuras y la poesía. Su voz se volvió muy aguda y hablaba sin parar. A veces me confundía con Psique y otras me llamaba Cretis, e incluso se dirigía a mí con nombres masculinos como Cármides o Glaucón.

Pero yo estaba demasiado ocupada para dedicarle mucho tiempo. ¿Dejé algo sin hacer? Ordené revisar todas las leyes y esculpirlas en piedra en el centro de la ciudad; hacer el Shennit más estrecho y profundo para que las barcazas pudieran llegar hasta nuestras puertas; edificar un puente sobre el antiguo vado; construir cisternas para combatir la sed en años de sequía. Aprendí mucho de ganadería, compré buenos toros y carneros y mejoré la raza. Hice, hice, hice... ¿Y qué importa lo que hice? Aquello me interesaba tanto como a los hombres una cacería o un juego, que llenan la mente y adquieren cierta importancia mientras duran; pero, una vez cobradas la piezas y dado jaque mate al rey ¿a quién le siguen interesando? Eso me ocurría a mí todas las noches de mi vida; bastaban unos cuantos peldaños para pasar de un festín o una sesión del consejo, del ajetreo, el talento y la gloria de mi reinado, a mi alcoba, donde me quedaba a solas conmigo misma, es decir, con el vacío. El momento de acostarse y de levantarse (solía despertarme muy pronto) era pésimo: y así cientos de noches y de mañanas. A veces me preguntaba quién o qué nos envía esa absurda repetición de días, noches, estaciones y años; ¿no es como oír a un niño insoportable silbar una y otra vez la misma tonada, hasta el punto de preguntarte cómo es posible que lo aguante ni siquiera él?

Cuando murió el Zorro, le celebré unos funerales regios y mandé grabar en su tumba cuatro versos en griego; no los repito aquí para evitar que un griego nativo se ría de ellos. Su muerte se produjo hacia el final de la cosecha.

La tumba está situada detrás de los perales, donde solía instruirnos a Psique y a mí en verano. Luego se sucedieron los días, los meses y los años igual que antes, girando como una rueda, hasta que llegó un día en que contemplé a mi alrededor los jardines, el palacio y la cresta de la Montaña Gris al este, y pensé que no podría soportar seguir viendo lo mismo, día tras día, hasta que me llegara la muerte. Los grumos de brea en las paredes de madera de los establos me parecían los mismos que antes de la llegada del Zorro a Gloma. Decidí avanzar un paso más y viajar a otras tierras. Manteníamos la paz con todas. Bardia, Penuan y Arnom podían ocuparse de todo en mi ausencia: Gloma estaba tan bien amamantada y criada que casi caminaba sola.

Tres días después tomé a Ilerdia, el hijo de Bardia, y a la hija de Pubi, Alit, a dos de mis mujeres y a unos cuantos lanceros (todos ellos leales), a un cocinero y a un mozo de cuadra, junto con varias bestias para cargar las tiendas y las provisiones, y salí de Gloma.

VEINTIUNO

Lo que me lleva a contar este viaje ocurrió cuando llegaba a su fin, o incluso cuando yo ya lo daba por terminado. Estuvimos primero en Fars, donde cosechan más tarde que nosotros, con lo cual fue como vivir dos veces aquel momento del año. Allí encontramos lo mismo que acabábamos de dejar en casa: el sonido de los afiladores, las canciones de los segadores, los rastrojos creciendo y las mieses menguando, los carros cargados en los caminos, el sudor, las pieles abrasadas por el sol y el júbilo. Nos quedamos diez noches o más en el palacio de Trunia, donde me sorprendió comprobar cuánto había engordado Redival y lo poco que quedaba de su belleza. Como siempre, hablaba incansablemente, pero solo de sus hijos, y no se interesó por nadie de Gloma excepto por Batta. Trunia nunca escuchaba una sola palabra de lo que Redival decía, pero conmigo tenía mucho de que hablar. Mis consejeros y yo habíamos decidido que, tras mi muerte, su segundo hijo, Daaran, fuera el rey de Gloma. Pese a haber nacido de una madre tan necia, era un muchacho sensato. Si me lo hubiera permitido a mí misma y si Redival no hubiera estado de por medio, podría haber llegado a quererlo. Pero nunca volvería a entregar mi corazón a ninguna criatura joven.

Desde Fars pusimos rumbo al oeste, hacia Esur, atravesando desfiladeros hundidos entre las montañas. Esas tierras poseían los bosques más grandes que haya visto jamás y rápidas corrientes, y abundaban los pájaros, los venados y otros animales de caza. Quienes me acompañaban eran jóvenes y disfrutaron mucho del viaje que, de hecho, generó un vínculo entre nosotros: todos bronceados, con todo un mundo compartido de esperanzas, intereses, bromas y conocimientos, todos más maduros desde que salimos de casa. Al principio me temían y cabalgaban en silencio; ahora somos buenos amigos. Sentía mi corazón más ligero. Las águilas sobrevolaban nuestras cabezas y rugían las cascadas.

Descendimos las montañas para entrar en Esur y nos alojamos tres noches con el rey. Creo que no era un mal tipo, pero sí excesivamente servil y adulador: la alianza entre Gloma y Fars había obligado a Esur a variar de tono. Era evidente que a su reina le aterraban mi velo y las historias que había escuchado acerca de mí. Aunque tenía intención de regresar a casa desde allí, oímos hablar de una fuente termal que se encontraba a unas quince millas al oeste. Yo sabía que Ilerdia estaba deseando verla y, no sé si con pena o con una sonrisa, pensé que el Zorro me hubiera regañado por haber estado cerca de una obra de la naturaleza tan extraordinaria y no haberla explorado. Así que decidí prolongar un día más el viaje y emprender la vuelta desde allí.

Estábamos en pleno otoño y el día era cálido y apacible, aunque sobre los rastrojos el sol parecía avejentado y suave, y no implacable como en verano. Una vez acabado el trabajo, el año parecía guardar reposo. Y me susurré a mí misma que también yo empezaría a descansar. De vuelta en Gloma dejaría de acumular una tarea tras otra. También dejaría descansar a Bardia (más de una vez había pensado que comenzaba a parecer agotado) y pondríamos a trabajar las mentes de los más jóvenes, mientras nosotros nos sentábamos al sol y rememorábamos viejas batallas. ¿Qué me quedaba por hacer? ¿Qué razón había para no buscar la tranquilidad? Pensé que ese era el inicio de la sabiduría que concede la edad.

Como todas las curiosidades de ese tipo, la fuente termal solo servía para alimentar un asombro insulso. Una vez vista, entramos en el valle verde y cálido de donde brotaba la fuente y encontramos un buen sitio para acampar entre un arroyo y un bosque. Mientras mi gente se ocupaba de las tiendas y los caballos, me metí bosque adentro y me senté al fresco. No había transcurrido mucho tiempo cuando oí a mis espaldas el sonido de la campana de un templo (en Esur casi todos los templos tienen campana). Pensando que sería agradable pasear un poco después de tantas horas a caballo, me levanté y caminé lenta y perezosamente entre los árboles en busca del templo, sin importarme demasiado si daba o no con él. A los pocos minutos llegué a un claro cubierto de musgo: allí estaba, apenas más alto que la cabaña de un campesino, aunque construido en piedra blanca, con columnas estriadas de estilo griego. Detrás de él divisé una casita techada con paja en la que seguramente vivía el sacerdote.

El lugar era de por sí muy tranquilo, pero dentro del templo reinaba un silencio aún más profundo y hacía mucho frío. Estaba vacío y muy limpio: no olía en absoluto como suelen oler los templos, de modo que supuse que estaría dedicado a uno de esos dioses menores y pacíficos que se conforman con ofrendas de flores y frutos. Enseguida me di cuenta de que se trataba de una diosa, pues sobre el altar había una imagen femenina tallada en madera de unos dos pies de alto, de buena factura y, en mi opinión, aún más bella porque no estaba pintada ni recubierta de oro, sino que conservaba el pálido color natural de la madera. Lo que echaba a perder la imagen era una banda o pañuelo de paño negro atado alrededor de su cabeza que le ocultaba el rostro: muy parecido a mi velo, aunque el mío fuese blanco.

Pensé cuánto mejor que la morada de Ungit era aquel templo y lo poco que se parecían. Entonces oí unos pasos detrás de mí y, al volverme, vi entrar a un hombre vestido de negro. Era un anciano de mirada serena, quizá algo simplona.

—¿Desea la extranjera hacer una ofrenda a la diosa? —preguntó.

Deslicé un par de monedas en su mano y le pregunté de qué diosa se trataba.

—Es Istra —contestó.

Ese nombre no es tan poco habitual en Gloma ni en las tierras vecinas como para causar mucho asombro; pero le comenté que nunca había oído hablar de una diosa que se llamara así.

—Es que es una diosa muy joven. Apenas ha empezado a ser diosa. Porque, como tantos otros dioses, como sin duda sabes, antes era mortal.

—¿Y cómo se ha convertido en diosa?

—Hace tan poco tiempo que aún es bastante pobre, extranjera. Pero a cambio de una pequeña moneda de plata te contaré toda la historia sagrada. Gracias, amable extranjera, gracias. A partir de ahora Istra será tu amiga. Y ahora te haré el relato. Hace tiempo, había un país en el que vivían un rey y una reina que tenían tres hijas; la pequeña era la princesa más hermosa del mundo...

Y continuó su relato como suelen hacerlo los sacerdotes, con voz cantarina y empleando unas palabras que estaba claro que se sabía de memoria. Sentí cómo la voz del anciano, y el templo, y yo misma, y mi viaje formaban parte de aquella historia; porque me estaba contando la historia de nuestra Istra, de la propia Psique: cómo Talapal (la Ungit de Esur), celosa de su belleza, ordenó que la sacrificaran a una bestia de la montaña; y cómo el hijo de Talapal, Jalim, el más apuesto de los dioses, se enamoró de ella y se la llevó a su palacio secreto. Sabía incluso que Jalim solo la visitaba en la oscuridad y que le había prohibido ver su rostro. Y el motivo era pueril:

—Tenía que mantener el secreto a causa de su madre, Talapal, quien se habría enojado mucho con él si se enteraba de que se había casado con la mujer que más odiaba en este mundo.

Menos mal que no oí esta historia hace quince años, e incluso diez —pensé—. *Habría vuelto a despertar todas las penas que duermen dentro de mí. Ahora apenas me conmueve.*

Súbitamente sorprendida por lo extraño que resultaba aquello, le pregunté:

—¿Dónde has aprendido todo eso?

Se quedó mirándome como si no entendiera bien semejante pregunta.

—Es una historia sagrada —contestó.

253

Comprendí que su simpleza superaba a su astucia y que sería inútil seguir preguntando. En cuanto me callé, él siguió hablando.

Pero ahora esa sensación de ensueño se había desvanecido. Estaba muy despierta y noté cómo enrojecía mi rostro. Lo que contaba no era cierto: era un tremendo y estúpido error. En primer lugar, decía que las dos hermanas de Psique habían ido a verla al palacio del dios: ¿a quién se le ocurriría pensar que Redival había estado allí?

—Entonces —dijo—, cuando las dos hermanas vieron el hermoso palacio y fueron agasajadas y recibieron regalos y...

—¿*Vieron* el palacio?

—Estás interrumpiendo la historia sagrada, extranjera. Claro que vieron el palacio. No estaban ciegas. Luego...

Era como si los dioses se estuvieran riendo de mí y escupiéndome en la cara. Así que esa era la versión que corría de la historia; es decir, la versión inventada por los dioses. Porque eran ellos quienes se la habían metido en la cabeza a aquel loco, o a cualquier otro visionario de quien este la había escuchado. ¿Cómo podía conocer ningún mortal la existencia de ese palacio? Habían vertido parte de la verdad en la mente de alguien a través de un sueño o de un oráculo, o como quiera que hagan esas cosas. Solo parte de la verdad. Y habían despojado todo el relato de su verdadero significado, de su médula, de su núcleo central. ¿No tengo razón al escribir este libro en su contra, al contar lo que han ocultado? Desde el estrado de mi tribunal jamás he descubierto a un falso testigo diciendo una verdad a medias tan astuta. Porque, si la historia real se hubiera parecido a aquella, no habría existido un enigma ni se habría resuelto mal. Es más, se trata de una historia que pertenece a un mundo diferente, un mundo en el que los dioses se muestran claramente y no atormentan a los hombres con meros atisbos, ni revelan a unos lo que ocultan a otros, ni te piden que creas lo que niegan tus ojos, tus oídos, tu nariz, tu lengua y tus dedos. En ese mundo (que, si de verdad existe, desde luego no es el nuestro) yo no habría errado el camino. Los dioses no hubieran podido culparme de nada. Contar mi historia como si hubiese contemplado lo que ellos me impedían ver ¿no es como contar la historia de un tullido sin mencionar su cojera, o como contar que alguien ha revelado un secreto sin decir que antes sufrió veinte horas de torturas? Y en ese momento vi cómo la falsa historia crecía y se difundía y se contaba por toda la tierra; y me pregunté cuántas historias sagradas eran mentiras retorcidas semejantes a esa.

—Entonces —estaba diciendo el sacerdote—, después de trazar un plan para causar la perdición de Istra, las dos perversas hermanas le llevaron una lámpara y...

—Pero ¿por qué quería... por qué querían las dos separarla del dios si habían visto el palacio?

—Querían destruirla *porque* habían visto el palacio.

—Pero ¿por qué?

—Porque tenían envidia. El marido y el palacio de su hermana eran mucho mejores que los suyos.

En ese momento decidí escribir este libro. Mi antigua disputa con los dioses llevaba muchos años dormida. Había adoptado la postura de Bardia: ya no jugaba con ellos. A pesar de que yo misma había visto a un dios, a veces casi llegaba a creer que no existen. El recuerdo de su voz y de su rostro estaba encerrado en una de las habitaciones de mi alma que yo ni siquiera entreabría. En ese instante me di cuenta de que me enfrentaba a ellos: yo sin fuerzas y ellos pletóricos de energía; yo bien visible para ellos y ellos invisibles para mí; yo fácil de herir (y de hecho tan herida que toda mi vida había consistido en ocultar y restañar la sangre) y ellos invulnerables; yo una sola y ellos muchos. Se habían pasado todos esos años dejándome huir de hasta donde el gato deja correr al ratón. Y luego ¡zas!: otra vez su garra sobre mí. Pero yo aún podía decir algo. Podía dejar por escrito la verdad. Haría lo que hasta entonces quizá nadie había hecho en este mundo. Escribiría mi denuncia contra ellos.

¡Envidia! ¿Yo envidia de Psique? Tanto la vileza de esa mentira como su simpleza me ponían enferma. Era como si la mente de los dioses igualara la del más despreciable de los hombres. Lo primero que se les ocurría, lo que les parecía el tema más verosímil y sencillo para elaborar una historia, era la insulsa y mezquina pasión de un mendigo callejero, las rameras de los templos, un esclavo, un niño, un perro. Puestos a mentir ¿no había mejores mentiras que inventar?

—... y vaga por el mundo llorando y llorando, siempre llorando...

¿Cuánto tiempo llevaba hablando el anciano? Esa palabra resonaba en mis oídos como si la hubiera repetido mil veces. Apreté los dientes y mi alma se puso en guardia. Un poco más y empezaría a oír de nuevo ese sonido: el llanto de Psique en el bosquecillo a la entrada del templo.

—¡Basta ya! —grité—. ¿Te crees que desconozco que las niñas lloran cuando se les rompe el corazón? Vamos, continúa.

—... vaga llorando y llorando, siempre llorando —dijo—. Y cae bajo el poder de Talapal, que la odia. Naturalmente, Jalim no puede protegerla, porque Talapal es su madre y él la teme. Y Talapal atormenta a Istra y le encarga todo tipo de tareas que parecen imposibles. Pero, cuando Istra las ha cumplido todas, Talapal acaba devolviéndole la libertad y ella se reúne con Jalim y se convierte en una diosa. Entonces le quitamos el velo negro y yo cambio mi túnica negra por otra blanca, y ofrecemos...

—¿Quieres decir que algún día se reunirá con el dios y entonces tú le quitarás el velo? ¿Cuándo ocurrirá eso?

—Le quitamos el velo y yo me cambio de túnica en primavera.

—¿Te crees que me importa algo lo que tú hagas? ¿Ha ocurrido ya o no? ¿Sigue Istra vagando por el mundo o se ha convertido ya en una diosa?

—La historia sagrada trata de cosas sagradas, extranjera, de las cosas que hacemos en el templo. En primavera y a lo largo de todo el verano es una diosa. Luego, cuando llega el tiempo de la cosecha, por la noche encendemos una lámpara en el templo y el dios desaparece. Entonces la cubrimos con el velo. Y vaga todo el invierno entre penalidades: llorando, siempre llorando...

Aquel hombre no tenía ni idea. En su mente la historia y el culto eran una sola cosa. No era capaz de entender mi pregunta.

—Yo he oído contar tu historia de otra manera, anciano —dije—. Creo que la hermana (o las hermanas) tendrían más cosas que decir que las que sabes tú.

—Puedes estar segura de que tendrían mucho que decir —replicó él—. Los envidiosos siempre tienen algo que decir. De hecho, mi esposa...

Me despedí de él y dejé aquel lugar tan frío para regresar a la calidez del bosque. Entre los árboles podía ver la luz rojiza del fuego que mis hombres habían encendido. El sol se había puesto.

Para no arruinar la dicha de mi gente, oculté mis sentimientos, sin saber claramente cuáles eran, salvo que la paz de aquel día otoñal se había hecho pedazos. Al día siguiente lo vi con más nitidez. No volvería a recobrar la paz hasta no haber puesto por escrito mi denuncia contra los dioses. Me quemaba por dentro. Cobraba vida: estaba encinta de un libro, como lo están de un niño las mujeres.

Por eso no puedo contar nada de nuestro viaje de vuelta a Gloma. Duró siete u ocho días y atravesamos muchos de los espléndidos lugares que pueblan Esur; y, después de cruzar la frontera y entrar en Gloma, en todas partes contemplamos tanta paz, tanta abundancia, tanto trabajo y creo que tanto afecto hacia mí, que tendría que haberme sentido feliz. Pero mis ojos y mis oídos se habían cerrado. Me pasaba todo el día y a veces muchas noches recordando cada pasaje de la historia real, resucitando miedos, humillaciones, luchas y angustias en las que no pensaba hacía años; dejando despertar y hablar a Orual, casi desenterrándola de su tumba, sacándola del pozo amurallado. Cuanto más recordaba, más era capaz de recordar: lloraba bajo mi velo como si nunca hubiera reinado, pero nunca era tan grande la pena como para impedir que mi encendida indignación lo dominara todo. Tenía prisa. Debía apresurarme a escribir antes de que los dioses hallaran alguna manera de hacerme callar. Cada vez que se acercaba la noche e Ilerdia me lo advertía diciendo: «Este sería un buen lugar para plantar las tiendas, reina», antes siquiera de pensar lo que iba a contestar, respondía: «No. Aún podemos recorrer tres o cinco millas más esta noche». Cada día me levantaba más temprano. Al principio soportaba la espera, carcomiéndome en medio de una niebla fría, escuchando respirar profundamente a los jóvenes mientras dormían. Pero pronto se me agotó la paciencia. Empecé a despertarlos, cada mañana más pronto. Acabamos viajando como quien huye de un enemigo victorioso. Guardaba silencio y mi silencio prendía el de los demás. Percibía su desconcierto y todo el placer del viaje se esfumó. Me imagino que murmurarían entre ellos del humor de la reina.

Cuando llegué a casa, tampoco pude empezar a escribir tan pronto como hubiera deseado. Se habían acumulado toda clase de tareas menores. Y justo entonces, cuando más necesitada estaba de ayuda, me enteré de que Bardia no se encontraba bien y guardaba cama. Le pregunté a Arnom sobre la enfermedad de Bardia y me dijo: «No tiene infección ni fiebre, reina: nada importante en un hombre tan fuerte. Pero no acaba de ponerse bien. Ya sabes que está mayor». Me habría invadido el pánico si no fuera porque sabía (cada vez fui observando más indicios de ello) cómo le protegía y le mimaba su esposa, como una gallina a su gallo; y juraría que no era porque estuviese realmente preocupada, sino para mantenerlo en casa y alejado del palacio.

Aun así, después de superar infinitos obstáculos, escribí mi libro y aquí está. Ahora tú, lector, juzga a los dioses y júzgame a mí. No recibí de ellos nada que amar en este mundo salvo Psique, y luego me la quitaron. Pero no les bastó con eso. Después me colocaron en una situación y en un momento en los que dependía de una palabra mía que ella continuara siendo feliz o que se hundiera en la miseria. No me dijeron si Psique era la esposa de un dios o de un loco, o el botín de una bestia o de un canalla. Aunque se la pedí, no me enviaron una señal cierta. Tuve que adivinarlo. Y, como me equivoqué, me castigaron; aún peor: me castigaron utilizándola a ella. Y tampoco bastó con eso: ahora me envían una historia falsa que dice que no hubo enigma; que yo sabía con certeza que era la esposa de un dios y que la destruí a conciencia; y que lo hice por envidia. Como si yo fuera otra Redival. Afirmo que los dioses obran mal con nosotros. Ni se mantienen al margen (que sería lo mejor), ni nos dejan vivir a solas nuestros días, ni se nos muestran abiertamente, ni nos dicen qué quieren de nosotros: eso sería tolerable. Proporcionar señales y luego quedarse rondándonos; hacerse cercanos por medio de sueños y oráculos, o a través de imágenes que contemplamos estando despiertos y que se desvanecen nada más verlas; guardar un silencio total cuando les interrogamos para luego volver a rondarnos y, cuando más deseamos librarnos de ellos, susurrarnos al oído palabras que no somos capaces de entender; mostrar a unos lo que ocultan a otros: ¿qué es todo eso sino jugar al gato y al ratón o a la gallinita ciega, o hacer juegos de manos?

Afirmo, pues, que no hay criatura alguna (ni sapo, ni escorpión, ni serpiente) tan dañina para el hombre como los dioses. Que contesten mi denuncia si quieren. Puede ser que, en su lugar, me vuelvan loca o me envíen la lepra, o que me conviertan en bestia, en ave o en árbol. ¿No sabrá entonces el mundo entero (y los dioses sabrán que el mundo lo sabe) que lo hacen porque no tienen nada que contestar?

II

UNO

Aunque no han pasado muchos días desde que escribí las palabras «nada que contestar», no tengo más remedio que volver a desenrollar mi libro. Valdría más escribirlo de nuevo desde el principio, pero creo que no me queda tiempo. La debilidad se va adueñando de mí por momentos y Arnom menea la cabeza y me dice que debo descansar. Creen que no conozco que han enviado un mensaje a Daaran.

Ya que no puedo corregir el libro, me veo obligada a añadir algo. Dejarlo como está significaría morir bajo perjurio. Ahora conozco mucho mejor a la mujer que lo ha escrito. El inicio del cambio acompañó el mero hecho de empezar a escribir. Que nadie emprenda a la ligera una tarea como esta: una vez despertada, la memoria se comporta como un tirano. Puesto que me estaba dirigiendo a un juez, tenía la obligación de no mentir, y me di cuenta de que debía dejar por escrito una parte de mis pasiones y pensamientos que había caído en el olvido. El pasado que quedaba recogido no era el que durante años había creído recordar. Ni siquiera cuando acabé el libro distinguía con claridad muchas de las cosas que ahora sí veo. El cambio que provocó en mí ponerme a escribir, del que no había dejado constancia, fue tan solo el principio: la preparación previa a la cirugía de los dioses. Emplearon mi propia pluma para explorar mi herida.

Nada más empezar recibí un golpe que vino del exterior. Mientras relataba mi infancia, mientras contaba cómo Redival y yo construíamos casitas de barro en el jardín, mi mente recordaba miles de cosas acerca de los días en que aún no existían ni Psique ni el Zorro: solo Redival y yo. Cazando renacuajos en el arroyo; escondiéndonos de Batta entre el heno; en la puerta del vestíbulo cuando mi padre celebraba un festín, acechando las entradas y las salidas de los esclavos para sacarles alguna exquisitez. Y pensaba en cuánto cambió Redival. Eso es lo que poblaba mi cabeza. Y entonces me asestaron un golpe desde fuera. A los muchos obstáculos existentes se sumó el anuncio de una embajada enviada por el ilustre rey dueño de las tierras del sudeste.

Otro estorbo más, pensé. Cuando llegaron los extranjeros (y las horas de conversaciones, y después el festín celebrado en su honor), descubrir que quien los mandaba era un eunuco no mejoró nada las cosas. En esa corte los eunucos son gente muy importante. Aquel era uno de los hombres más gordos que haya visto jamás, tan gordo que sus ojos apenas eran capaces de esquivar las mejillas; untado de aceite y apestando a él, y vestido con tanta distinción como las muchachas de Ungit. A medida que hablaba, empezó a recordarme a alguien a quien había conocido mucho tiempo atrás. Y, como se suele hacer, rastreaba mis recuerdos y me rendía, y volvía a rastrearlos y volvía a rendirme, hasta que, cuando menos lo esperaba, se hizo la luz en mi mente y exclamé:

—¡Tarin!

—Sí, reina, en efecto —dijo él, con un regodeo que me resultó malicioso y lascivo—. Soy el mismo a quien llamaban Tarin. Tu padre no me quería ¿verdad, reina? Pero ¡ji, ji, ji!... gracias a él me he hecho rico. Sí, me puso en el buen camino. De dos navajazos. De no ser por él, nunca habría llegado tan alto.

Le felicité por su carrera.

—Gracias, reina, gracias. Eres muy amable. Y pensar ¡ji, ji, ji!... que, si tu padre no hubiera tenido tan mal carácter, seguiría llevando un escudo en la guardia de un rey un tanto bárbaro, cuyo reino entero cabría en una esquina de la finca de caza de mi señor y nadie repararía en él... No te habrás enfadado ¿verdad?

Le dije que siempre había oído que la finca de caza de su ilustre rey era magnífica.

—¿Y tu hermana, reina? —preguntó el eunuco—. ¡Qué hermosa era! Aunque... ¡ji, ji, ji!, desde entonces han pasado por mis manos mujeres aún más hermosas.

¿Vive todavía?

—Es la reina de Fars —dije.

—¡Ah, ya! Fars. Lo recuerdo. Con qué facilidad se olvidan los nombres de esos países tan pequeños... Sí, una muchacha preciosa. Me daba mucha pena. Se sentía sola.

—¿Sola? —repetí yo.

—Sí, muy sola. Después del nacimiento de la otra princesa. Solía decirme: «Al principio Orual me quería mucho; luego llegó el Zorro y me quiso menos; y luego llegó la niña y dejó de quererme». Por eso estaba sola. Sentía lástima de ella... ¡ji, ji, ji! Por entonces yo era un tipo muy apuesto. La mitad de las muchachas de Gloma estaban enamoradas de mí.

Desvié la conversación hacia los asuntos de Estado. Ese fue tan solo el primer golpe, el más leve: el primer copo de nieve del invierno en el que empezaba a internarme, eso en lo que solo reparamos porque nos anuncia lo que queda por venir. No estaba del todo segura de que lo que decía Tarin fuese verdad. Sigo creyendo que Redival era una mentirosa y una necia. Y de su necedad los dioses no pueden culparme a mí: la ha heredado de su padre. Pero una cosa sí era cierta: nunca me preocuparon sus sentimientos cuando me volqué primero en el Zorro y luego en Psique. De alguna manera, desde el principio había arraigado en mi mente la idea de que la maltratada y la necesitada de piedad era yo. Al fin y al cabo ¿no eran rubios sus rizos?

Y seguí escribiendo. La tarea constante a la que dediqué mi mente comenzó a invadir mis sueños. Era una labor de cribado y selección, separando motivo por motivo, y los motivos de las excusas; y esa selección volvía a visitarme en sueños, pero de un modo distinto. Me veía delante de un montón de semillas inacabable y desalentador: trigo, cebada, amapola, centeno, mijo... No faltaba una. Y debía seleccionarlas y formar montones separados, cada uno de una clase. No sabía por qué tenía que hacerlo, pero sí que recibiría un castigo interminable si por un instante dejaba la tarea y si, una vez acabada, aparecía una sola semilla en un montón que no fuese el suyo. En la vida real cualquier hombre la consideraría una tarea imposible. Lo torturante del sueño era que en él sí resultaba factible. Había una posibilidad entre diez mil

de acabarla en plazo y una entre cien mil de no equivocarse. Casi seguro (pero no con total seguridad) fracasaría
y recibiría mi castigo. Y emprendía la tarea, buscando,
examinando y sosteniendo las semillas de una en una entre el pulgar y el índice. Y no siempre con el pulgar y el
índice, porque en algunos sueños aún más delirantes me
convertía en una hormiga y las semillas eran tan grandes como piedras de molino; y con un esfuerzo ímprobo,
destrozándome las seis patas, las colocaba en sus respectivos montones, agarrando por delante, como hacen las
hormigas, cargas mayores que yo.

Lo que demuestra que los dioses me tenían totalmente inmersa en ambas tareas, día y noche, es que durante todo ese tiempo apenas dediqué un pensamiento
a Bardia, excepto para despotricar de su ausencia, que
se traducía en más impedimentos a la hora de escribir.
Mientras duró aquella furia, lo único que parecía tener
importancia era acabar mi libro. Tan solo mencionaba a
Bardia para decir una y otra vez: «¿Pretende pasarse durmiendo el resto de su vida?»; o «la culpa es de esa mujer
que tiene».

Y llegó el día en que la última línea de mi libro («nada
que contestar») aún estaba húmeda cuando me sorprendí
a mí misma escuchando a Arnom y comprendiendo por
primera vez lo que significaban su mirada y su voz.

—¿Me estás diciendo que el noble Bardia corre
peligro?

—Está muy débil, reina —contestó el sacerdote—.
Me gustaría que el Zorro estuviera aquí. En Gloma somos unos ignorantes. Creo que Bardia no tiene fuerzas ni
ánimo para combatir su enfermedad.

—¡Por todos los dioses! ¿Por qué no me has hecho entenderlo antes? ¡Esclavo, mi caballo! Iré a verle.

Arnom, que se había convertido en un anciano consejero de toda confianza, posó su mano en mi brazo.

—Reina —dijo suavemente, pero con gravedad—, aún será menos probable que se recupere si vas a verle ahora.

—¿Acaso transmito alguna enfermedad? —pregunté—. ¿Llevo la muerte en la cara a pesar de mi velo?

—Bardia es tu súbdito más leal y afecto —repuso Arnom—. Verte a ti avivaría todas sus energías, quizá hasta agotarlas. Despertaría su sentido del deber y su generosidad. En su mente se agolparían los cientos de asuntos de Estado que desearía comentar contigo. Se devanaría los sesos intentando recordar lo que ha olvidado durante los últimos nueve días. Eso podría acabar con él. Déjale dormitar y soñar. Es lo que más le conviene ahora.

Era la verdad más amarga que había probado nunca, pero la engullí. ¿Cómo no iba a encerrarme en el silencio de mis propias mazmorras mientras Arnom me lo pidiera, si de ese modo podía añadir el peso de una pluma a las posibilidades de vida de Bardia? Aguanté tres días (yo, esa vieja loca de pechos caídos e ijadas flácidas). Al cuarto me dije: «No puedo soportarlo más». Al quinto Arnom vino a verme llorando y supe la noticia que me traía sin necesidad de palabras. Y, absurdamente, lo que me parecía peor de todo era que Bardia hubiese muerto sin escuchar lo que tanto le habría avergonzado. Pensaba que sería capaz de soportarlo todo si, solo por una vez, me hubiera acercado a él para susurrarle al oído: «Bardia, siempre te he amado».

Mientras yacía en la pira, únicamente pude estar a su lado para rendirle honores. No era ni su esposa ni ningún miembro de su familia, lo que me impedía llorar por él y golpearme el pecho. ¡Ay!, si hubiera podido golpearme el pecho, lo habría hecho con guantes de hierro y pieles de erizos.

Esperé tres días como mandan los usos y fui a dar consuelo (así lo llaman) a su viuda. No solo me movieron a ello el deber y las costumbres. Bardia la quería y, en cierto modo, era, sí, mi enemiga; pero ¿qué otra persona había en este mundo con la que poder hablar? Me condujeron a la sala de arriba de su casa y allí estaba Ansit hilando, muy pálida pero muy serena. Más serena que yo. Hubo una vez en que me sorprendió comprobar que era mucho menos hermosa de lo que me decían. Ahora, al final de sus días, había adquirido una belleza nueva; su rostro transmitía serenidad y orgullo.

—Ansit... señora —dije tomando sus manos, sin darle tiempo a retirarlas—, ¿qué puedo decirte? ¿Cómo podría hablarte de él sin mencionar que su pérdida es inconmensurable? Eso no sirve de consuelo. En estos momentos solo se puede pensar que es preferible haber tenido un marido como él y perderlo que seguir conservando a cualquier otro hombre de este mundo.

—La reina me hace un inmenso honor —repuso ella, apartando sus manos de las mías para cruzarlas sobre su pecho y bajar la mirada, como es costumbre en la corte.

—Señora, te ruego que no me trates como a una reina. No nos hemos conocido ayer. Soy, después de ti (jamás se me ocurriría compararme), quien más ha perdido. Siéntate, te lo ruego. Y sigue con tu rueca. Hablaremos mejor si continúa moviéndose. ¿Me permites que me siente a tu lado?

Ella tomó asiento y reanudó su labor con el rostro concentrado y los labios ligeramente fruncidos, como cualquier ama de casa. No tenía intención de facilitármelo nada.

—Ha sido muy inesperado —dije—. ¿Te diste cuenta desde el principio de que la enfermedad era grave?

—Sí.

—¿Sí? A mí Arnom me dijo que no tenía importancia.

—También me lo dijo a mí, reina. Dijo que era algo leve en el caso de un hombre que dispusiera de todas sus fuerzas para luchar contra ella.

—¿De fuerzas? Pero si Bardia era un hombre muy fuerte...

—Sí: como un árbol que se va carcomiendo por dentro.

—¿Carcomiendo, dices? ¿Y qué lo carcomía? Nunca me di cuenta.

—Me lo imagino, reina. Estaba cansado; había consumido sus fuerzas... o se las habían consumido. Hace diez años que debería haberse retirado para vivir como un hombre mayor. No estaba hecho ni de hierro ni de bronce, sino de carne y hueso.

—Jamás me pareció un anciano ni él hablaba como tal.

—Quizá tú nunca le viste en los momentos en que los hombres muestran su fatiga, reina. Nunca contemplaste su rostro ojeroso a primera hora de la mañana. Ni le oíste gemir cuando había que zarandearle y obligarle a levantarse porque tú le habías obligado a jurar que lo haría. Nunca le viste volver tarde a casa, hambriento, pero demasiado cansado para comer. ¿Cómo ibas a hacerlo, reina? Solo yo era su esposa. Bien sabes que era demasiado cortés para cabecear y bostezar en casa de una reina.

—¿Quieres decir que el trabajo...?

—Cinco guerras, treinta y una batallas, diecinueve embajadas, preocupado por esto o por aquello, susurrando una palabra al oído de este, y luego de ese, y luego de aquel; calmando a este hombre, amenazando al de más allá y adulando a un tercero; planeando, aconsejando, recordando, adivinando, previendo... y otra vez la Sala de las Columnas, y otra, y otra. Las minas no son el único lugar donde un hombre puede trabajar hasta morir.

Aquello superaba mis peores expectativas. Sentí una oleada de ira seguida de un terrible recelo: ¿era todo verdad? (No, ¡pura invención!). Pero mi miserable sospecha hizo mi voz aún más humilde.

—El dolor habla por tu boca, señora. Discúlpame si te digo que son imaginaciones tuyas. Nunca me ahorré a mí misma más de lo que le ahorraba a él. ¿Me estás diciendo que un hombre tan fuerte como Bardia no soportó el peso con el que una mujer aún sigue cargando?

—¿Quién que conozca a los hombres lo dudaría? Ellos son duros, pero nosotras más recias. No viven más que nosotras. No llevan mejor la enfermedad. Los hombres son frágiles. Y tú, reina, eras más joven.

La tristeza me heló el corazón.

—Si eso es verdad, he vivido engañada —dije—. Si me hubiera dicho una sola palabra, le habría liberado de cualquier carga, enviado a casa y colmado de honores.

—Muy poco le conocías si piensas que alguna vez te habría dicho una sola palabra, reina. Has sido muy afortunada: ningún príncipe ha tenido nunca unos servidores que le quisieran tanto.

—Sé que mis servidores me han querido. ¿Y tú me guardas rencor por ello? ¿Ni siquiera el dolor impide a tu corazón echármelo en cara? ¿Te estás burlando de mí porque ese es el único amor que he conocido o que podré conocer jamás? Sin marido, sin hijos. Y tú... tú todo eso lo has tenido.

—Todo lo que tú me dejabas.

—¿Estás loca? ¡Lo que yo te dejaba! ¿Qué disparate ronda tu cabeza?

—Sí, sé muy bien que no eran amantes. Eso me lo dejaste a mí. Dicen que la sangre divina no puede mezclarse con la de sus súbditos. Así que me tocó mi parte. Una vez lo habías usado, dejabas las sobras para casa: hasta que volvías a necesitarlo. Después de semanas y meses de batallas, pasando juntos los días y las noches, compartiendo consejos, peligros, victorias, la ración del soldado, incluso las bromas, volvía a mí, cada vez un poco más delgado, con más canas y unas cuantas cicatrices más, y le rendía el sueño antes de terminar de cenar, y gritaba en sueños. «Rápido, por la derecha: la reina corre peligro». Y a la mañana siguiente (y en Gloma la reina es de los primeros en levantarse), otra vez la Sala de las Columnas. No te lo negaré: tuve lo que tú me dejaste.

Ninguna mujer podría malinterpretar lo que decían su voz y su mirada.

—¿Es posible? —exclamé—. ¿Es posible que estés celosa?

Ella no contestó nada.

Me levanté de un salto y me arranqué el velo.

—¡Mira, estúpida! —grité—. ¿Tienes celos de esto?

Se apartó de mí mirándome de tal modo que por un instante me pregunté si mi rostro la aterrorizaba. Pero no era miedo lo que sentía. Por primera vez tembló la firmeza de su boca. Las lágrimas acudieron a sus ojos.

—Nunca imaginé... —dijo con voz entrecortada—. ¿Tú también...?

—¿Yo también qué?

—Tú le amabas. Tú también sufrías. Las dos...

Se echó a llorar, y yo con ella. Un instante después estábamos la una en brazos de la otra. Curiosamente, nuestro odio se extinguió en cuanto ella supo que su marido era el hombre a quien yo amaba. Si hubiera seguido con vida, todo habría sido distinto; pero en nuestra desolada isla (una vida vacía, sin Bardia) éramos los únicos náufragos. Hablábamos una lengua, por decirlo de algún modo, que en este mundo inmenso e ignorante nadie más era capaz de entender. Y era un lenguaje hecho únicamente de sollozos. No podíamos hablarlo con palabras, porque ambas volveríamos a empuñar las dagas.

Nuestra indulgencia no duró mucho. Una vez me ocurrió algo parecido en una batalla. Un hombre venía hacia mí y yo iba hacia él, los dos dispuestos a matar. De repente se levantó una fuerte ráfaga de viento que hizo que nuestros mantos cubrieran nuestras espadas y casi hasta nuestros ojos: no podíamos vernos, solo luchar contra el viento. Y aquella situación era tan ridícula, tan ajena a lo que teníamos entre manos, que nos hizo estallar en carcajadas el uno frente al otro, amigos por un instante, antes de volver a convertirnos en mortales enemigos. Lo mismo sucedió entonces.

Al rato (no recuerdo cuánto tiempo pasó) nos separamos; yo me cubrí con el velo y su expresión se volvió dura y fría.

—¡En fin! —dije—. Casi me has convertido en la asesina de Bardia. Te propusiste torturarme y no podías haber elegido mejor tortura. Date por satisfecha: te has cobrado tu venganza. Pero dime una cosa: ¿hablabas con intención de herirme o crees realmente lo que has dicho?

—No, no lo creo: lo sé. Sé que tú y tu reinado le fueron exprimiendo la sangre un año tras otro y acabaron con su vida.

—¿Y entonces por qué no me lo dijiste? Habría bastado una sola palabra tuya. ¿O eres como los dioses, que solo hablan cuando ya es demasiado tarde?

—¿Decírtelo? —exclamó, lanzándome una mirada cargada de orgullo y sorpresa—. ¿Decírtelo y arrancarle su trabajo, que era su vida (porque, al fin y al cabo, ¿qué significa una mujer para un hombre que es soldado?), y toda su gloria y sus hazañas? ¿Convertirlo en un niño o en un viejo decrépito? ¿Conservarlo a ese precio? ¿Hacerlo tan mío que dejara de ser él?

—No obstante, habría sido tuyo...

—Yo habría sido suya. Yo era su esposa, no su amante. Él era mi marido, no mi perro fiel. Tenía que vivir la vida que él creía mejor y más propia de un gran hombre: no la que a mí me hubiera gustado. Y ahora también me has quitado a Ilerdia. Se alejará cada vez más de casa de su madre; conocerá nuevas tierras y tratará asuntos que yo no entiendo, e irá a sitios adonde yo no puedo seguirle, y será cada día menos mío: será más de sí mismo y del mundo. ¿Crees que levantaría un meñique si haciéndolo lo detuviera?

—¿Y podrías... puedes soportarlo?

—¿Y tú me preguntas eso? ¡Ay, reina Orual!, empiezo a pensar que no sabes nada del amor. No, me equivoco: tu amor es el de una reina, no el del común de los mortales. Tal vez tú, que procedes de los dioses, ames igual que ellos. Como la Sombra de la Bestia. ¿No dicen que para ella amar y devorar es lo mismo?

—Yo le salvé la vida, mujer —repliqué—. ¡Qué desagradecida eres! Te habrías quedado viuda hace muchos años si yo no hubiera estado presente aquel día en el campo de batalla de Ingarn, si no hubiera recibido la herida que aún me duele cada vez que cambia el tiempo. ¿Y *tus* cicatrices dónde están?

—Donde cualquier mujer que haya tenido ocho hijos. Sí, le salvaste la vida. Y obtuviste tu pago. Cuestión de economía, reina Orual: demasiado buen espada para dejarlo escapar. ¡Bah! Date por servida: te has atiborrado de las vidas de otros hombres, de otras mujeres: la de Bardia, la mía, la del Zorro, la de tu hermana... las de tus dos hermanas.

—¡Ya basta! —chillé.

El aire de la habitación se tiñó de color carmesí. Se me pasó por la cabeza la espeluznante idea de que, si ordenaba torturarla hasta morir, nadie podría salvarla. Arnom protestaría. Ilerdia se rebelaría. Pero ella se retorcería como un abejorro en una estaca afilada antes de que alguien pudiera acudir en su ayuda.

Algo (y, si fueron los dioses, benditos sean) me impidió hacerlo. Conseguí llegar hasta la puerta antes de volverme y decirle:

—Si le hubieras hablado así a mi padre, te habría cortado la lengua.

—¿Y qué? ¿Te crees que me asustas?

De regreso a casa iba pensando: *Que se quede con Ilerdia. Que se vaya a vivir a sus tierras. Que se vuelva un patán. Que engorde y, entre eructo y eructo, balbucee peleando el precio de los bueyes. Yo habría hecho de él un gran hombre, pero ahora ya no será nada. Que se lo agradezca a su madre. No tendrá razones para volver a decir que devoro a los hombres de su familia.*

Pero no le dije nada a Ilerdia.

No obstante, los cirujanos divinos ya me tenían atada y empezaban a intervenirme. Mi ira solo me protegió durante un tiempo: la ira se cansa y deja espacio a la verdad. Porque todo aquello era cierto: más cierto de lo que Ansit podía imaginar. Yo me alegraba cuando aumentaba el trabajo; cargaba a Bardia con tareas innecesarias para mantenerlo más tiempo en palacio; le planteaba preguntas por el simple placer de escuchar su voz. Cualquier cosa con tal de aplazar el momento en que se iría para dejarme con mi vacío. Y yo le odiaba por irse. Y le castigaba. Los hombres tienen mil maneras de burlarse de otro a quien consideran demasiado amante de su esposa y Bardia se hallaba indefenso: todo el mundo sabía que se había casado con una joven sin dote y Ansit presumía de no tener que buscar, al revés que la mayoría de las mujeres, las muchachas más feas del mercado de esclavos para hacerlas sus criadas. Yo nunca me burlé de él; pero contaba con mil ardides y artimañas (ocultas tras mi velo) para dirigir las conversaciones hacia ese tema y que otros, como yo bien sabía, acabaran burlándose de él. Les detestaba por hacerlo, pero sentía un placer agridulce cuando la cara de Bardia se ensombrecía. ¿Le odiaba, pues? Creo que sí. Un amor como ese puede contener nueve décimas partes de odio y seguir llamándose a sí mismo amor. Una cosa era segura: en mis locas fantasías nocturnas (con Ansit muerta o, más aún, convertida sin sombra de error en ramera, en bruja o en traidora), cuando Bardia acababa pretendiendo mi amor, siempre le obligaba a empezar por pedirme perdón. A veces le costaba mucho obtenerlo, porque antes solía obligarle a rozar el filo de la muerte.

Y el resultado después de todas aquellas horas amargas era extraño. El deseo que Bardia me inspiraba se había extinguido. Solo podrá creerlo quien haya vivido y observado mucho, y sepa lo deprisa que puede secarse y morir una pasión que lleva años envolviendo el corazón. Quizá en el alma, como en la tierra, lo que crece mostrando los colores más brillantes y desprendiendo el aroma más penetrante no siempre tiene las raíces más profundas. O quizá la culpa sea de la edad. Pero creo que, sobre todo, se trataba de esto: mi amor a Bardia (no el propio Bardia) se había convertido en algo enfermizo. Me había visto arrastrada hasta tales cimas y abismos de verdad que en el aire que me rodeaba ese amor no podía vivir. Era repugnante: una voracidad insaciable hacia alguien a quien yo no podía dar nada y de quien lo deseaba todo. Solo el cielo sabe cuánto le habíamos torturado las dos, Ansit y yo. Porque no hace falta ser Edipo para adivinar que, noche tras noche, cuando regresaba tarde a casa, los celos de Ansit le habían recibido con un fuego encendido aún más implacable.

Cuando ese anhelo se apagó, se apagó con él casi todo lo que creía que era mi yo. Como si mi alma entera fuese un diente y me lo hubieran arrancado. Solo era un hueco. Y pensaba que había tocado fondo y que a los dioses no les quedaba nada peor que decirme.

DOS

POCOS DÍAS DESPUÉS de mi visita a Ansit se celebró el rito del nacimiento del año, en el que el sacerdote se queda encerrado en la morada de Ungit desde la caída del sol hasta que consigue salir al mediodía siguiente, después de luchar para abrirse camino dentro de ella: entonces se dice que ha nacido. Naturalmente, como todas las cosas sagradas de este tipo, es y no es a la vez (de ahí lo fácil que le resultaba al Zorro demostrar cuántas eran las contradicciones). Y es que la lucha se libra con espadas de madera y lo que se derrama sobre los combatientes no es sangre, sino vino; y, aunque dicen que el sacerdote no puede salir de la casa, solo se cierran las puertas grandes que dan a la ciudad y a occidente, mientras que las dos puertas pequeñas del otro extremo permanecen abiertas y los devotos entran y salen a su antojo.

Cuando Gloma tiene un rey, este debe entrar al anochecer junto con el sacerdote y quedarse en el interior de la casa hasta el nacimiento. No obstante, a una virgen no se le permite presenciar lo que se lleva a cabo allí dentro esa noche. Por eso yo solo entro por la puerta norte una hora antes del nacimiento (los demás cuya presencia se requiere son un noble, un anciano y un miembro del

281

pueblo, elegidos por procedimientos sagrados sobre los que no me está permitido escribir). Ese año la mañana era fresca y muy apacible, y soplaba un leve viento del sur; el fresco exterior hacía que me pareciera aún más desagradable penetrar en la oscuridad sagrada de la morada de Ungit. Creo que ya he dicho antes que Arnom le había proporcionado algo más de luz y de limpieza; aun así, seguía siendo un ambiente carcelario y asfixiante; más aún la mañana del nacimiento, después de haber estado toda la noche ofreciendo incienso y sacrificios cruentos, derramando vino y sangre, danzando, comiendo y manoseando a las jóvenes, y quemando grasa. Estaba todo tan manchado de sudor y olía tan mal que no existe casa de mortal en la que hasta la mujer más sucia y holgazana no se hubiera puesto a abrir ventanas, a fregar y a barrer.

Entré y me senté en la piedra plana que me está reservada, frente a la piedra sagrada que es la propia Ungit; a mi izquierda se hallaba la nueva imagen con forma de mujer. El asiento de Arnom quedaba a mi derecha. Por supuesto, Arnom llevaba puesta la máscara y el agotamiento le hacía dar cabezadas. Cuando no sonaban los tambores, que no se oían demasiado, reinaba el silencio.

Observé a aquellas horribles muchachas sentadas en fila y con las piernas cruzadas en las puertas de las celdas situadas a ambos lados de la casa. Así pasaban año tras año (por lo general estériles después de unos cuantos años de fertilidad) hasta convertirse en esas arpías desdentadas que caminaban cojeando, ocupándose del fuego y de barrer, y que a veces, después de lanzar una rápida mirada alrededor, se encorvaban veloces como pájaros para recoger una moneda o un hueso a medio roer y esconderlos bajo sus túnicas. Pensaba cuántas semillas que los hombres podrían haber destinado a criar robustos muchachos y muchachas fértiles se habrían quedado enterradas dentro de aquella casa sin darles a esos hombres nada a cambio; y cuánta plata ganada con el sudor de su frente y de la que tan necesitados estaban se habría quedado enterrada allí dentro sin darles nada a cambio; y en tantas muchachas devoradas sin recibir nada a cambio.

Luego me quedé contemplando a Ungit. A diferencia de la mayoría de las piedras sagradas, ella no cayó del cielo. La historia decía que brotó de la tierra en el origen de los tiempos, como muestra o embajadora de todas las cosas que viven y operan allí abajo, unas sobre otras, comprimidas por la oscuridad, el peso y el calor. Cuando he dicho que carecía de rostro, en realidad quería decir que los tiene a miles: era tan rugosa, tan áspera, tan arrugada que en ella se podía descubrir cualquier rostro, como ocurre cuando se contempla un fuego. La sangre derramada a lo largo de toda la noche la hacía aún más irregular. En los pequeños coágulos y en los regueros de sangre me pareció distinguir un rostro: una imagen instantánea que aun así, una vez vista, no se olvida nunca. Un rostro que se puede descubrir en una masa amorfa e hinchada, inquietante, inmensamente femenina. Se parecía a Batta y a algunos de sus gestos guardados en mi memoria. Cuando éramos muy pequeñas, a veces Batta se mostraba afectuosa incluso conmigo. Yo misma he tenido que salir corriendo al jardín para librarme (y conservarme en cierto modo recién lavada y limpia) de esos abrazos suyos colosales, cálidos, firmes y flácidos a un tiempo, y de su asfixiante y envolvente insistencia.

Sí —pensé—, *hoy Ungit se parece mucho a Batta.*

—Arnom ¿quién es Ungit? —susurré.

—Yo creo, reina (y su voz sonó extraña debajo de la máscara), que representa la tierra: es el vientre y la madre de todo lo que vive.

Esa era la nueva forma de hablar acerca de los dioses que Arnom y algunos más habían aprendido del Zorro.

—Si es la madre de todo ¿qué sentido tiene llamarla la madre del dios de la Montaña? —pregunté.

—Él es el aire y el cielo, porque a las nubes las vemos salir de la tierra en forma de niebla y emanaciones.

—¿Y por qué los relatos dicen que también es su marido?

—Porque con la lluvia el cielo hace fértil la tierra.

—Si eso es todo lo que significan ¿qué motivo hay para que se escondan de un modo tan extraño?

—Para ocultarse de lo ordinario, sin duda —respondió Arnom; podría asegurar que bostezó detrás de la máscara, agotado después de la noche en vela.

No le atormenté más, pero pensé: *Es muy extraño que nuestros padres primero piensen que merece la pena contarnos que la lluvia cae del cielo y que luego, por temor a que ese secreto tan extraordinario se desvele (¿por qué no mantendrán la boca cerrada?), se envuelvan en un relato repugnante que nadie es capaz de entender.*

Los tambores seguían sonando. Empezó a dolerme la espalda. En ese momento se abrió la puertecita que había a mi derecha y entró una mujer, una campesina. Era evidente que no venía con motivo del nacimiento, sino urgida por algún asunto personal. No llevaba nada que reflejara el júbilo de aquella fiesta, ni siquiera un mínimo aderezo, y sus mejillas estaban húmedas por las lágrimas. Tenía el aspecto de quien se ha pasado toda la noche llorando y sujetaba en sus manos una paloma viva. Uno de los sacerdotes menores se apresuró a acercarse a ella, agarró su minúscula ofrenda, la abrió en canal con su cuchillo de piedra, derramó una pequeña lluvia de sangre encima de Ungit (me pareció ver salir una baba de la boca del rostro que yo distinguía en ella) y entregó el cadáver a uno de los esclavos del templo. La campesina se postró rostro en tierra a los pies de Ungit y permaneció así mucho rato, temblando de tal modo que cualquiera podría adivinar la amargura de sus lágrimas. Luego el llanto cesó. Se levantó y se quedó de rodillas y, apartándose los cabellos de la cara, lanzó un hondo suspiro. Cuando se puso en pie para marcharse, pude mirarla directamente a los ojos. Seguía muy seria; y, sin embargo, la tenía lo bastante cerca para ver que parecía que le hubieran pasado una esponja por la cara. Su pesar se había aliviado. Se mostraba serena y resignada, con fuerzas para lo que tuviera que hacer.

—¿Ungit te ha consolado, mujer? —le pregunté.

—¡Sí, reina! —contestó ella, con el rostro casi radiante—. Sí, Ungit me ha dado mucho consuelo. No hay otra diosa igual que ella.

—¿Siempre le rezas a *esa* Ungit —dije, señalando con la cabeza la piedra informe— y no a *esa* otra?

Y le indiqué con la cabeza la nueva imagen, esbelta y erguida y vestida con sus ropajes: dijera lo que dijera el Zorro, era lo más hermoso que se ha visto en nuestras tierras.

—Por supuesto, reina —dijo ella—. La otra, la Ungit griega, no podría entender mi manera de expresarme.

Solo es para los nobles y los hombres instruidos. No hay consuelo en ella.

Poco después, al mediodía, tuvimos que representar nuestra farsa y cruzar la puerta de occidente detrás de Arnom para salir a la luz del día. Ya había presenciado muchas veces lo que nos aguardaba allí: la multitud gritando: «¡Ha nacido, ha nacido!», y agitando sus carracas, y lanzando semillas de trigo al aire; todos sudorosos y estrujándose, subiéndose a las espaldas del que tenían al lado para ver a Arnom y al resto. Esa vez la sensación fue distinta. Lo que me asombraba era la alegría del pueblo. Seguían en el mismo sitio donde llevaban horas esperando, tan apretujados que apenas podían respirar, cada uno de ellos con una docena de preocupaciones y penas (¿quién no las tenía?); pero todos, hombres, mujeres e incluso los niños, miraban como si el mundo entero se hubiera recompuesto porque un hombre disfrazado de pájaro había cruzado una puerta después de asestar unos cuantos golpes con una espada de madera. Vi a dos granjeros de cuya encarnizada enemistad tenía constancia (me habían hecho perder más tiempo en mi tribunal que la mitad del resto de mi pueblo junto) aplaudiendo y gritando: «¡Ha nacido!», hermanados siquiera por un instante. Volví a casa y me metí en mi alcoba para descansar, porque ahora que soy vieja estar sentada en esa piedra plana me deja cruelmente agotada. Y me perdí en mis pensamientos.

—Levántate, muchacha —dijo una voz.

Abrí los ojos. Ahí estaba mi padre, de pie, a mi lado. En ese instante los largos años de mi reinado se encogieron, convirtiéndose en un sueño. ¿Cómo había sido capaz de creer que eran reales? ¿Cómo se me había ocurrido pensar que podía escapar del rey? Obedecí y me levanté del lecho, y me quedé de pie delante de él. Cuando hice ademán de ponerme el velo, dijo:

—Déjate de tonterías ¿me oyes?

Obedecí y no lo toqué.

Bajé las escaleras detrás de él (el palacio estaba vacío) y entramos en la Sala de las Columnas. Él miró a su alrededor y me asusté mucho, porque estaba segura de que buscaba su espejo, y yo se lo había regalado a Redival cuando se convirtió en reina de Fars. ¿Qué haría conmigo al enterarse de que le había robado su tesoro más preciado? Él, sin embargo, se acercó a una esquina de la habitación y encontró cosas tan extrañas para hallarse allí como dos picos y una palanca.

—A trabajar, duende —dijo; y me hizo agarrar uno de los picos.

Luego se dirigió al centro de la habitación y, con mi ayuda, empezó a romper el pavimento del suelo. Mi dolor de espalda convertía aquello en un trabajo muy duro para mí. Cuando hubimos levantado cuatro o cinco losas de piedra, apareció debajo un agujero oscuro, como un pozo amplio.

—Tírate —dijo el rey, tomándome de la mano.

Hice esfuerzos por soltarme, pero no lo logré y saltamos juntos. Recorrimos mucha distancia antes de posarnos suavemente en el suelo, sin hacernos daño al caer. Hacía mucho calor y costaba respirar, pero la oscuridad no me impedía ver dónde nos encontrábamos. Era otra Sala de las Columnas tan espléndida como la que habíamos dejado atrás, aunque más pequeña y construida toda ella (suelo, paredes y columnas) de tierra. Mi padre volvió a mirar en torno a él y una vez más temí que me preguntara dónde estaba su espejo. No obstante, él se acercó a una esquina de la habitación de tierra, agarró dos palas, me puso una de ellas en la mano y me dijo:

—Ponte a trabajar. ¿Pretendes quedarte holgazaneando toda tu vida en la cama?

Nos pusimos a cavar un agujero en el centro de la habitación. Esta vez el trabajo fue aún peor, porque la arcilla era dura y pegajosa, de modo que, en lugar de cavar, hubo que cortarla en cuarterones con la pala. Y el ambiente era asfixiante. Por fin, después de mucho trabajar, apareció otro agujero negro. Ahora sabía qué quería el rey que hiciera, así que intenté mantener mi mano a distancia. Pero él la agarró y me dijo:

—¿Pretendes ser más lista que yo? Tírate.

—¡No, más hondo no! ¡Apiádate de mí!

—Aquí no tienes al Zorro para ayudarte —dijo mi padre—. Estamos muy por debajo de lo que un zorro puede cavar para hacerse su madriguera. Entre la más profunda y tú hay cientos de toneladas de tierra.

Nos lanzamos al agujero y descendimos aún más, aunque volvimos a posarnos suavemente. Allí estaba más oscuro, pero vi que volvíamos a hallarnos en otra Sala de las Columnas; esta vez era de roca y el agua corría por las paredes. Se parecía a las de arriba, pero era sin duda la más pequeña. Y observé cómo se iba haciendo aún más pequeña. El techo se nos estaba viniendo encima. Intenté gritar: «¡Si no te das prisa, acabaremos enterrados!», pero me ahogaba y no me salió la voz. Entonces pensé: *A él no le importa. Le da igual quedarse enterrado, porque está muerto.*

—¿Quién es Ungit? —me preguntó, sin soltar mi mano.

Me llevó a rastras por el suelo y vi de lejos el espejo colgado en la pared, en el mismo sitio donde había estado siempre. Más aterrada aún, luché con todas mis fuerzas para no acercarme más. Pero su mano había aumentado de tamaño hasta hacerse tan blanda y asfixiante como los brazos de Batta, o como la arcilla dura que habíamos cavado, o como una masa inmensa. Me vi, más que arrastrada, succionada hacia el espejo, donde vi reflejado a mi padre, con la misma mirada de aquel día lejano en que me arrastró hasta él.

Mi rostro, sin embargo, era el rostro de Ungit que yo había creído distinguir ese mismo día.

—¿Quién es Ungit? —preguntó el rey.

—Yo.

Mi voz brotó de mí como un gemido y me descubrí en mi alcoba, a la luz del día y envuelta en su frescor. Así que aquello solo había sido lo que llamamos un sueño. No obstante, he de advertir que, a partir de entonces, me han inundado tantas visiones que no soy capaz de distinguir el sueño de la vigilia, ni de decir cuál de los dos es real. En cualquier caso, aquella imagen no admitía réplica. Era real. Yo era Ungit. Aquella cara espantosa era la mía. Era esa cosa parecida a Batta, esa especie de matriz que lo devoraba todo, pero estéril. Gloma era una telaraña y yo una araña hinchada y rolliza, ahíta de las vidas robadas a los hombres.

—No seré Ungit —dije.

Me levanté tiritando, como aquejada de fiebre, y eché el cerrojo a la puerta. Luego descolgué mi vieja espada, la misma que Bardia me había enseñado a usar, y la desenvainé. Parecía tan satisfecha (de hecho, era la espada más precisa, más perfecta, más dichosa) que los ojos se me llenaron de lágrimas.

—Has vivido una vida plena, espada —dije—. Mataste a Argan. Salvaste a Bardia. Y ahora culminarás tu mayor hazaña.

Pero era una locura. La espada pesaba demasiado para mí. Mi agarre (imagina una mano surcada de venas y agarrotada, unos nudillos reducidos a piel) era el de una niña. Nunca podría dar en el blanco y había combatido en demasiadas guerras para no saber lo débil que sería el golpe. No era un buen recurso para dejar de ser Ungit. Yo, esa cosa helada, pequeña e indefensa, me senté en mi lecho y reflexioné.

Lo vean o no los dioses, en el alma mortal tiene que haber algo grande. Porque el dolor parece infinito, y nuestra capacidad de soportarlo, ilimitada.

De todo lo que vino después no soy capaz de decir si fue lo que los hombres llaman realidad o lo que llaman sueño. Por lo que yo sé, la única diferencia es que a lo que ven muchos se le llama real, y a lo que solo ve uno se le llama sueño. Pero puede ser que lo que ven muchos sea insípido e insignificante, y lo que solo se le muestra a uno sea un brote o un surtidor de verdad que nace de una verdad aún más profunda.

Y el día acabó pasando. Todos los días pasan, cosa que supone un inmenso consuelo; aunque quizá exista una espantosa región en el país de los muertos donde los días no pasan nunca. La casa estaba sumida en el sueño cuando me envolví en un manto oscuro y agarré un bastón en el que apoyarme: creo que la debilidad física que ahora me consume debió de empezar en ese momento. Entonces algo se me vino a la cabeza. El velo había dejado de ser un medio para pasar desapercibida. En realidad, me delataba: todos conocían a la reina velada. Ahora mi disfraz sería no llevarlo: apenas quedaba alguien que me hubiera visto sin él. Por primera vez en muchos años, salí a cara descubierta, mostrando ese rostro cuya visión, como tantos decían sin saber hasta qué punto era cierto, provocaba pavor. Ni siquiera salir en cueros me habría avergonzado tanto. Pensaba que me verían tan parecida a Ungit como me había visto yo bajo tierra, delante del espejo. ¿Parecida a Ungit? No. Yo *era* Ungit: yo en ella y ella en mí. Si alguien me veía, quizá me rindiera culto. Me había convertido en lo que la gente y el anciano sacerdote llaman sagrado.

Salí al huerto, como tantas veces, por la puertecita que da al este. Y desde allí, con un cansancio infinito, me puse en camino hacia la ciudad dormida. Pensé que su sueño no sería tan profundo si supieran qué cosa tan siniestra y renqueante pasaba junto a sus ventanas. Oí llorar a un niño: tal vez soñaba conmigo.

«Si la Sombra de la Bestia empieza a bajar a la ciudad, cundirá el pánico entre la gente». Si yo era Ungit, era también la Sombra de la Bestia. Porque los dioses obran entrando y saliendo unos de otros, igual que en nosotros.

Desfallecida de cansancio, bajé al río después de cruzar toda la ciudad: ese río que yo misma había mandado hacer más profundo. En el viejo Shennit, tal y como era antes de las obras, no se habría ahogado ni una vieja, salvo en caso de inundación.

Tuve que caminar un poco junto a la orilla hasta dar con una zona más alta desde donde poder lanzarme: no me veía con coraje suficiente para caminar dentro del agua y sentir la muerte primero hasta las rodillas, luego hasta el vientre y por fin hasta el cuello, y aun así seguir avanzando. Al llegar allí, me quité el cinturón y me até los tobillos con él para impedir que, pese a mis muchos años, pudiera salvar la vida o alargar mi muerte nadando. Luego me erguí, jadeando por el esfuerzo, y me quedé allí, con los pies atados como un preso.

Avancé dando saltitos (¡qué mezcla de compasión y regocijo me habría causado verme!) para acercarme un poco más al borde.

Oí una voz que venía de más allá del río:

—No lo hagas.

Estaba helada de frío, pero en ese momento noté una ola abrasadora que recorrió todo mi cuerpo hasta alcanzar mis pies desnudos. Era la voz de un dios.

¿Quién podría reconocerla mejor que yo? La voz de un dios había hecho pedazos toda mi vida. Los dioses son inconfundibles. Puede que las artimañas de los sacerdotes hayan logrado que algunas veces los hombres confundan la voz de un mortal con la de un dios. Pero nunca al revés. Nadie que escuche la voz de un dios pensará que pertenece a un mortal.

—¿Quién eres, señor? —pregunté.

—No lo hagas —repitió el dios—. En los infiernos no puedes escapar de Ungit, porque ella también está allí. Muere antes de morir. Luego no habrá otra oportunidad.

—Señor, yo soy Ungit.

Pero no hubo respuesta. Esa es otra de las características de la voz de los dioses: una vez que ha callado, aunque el corazón solo haya palpitado una vez y la vívida solidez de sus sílabas, los pesados lingotes y los imponentes obeliscos del sonido, continúen siendo los dueños de tus oídos, parece llevar mil años guardando silencio, y esperar más palabras de él es como pedirle una manzana a un árbol el mismo día de la creación.

En todos esos años la voz del dios no había cambiado, pero yo sí. Mi rebeldía se había agotado. Me habían prohibido morir ahogada y no podía hacerlo.

Volví a casa casi a rastras, rompiendo de nuevo la calma de la ciudad con mi siniestro aspecto de bruja y el golpeteo de mi bastón. Cuando mis mujeres vinieron a despertarme, tuve la impresión de que acababa de apoyar la cabeza en la almohada: no sé si porque había soñado aquel viaje, o porque el cansancio (no sería de extrañar) me había sumido en un sueño profundo.

TRES

Los dioses dejaron pasar algunos días para que pudiera rumiar el extraño alimento que había recibido de ellos. Yo era Ungit. ¿Qué quería decir eso? ¿Fluían los dioses de hombre en hombre igual que fluyen entre ellos, saliendo de uno y entrando en otro? Me repetía: no me dejarán morir mientras no haya muerto. Conocía ciertas iniciaciones de Eleusis, en las lejanas tierras griegas, en las que se contaba que un hombre moría y recobraba la vida antes de que el alma abandonase el cuerpo. Entonces recordé que, en el diálogo que mantuvo con sus amigos antes de beber la cicuta, Sócrates dijo que la verdadera sabiduría es el arte y el entrenamiento para la muerte. Creo que Sócrates sabía más de estos temas que el Zorro, porque en el mismo libro decía que el alma «se ve arrastrada por el temor que siente hacia el mundo invisible»; y yo me preguntaba si Sócrates no habría experimentado el mismo terror que yo en el valle de Psique. Pienso que para él la muerte, entendida como sabiduría, significaba la muerte de nuestras pasiones y deseos y de nuestras vanas opiniones. Inmediatamente (es terrible ser un necio) creí ver un camino despejado y no imposible. Decir que yo era Ungit significaba que mi alma era tan fea como la suya, ávida y atiborrada de sangre. Pero, si practicaba la filosofía, mi alma se volvería justa. Eso es lo que haría con la ayuda de los dioses. Y empezaría en ese instante. La ayuda de los dioses... Sí, pero ¿contaría con ella?

En cualquier caso, debía empezar, y tenía la impresión de que no me ayudarían. Cada mañana me propondría firmemente que mis pensamientos y mis obras fueran justos, sosegados y sabios; pero ni siquiera habrían acabado de vestirme cuando descubriría que habían regresado (sin saber en qué momento) mi ira, mi rencor, mis insistentes fantasías o mi hosca amargura de siempre. No sería capaz de dominarme ni media hora. En mi mente se filtró el horrible recuerdo de aquellos días en que intentaba reparar la fealdad de mi cuerpo cambiando el modo de peinarme o los colores que vestía. Sentía un miedo cerval a empezar a hacer lo mismo. No era capaz de reparar mi alma, como no lo había sido de reparar mi cuerpo. A menos que los dioses me ayudaran. ¿Y por qué no me ayudaban?

¡*Babai*! Ante mí se alzó una idea tan difícil de escalar como un precipicio, pero muy probablemente cierta. Ningún hombre te ama, aunque des la vida por él, si tu rostro no es hermoso. Por eso (¿sería así?), por mucho que intentes agradarles, por muchos que sean tus sufrimientos, los dioses no te amarán mientras tu alma no posea esa belleza. En cualquiera de las dos carreras por alcanzar la meta del amor, bien el amor de un hombre, bien el de los dioses, los ganadores y los perdedores están marcados desde su nacimiento. Venimos al mundo llevando con nosotros las dos clases de belleza y, con ella, nuestro destino. Toda mujer poco agraciada conoce la amargura que esto supone. Todos hemos soñado con alguna otra tierra, algún otro mundo, algún otro modo de conceder los premios que nos hagan vencedores; prescindir de nuestros miembros suaves y redondeados, y de los rostros rosados y marmóreos, y del cabello bruñido en oro; ver acabados sus días y el inicio de los nuestros. Pero ¿y si no es así? ¿Y si hemos sido creados para ser residuos y basura en cualquier parte y de cualquier modo?

En aquellos días se me presentó (si se puede considerar así) otro sueño. Pero no parecía un sueño, porque entré en mi alcoba una hora después del mediodía (ninguna de mis mujeres se hallaba allí) y, sin llegar a tumbarme, sin sentarme siquiera, penetré en aquella visión nada más abrir la puerta. Me encontré de pie, a la orilla de un gran río de aguas claras. En la otra orilla había un rebaño que me pareció de ovejas. Al mirarlo más detenidamente, vi que se trataba de carneros del tamaño de caballos, con cuernos imponentes y una lana dorada tan brillante que no podía mirarlos de seguido. (Sobre ellos el cielo era azul oscuro y la hierba de un verde tan luminoso como una esmeralda; debajo de cada árbol veía el pozo de una sombra oscura de nítidos bordes. El aire del campo era tan dulce como una música).

Esos son los carneros de los dioses, pensé. *Si consigo robar un solo vellón dorado de su costado, poseeré la belleza. Los rizos de Redival no eran nada al lado de esa lana.* Y en mi visión lograba lo que no había sido capaz de hacer en el Shennit. Me internaba en las frías aguas del río primero hasta las rodillas, luego hasta la cintura, luego hasta el cuello, hasta no tocar el fondo y echar a nadar y volver a hacer pie; y salía del río para entrar en los pastos de los dioses.

Caminaba por la hierba sagrada con corazón alegre y bien dispuesto cuando los carneros dorados corrieron hacía mí, cada vez más juntos cuanto más se acercaban, hasta formar una muralla compacta de oro dotada de vida. Con una violencia terrible, sus curvos cuernos me golpeaban y me arrojaban al suelo, y sus pezuñas me pisoteaban. No los movía la ira. Se precipitaban hacia mí felices, quizá sin verme: seguramente no significaba nada para ellos. Comprendí con certeza que me embestían y me pisaban llevados por el gozo. La naturaleza divina nos hiere y quizá nos destruye solamente por ser lo que es. Nosotros lo llamamos la ira de los dioses; como si la inmensa cascada de Fars se enfadara con cada mosca que roza su verdosa tromba de agua.

Pero no me mataron. Cuando se alejaron, vivía y sabía quién era, y era capaz de sostenerme en pie. Entonces vi que en aquel campo había otra mujer mortal. No parecía verme. Caminaba lentamente, con cuidado, junto al seto que bordeaba la pradera, examinándola como si recolectara algo, recogiendo algo de él. Vi lo que era: motitas de oro enganchadas en las espinas. ¡Claro! Al pasar corriendo junto a él, los carneros habían dejado algo de su lana dorada. Y ella iba reuniendo, puñado a puñado, una rica cosecha. Obtenía placenteramente lo que yo había pretendido en vano al acercarme a las felices y terribles bestias. Se ganaba sin esfuerzo lo que cualquier esfuerzo mío jamás me habría ganado a mí.

Perdí la esperanza de dejar de ser Ungit. Aunque afuera fuese primavera, mi invierno interior, un invierno que parecía no acabar nunca, encadenaba mis fuerzas. Era como si ya estuviera muerta, pero sin pasar por esa muerte a la que me invitaban Sócrates o el dios. No obstante, no abandoné mis tareas, y hacía y decía todo lo que se requería de mí, sin que nadie se percatara de que pasaba algo. Las sentencias que en aquellos días seguí dictando desde mi estrado se consideraban más sabias y justas que nunca; era una tarea a la que había dedicado muchos esfuerzos y sabía que la desempeñaba bien. Pero los presos, los demandantes, los testigos y demás me parecían simples sombras en lugar de hombres de verdad. Aunque no dejara de poner empeño en juzgar rectamente, no me importaba nada quién tenía derecho a una porción de terreno ni quién había robado los quesos.

Solo me quedaba un consuelo. Quizá hubiera devorado a Bardia, pero al menos a Psique la amé de verdad. En eso, si no en otras cosas, yo tenía razón y los dioses no. Igual que un preso en su mazmorra o un hombre enfermo sacan provecho a la pizca más pequeña de placer que experimentan, así aprovechaba yo ese consuelo. Y un día, cansada de una dura jornada de trabajo, en cuanto dispuse de un rato tomé este libro y salí al jardín para hallar consuelo y colmarme de él leyendo cómo había cuidado de Psique, lo que le había enseñado y mi intento de salvarla, y lo que había sufrido por su bien.

Lo que vino a continuación no fue un sueño, sino claramente una visión. Porque se presentó antes de sentarme o de desenrollar el libro. Penetré en la visión con los ojos del cuerpo abiertos de par en par.

Caminaba sobre arenas abrasadoras llevando un cuenco vacío. Sabía muy bien lo que tenía que hacer. Debía encontrar el manantial que brota del río que fluye en los infiernos, llenarlo con el agua de la muerte, regresar con él sin derramar una gota y entregárselo a Ungit. Porque en esa visión yo no era Ungit; era su esclava o su prisionera, y si cumplía las tareas que me había impuesto me dejaría libre. Por eso caminaba en medio de esa arena árida que me cubría los tobillos, blanca de arena hasta la cintura, la arena secando mi garganta: era un mediodía implacable y el sol estaba tan alto que mi sombra no existía. Tenía ansias del agua de la muerte: por amarga que fuera, seguramente estaría fresca, pues procedía de un país sin sol. Caminé durante cien años. Por fin terminó el desierto a los pies de elevadas montañas, cuyos riscos, cimas y acantilados nadie sería capaz de escalar. Las rocas se desprendían y caían desde lo alto; solo se oía el ruido y el estruendo que hacían al rebotar de saliente en saliente y el golpe seco al caer en la arena. Contemplé los restos de roca; al principio me parecieron huecos y pensé que lo que se movía sobre ellos eran las sombras de las nubes. Pero no eran nubes. Y entonces lo vi. Las montañas estaban vivas: sobre ellas corrían, culebreando incansablemente, miles de serpientes y escorpiones. Aquel lugar era una inmensa cámara de tortura en la que todos los instrumentos poseían vida. Y supe que el manantial que buscaba nacía en el corazón de aquellas montañas.

—Nunca lograré subir —dije.

Me senté en la arena y, alzando los ojos, me quedé mirándolas hasta que sentí como si los huesos me quemaran la carne. Luego apareció por fin una sombra. ¡Dioses misericordiosos! ¿Sería una nube? Miré al cielo y el sol, que seguía instalado justo encima de mi cabeza, casi me cegó. Al parecer, había entrado en el país donde nunca pasan los días. Aunque aquella luz despiadada atravesaba mis ojos y parecía perforarme el cerebro, logré ver algo negro dibujado contra el cielo, pero mucho más pequeño que una nube. Sus movimientos en círculo me indicaron que se trataba de un pájaro, que se giró y empezó a bajar, y entonces quedó claro que era un águila, un águila de los dioses, mucho más grande que las que habitan las tierras altas de Fars. Se posó en la arena y se quedó mirándome. Su cara me recordaba un poco a la del anciano sacerdote, pero no era él, sino una criatura divina.

—¿Quién eres, mujer? —preguntó.

—Soy Orual, reina de Gloma —respondí.

—Entonces no eres la persona a quien me han enviado a ayudar. ¿Qué es ese rollo que llevas en las manos?

En ese momento descubrí consternada que lo que había sujetado todo ese tiempo no era un cuenco, sino un libro. Aquello lo echaba todo a perder.

—Es mi denuncia contra los dioses —dije.

El águila batió las alas, levantó la cabeza y gritó con voz grave:

—¡Por fin ha llegado! Aquí está la mujer que trae una denuncia contra los dioses.

De la faz de la montaña surgió el fragor de cientos de ecos. «Aquí está la mujer... una denuncia contra los dioses... denuncia contra los dioses».

—Ven —dijo el águila.

—¿Adónde? —pregunté.

—Al tribunal. Van a oír tu causa. Y volvió a gritar:

—¡Ya ha venido, ha venido!

De cada grieta y de cada agujero de las montañas surgieron unas cosas oscuras que parecían hombres y, sin darme ocasión de huir, me vi rodeada de una multitud de ellos. Me agarraron y fueron pasándome deprisa de uno a otro, y todos gritaban a la faz de lo montaña: «¡Ya ha llegado! Aquí está la mujer». Y unas voces que parecían salir de dentro de la montaña respondían: «¡Tráiganla acá! Tráiganla ante el tribunal. Se va a oír su causa». A rastras, a empujones y a veces en volandas, fueron subiéndome de roca en roca hasta que se abrió ante mí un inmenso agujero negro.

—¡Que entre! ¡El tribunal espera! —dijeron las voces. Noté un súbito golpe de frío al pasar en un instante de la luz abrasadora del sol al oscuro interior de la montaña, siempre más adentro, siempre con prisa, siempre pasando de mano en mano y siempre acompañada del estruendo de sus gritos: «¡Que entre! ¡El tribunal espera! ¡Al juez, al juez!». Después las voces cambiaron y se hicieron más quedas; y luego: «Suéltenla. Que se quede de pie. Silencio en la sala. Silencio para oír su causa».

Por fin me vi libre de aquellas manos, sola (pensaba yo) en medio de un silencio oscuro. Entonces se encendió como una luz grisácea. Me encontraba de pie en un estrado o pilar de roca, en una cueva tan grande que no alcanzaba a ver sus extremos ni su techo. Alrededor de mí, debajo de mí, al borde de la piedra en la que me habían colocado se movía una inquieta marea oscura. Bajo esa media luz mis ojos pronto se hicieron más capaces de ver las cosas. La oscuridad tenía vida. Era una gran asamblea con la vista clavada en mí, que me hallaba en una posición más elevada, por encima de sus cabezas.

Ni en la paz ni en la guerra he visto jamás una concurrencia tan numerosa. Decenas de millares, todos callados, todos los rostros dirigidos hacia mí. Entre ellos distinguí a Batta, a mi padre el rey, al Zorro y a Argan. Todos eran espectros. Era tan insensata que nunca se me había ocurrido pensar por cuántos se contaban los muertos. Los rostros, unos encima de otros debido a la disposición del espacio, se amontonaban hacia arriba y se veían borrosos en la oscuridad grisácea, hasta tal punto que la sola idea de contarlos no de uno en uno (lo cual hubiera sido una locura), sino simplemente por filas, significaba un tormento. Aquel lugar infinito estaba todo lo abarrotado que su capacidad le permitía. El tribunal se hallaba reunido.

A lo lejos, a la misma altura que yo, estaba sentado el juez: no sé decir si era hombre o mujer. Llevaba el rostro velado. Iba vestido de negro desde la coronilla hasta los pies.

—Descúbranla —dijo el juez.

Unas manos que aparecieron por detrás de mí me quitaron el velo y fueron despojándome de mis harapos. La vieja arpía con el rostro de Ungit quedó desnuda ante miles de miradas. Sin tan siquiera un hilo que me cubriera, sin un cuenco en las manos que llenar con el agua de la muerte: solo mi libro.

—Lee tu denuncia —dijo el juez.

Miré el rollo que sujetaba en la mano y en ese momento me di cuenta de que no era el libro que yo había escrito. Imposible: era mucho más pequeño. Y demasiado viejo: un objeto manoseado, arrugado, muy distinto del libro en el que estuve trabajando días enteros mientras Bardia se moría. Pensé en arrojarlo al suelo y pisotearlo. Les diría que alguien había robado mi denuncia y deslizado aquello en mis manos. Y, sin embargo, había empezado a desenrollarlo. Estaba escrito de principio a fin, pero no con mi letra. Eran viles garabatos: trazos menudos pero rabiosos, como los gruñidos de la voz de mi padre, como los rostros deshechos que se pueden distinguir en la piedra de Ungit. Me invadieron una aversión y un terror inmensos. Me dije: «Hagan lo que hagan conmigo, jamás lo leeré». Pero ya me estaba escuchando leerlo. Y lo que leí fue esto:

—Sé lo que dirán. Dirán que los dioses reales no son como Ungit; que me mostraron un dios real y la morada de un dios real, y que debería haberlo reconocido. ¡Hipócritas! Ahora ya lo sé. ¡Como si eso pudiera curar mis heridas! Podría haberlo tolerado si fueran como Ungit o como la sombra de la Bestia. Bien saben que solo empecé a odiarlos cuando Psique habló de su palacio, de su amado y de su marido. ¿Por qué me mintieron? Dijeron que la devoraría una bestia. ¿Por qué no lo hizo? La habría llorado, enterrado sus restos y construido una tumba y... Pero ¡robarme su amor! ¿Es posible que no lo entiendan? ¿Creen que ustedes, los dioses, nos parecerán más tolerables a los mortales si son más hermosos? Pues, si lo creen así, yo les digo que nos parecen mil veces peores. Porque entonces (y sé muy bien cómo actúa la belleza) lanzarán el anzuelo y nos atraerán. No nos dejarán nada: nada con lo que merezca la pena que nos quedemos o que ustedes nos quiten. Aquellos a quienes más amamos, los que más merecen nuestro amor: a esos elegirán. Eso es lo que he visto época tras época, y lo he visto ir de mal en peor cuanta más belleza revelan ustedes: arrastrados por esa llamada insistente e interminable de los dioses, el hijo da la espalda a su madre y la novia al novio. Arrastrados hasta donde no podemos seguirles. Sería preferible que fueran repugnantes y voraces. Preferiríamos que se bebieran su sangre antes que robar sus corazones. Preferiríamos tenerlos muertos junto a nosotros antes que hechos inmortales. Pero robarme el amor de Psique, hacerle ver cosas que yo no he sido capaz de ver... Sí, dirán ustedes (como han estado susurrándome durante cuarenta años) que contaba con señales suficientes de que su palacio era real, que podría haber sabido la verdad si hubiese querido. ¿Cómo iba a querer saberla? Díganmelo. La niña era mía. ¿Qué derecho tenían a robármela para llevársela a sus pavorosas cimas? Dirán que tenía envidia. ¿Yo envidia de Psique? No mientras fue mía. Si ustedes hubieran obrado al revés, si me hubieran abierto los ojos a mí, podrían haber comprobado enseguida que la enseñaba, le hablaba, la instruía hasta ponerla a mi altura. Pero ¿quién podría soportar escuchar cómo una muchacha, apenas una niña en cuya cabeza no había (o no debería haber habido) ninguna idea que no hubiera puesto yo, se tiene por vidente, por profeta y luego casi por diosa? Por eso les digo que da igual que sean justos o infames; digo que el que haya dioses es nuestra desgracia y el peor mal que puede existir. No hay sitio para ustedes y nosotros en el mismo mundo. Son un árbol cuya sombra nos impide crecer. Queremos ser dueños de nosotros mismos. Yo era mi propia dueña y dueña de Psique, y nadie más tenía derecho sobre ella.

Sí, dirán que se la llevaron ustedes para darle una felicidad y una alegría que nunca había recibido de mí, y que yo debería alegrarme del bien que eso suponía para ella. ¿Por qué? ¿Qué me importa a mí esa horrible y nueva felicidad que yo nunca le había dado y que la separaba de mí? ¿Creen que a mí me habría gustado verla feliz de ese modo? Hubiera preferido contemplar a la Bestia haciéndola pedazos ante mis ojos. Ustedes dicen que la robaron para hacerla feliz ¿verdad? Pues bien, no existe carantoña, sonrisa o gato solitario que engatusen a la mujer de otro hombre, a un esclavo o a un perro que no puedan decir lo mismo. Y ya que hablamos de perros: habría sido de agradecer que me hubieran permitido alimentar al mío; no necesitaba las delicias de su mesa. ¿Alguna vez han recordado a quién pertenece esa niña? Era mía. *Mía.* ¿Saben lo que significa esa palabra? ¡Mía! Ustedes son unos ladrones, unos embaucadores. Ese ha sido mi error. Ya no me quejaré de que beban sangre y se coman a los hombres. Ya...

—Basta —dijo el juez.

En torno a mí reinaba un profundo silencio. Y, por primera vez, comprendí lo que había estado haciendo. Mientras leía, no dejó de parecerme extraño que la lectura durara tanto, porque el libro era pequeño. Entonces me di cuenta de que había estado leyéndolo una y otra vez: quizá una docena de veces. Si el juez no me hubiera callado, podría haber seguido leyendo toda la vida, a toda velocidad, volviendo a empezar desde la primera palabra casi antes de que la última saliera de mi boca. Y la voz con que leía sonaba extraña a mis oídos. Tenía la certeza de que esa era, por fin, mi verdadera voz.

El silencio que mantenía la oscura asamblea duró tanto que podría haber vuelto a leer el libro de principio a fin. Por fin se oyó la voz del juez:

—¿Te han contestado?

—Sí —dije.

CUATRO

LA DENUNCIA ERA su contestación. Me contestaban haciéndome escucharme a mí misma exponer mi denuncia. Cuando los hombres afirman que están diciendo lo que quieren decir, lo hacen con ligereza. En sus clases de griego el Zorro solía repetirme con frecuencia: «Decir lo que realmente quieres decir, decirlo todo, ni más ni menos, y no decir otra cosa distinta de lo que quieres decir: en eso consiste el arte y el placer de las palabras, pequeña». Simples palabras vacías. Llegado el momento en que por fin te ves obligado a pronunciar el discurso que lleva años reposando en el centro de tu alma, y que no has parado de repetirte una y otra vez como un necio, no hay placer de las palabras que valga. Entendí por qué los dioses no nos hablan abiertamente ni nos dejan contestar. Mientras esa palabra pueda ser desenterrada de nuestro interior ¿para qué van a escuchar lo que creemos querer decir con nuestros balbuceos? ¿Cómo van a encontrarse con nosotros cara a cara mientras no tengamos rostro?

—Déjenme a mí a la muchacha —dijo una voz muy conocida—. Le voy a dar una lección.

Era el espectro del que había sido mi padre.

De debajo de mí surgió otra voz: la del Zorro. Pensé que también él iba a presentar alguna prueba terrible contra mí. Pero lo que dijo fue esto:

—¡Oh, Minos, o Radamanto, o Perséfone, o como quiera que te llames! De mucho de todo esto tengo yo la culpa y merezco castigo. Yo le enseñé, como se le enseña a un loro, a decir: «Mentiras de poetas» y «Ungit es una imagen falsa». Le hice creer que con eso la cuestión quedaba zanjada. Nunca le dije: una imagen demasiado fiel del demonio interior. Y el otro rostro de Ungit (los tiene a miles)... algo de vida hay en él. Y en los dioses reales aún más vida. Ni ellos ni Ungit son meros pensamientos o palabras. Nunca le dije por qué el sacerdote recibía de la morada oscura algo que nadie ha recibido de mis refinadas máximas. Nunca me preguntó (y a mí me complacía que no lo hiciera) por qué la gente recibía de la piedra amorfa lo que nadie recibió nunca de la muñeca pintada de Arnom. Naturalmente, yo no lo sabía, pero nunca le dije que no lo sabía. Solo sé que el camino hacia los verdaderos dioses se parece más a la morada de Ungit... y no se parece al mismo tiempo: menos de lo que imaginamos; pero ese es el conocimiento básico, la primera lección: solo un tonto se quedaría ahí, dándose tono y repitiéndolo. El sacerdote al menos sabía que tienen que existir los sacrificios. Los dioses quieren sacrificios, quieren al hombre: y quieren del hombre su corazón, su núcleo, su fundamento, sus raíces; eso oscuro, fuerte y tan valioso como la sangre. Si el Tártaro es capaz de sanar la falta de sinceridad, envíame, Minos, al Tártaro. Le hice creer que basta con cotorrear unas máximas claras y transparentes como el agua. Porque, por supuesto, el agua es buena y no cuesta mucho, por lo menos donde yo me crie. Por eso la alimenté con palabras.

Quise gritar que eso era mentira, que él no me había alimentado con palabras, sino con amor; que me había dado, si no a los dioses, todo lo que posee más valor. Pero no tuve tiempo. Al parecer, el juicio había concluido.

—¡Orden! —dijo el juez—. La mujer es una demandante, no una prisionera. Son los dioses los que han sido acusados. Y le han contestado. Si ellos a su vez la acusan a ella, el caso deben verlo un juez y un tribunal superior. Déjenla ir.

¿Y adónde iba a ir yo, allí de pie, encima de esa columna de roca? Miré hacia todos lados. Y entonces, para poner fin a todo aquello, me arrojé al negro mar de espectros. No obstante, antes de llegar a tocar el suelo de la caverna alguien avanzó corriendo y me tomó entre sus fuertes brazos. Era el Zorro.

—¡Abuelo! —grité—. ¡Eres real y estás caliente! Homero decía que a los muertos no se les puede abrazar... Solo son sombras.

—Pequeña, querida mía —dijo el Zorro, besando mis ojos y mi cabeza, como había hecho siempre—. Una de las cosas que te dije sí es verdad: los poetas suelen equivocarse. Pero en cuanto a todo lo demás... ¿me perdonas?

—¿Perdonarte yo, abuelo? No, no, déjame hablar. Yo sabía que todas las razones que me diste para quedarte en Gloma después de recobrar la libertad solo servían para disfrazar tu amor. Sabía que te quedabas únicamente por piedad y amor hacia mí. Sabía que hubieras dado cualquier cosa por tus tierras griegas. Debería haberte enviado allí. Me bebí todo lo que me dabas como un animal sediento. Ansit tenía razón, abuelo. He exprimido las vidas de los hombres. Es cierto ¿verdad?

—Sí, pequeña. Y casi debería alegrarme: así también yo tengo algo que perdonar. Pero yo no soy tu juez. Ahora hemos de acudir a tus verdaderos jueces. Yo te llevaré.

—¿Mis jueces?

—Sí, pequeña. Tú has acusado a los dioses. Ahora les toca a ellos.

—No tengo esperanzas de obtener clemencia.

—Deberías tener infinitas esperanzas... y temores: las dos cosas. Ten por seguro que, sea lo que sea lo que recibas, no será justicia.

—¿No son justos los dioses?

—¡No, pequeña! ¿Qué sería de nosotros si lo fueran? Ven conmigo y verás.

Mientras me conducía hacia algún sitio que yo ignoraba cuál era, la luz fue cobrando más intensidad: una luz verdosa, estival, que al final resultó ser la luz del sol filtrándose por las hojas de una parra. Llegamos a una sala abierta: tres de sus lados eran paredes y el cuarto estaba formado únicamente por columnas y arcos, cubiertos por una parra que crecía fuera. Por detrás, entre las esbeltas columnas y las hojas, vi un terreno de hierba cortada y el brillo del agua.

—Tenemos que esperar hasta que vengan a buscarte —dijo el Zorro—. Pero aquí hay un montón de cosas dignas de estudio.

Vi que todas las paredes estaban decoradas con pinturas que recogían algún relato. En Gloma no teníamos buenos pintores, así que no vale de mucho decir que me parecieron maravillosas. Pero creo que a cualquier mortal se lo habrían parecido.

—Empiezan aquí —me dijo el Zorro, tomándome de la mano y llevándome ante una de las paredes.

Por un instante temí que me fuera a colocar delante de un espejo, igual que había hecho mi padre en dos ocasiones. Pero aún no me había acercado a la pintura lo suficiente para entenderla cuando solo la belleza de los colores eliminó esa idea de mi cabeza.

Ahora que estábamos delante podía ver la historia que narraba. Vi a una mujer acercándose a la orilla de un río; es decir, la postura en que la habían pintado indicaba que se trataba de alguien caminando. Pero eso fue al principio. En ese mismo instante todo cobró vida: las ondas que hacía el agua se movían, y los juncos se mezclaban con el agua, y la hierba se mezclaba con la brisa, y la mujer seguía avanzando hasta llegar al borde del río. Se quedó allí de pie y luego se encorvó y se puso a maniobrar (al principio no fui capaz de decir de qué se trataba) junto a sus pies. Se estaba atando los tobillos con el cinturón. La miré más detenidamente. No era yo. Era Psique.

Soy demasiado vieja y no tengo tiempo para empezar a describir una vez más su belleza. Pero nada, ni siquiera las palabras de que dispongo, hubieran servido para decir lo hermosa que era. Fue como si hasta entonces no la hubiera visto nunca. Tal vez lo había olvidado... No: nunca, ni un solo día, ni una sola noche, habría podido olvidar su belleza, ni siquiera el tiempo que dura un latido del corazón. Pero esa idea fue solo un destello, engullido al instante por el terror que me inspiraba lo que había ido a hacer a ese río.

—¡No, no lo hagas! —grité sin pensar, como si ella pudiera oírme.

Aun así, Psique se detuvo, se desató los tobillos y se marchó. El Zorro me llevó hasta la siguiente pintura. Y también esta cobró vida: forcé la mirada y divisé un lugar oscuro, una cueva o una mazmorra, y pude ver que lo que se movía allí dentro era Psique: una Psique harapienta y con grilletes que iba repartiendo semillas en sus respectivos montones. Pero lo más extraño era que su rostro no revelaba la angustia que cabía esperar. Estaba seria, con el ceño fruncido, como tantas veces la había visto cuando era niña y le costaba la lección (y esa mirada, como todas las suyas, la embellecía). Pero pensé que no reflejaba desesperación. Y comprendí por qué: la estaban ayudando las hormigas, que cubrían el suelo de negro.

—Abuelo... —dije.

—Calla —dijo el Zorro, posando su dedo gordo y arrugado en mis labios (¡sentir de nuevo ese dedo, después de tantos años!).

Y me pasó a la siguiente.

Estábamos en los pastos de los dioses. Vi a Psique arrastrándose con el sigilo de un gato junto al seto; luego se puso de pie con un dedo en los labios, preguntándose cómo podría conseguir un vellón de lana dorada. Esta vez su rostro me causó un asombro aún mayor. Porque, aunque parecía desconcertada, su desconcierto era el propio de un juego: el mismo que provocó en nosotras el juego de cuentas que usaba Pubi.

Un desconcierto que parecía hacerla reír interiormente. (Y eso también lo había observado antes en ella, cuando de niña cometía un error al hacer sus tareas: nunca se impacientaba consigo misma, no más que con su maestro). Pero su desconcierto no duró mucho, porque los carneros percibieron el olor de una intrusa, dieron la espalda a Psique, alzaron sus imponentes cabezas y luego las bajaron preparándose para el combate; y cargaron a la carrera hacia el otro extremo de la pradera, juntándose entre ellos cada vez más a medida que se iban acercando a su enemiga, que acabó derribada por una ola, una muralla dorada y compacta. Entonces Psique se echó a reír y a aplaudir y recogió del seto sin ninguna dificultad su brillante cosecha.

En la siguiente pintura estábamos Psique y yo, pero yo solo era una sombra. Avanzábamos penosamente sobre una arena abrasadora, ella con un cuenco vacío y yo con el libro envenenado. Psique no me veía. Y, aunque su rostro estaba pálido por el calor y sus labios agrietados por la sed, no inspiraba más compasión que cuando yo solía verla regresar en verano, pálida por el calor y la sed, de un día de paseo con el Zorro y conmigo por las viejas colinas. Estaba contenta y animada. Por el movimiento de sus labios creí adivinar que iba cantando. Cuando llegó al pie de los precipicios, yo desaparecí. Entonces el águila se acercó a ella y agarró su cuenco, y se lo devolvió lleno hasta los bordes de agua de la muerte.

Ya habíamos visto dos de las tres paredes: nos faltaba la última.

—¿Has entendido, pequeña? —preguntó el Zorro.

—¿Pero esas pinturas son verdad?

—Aquí todo es verdad.

—Pero ¿cómo es posible...? ¿De verdad hizo todo eso y fue a esos sitios y no...? Abuelo, ha salido ilesa de todo. Casi parecía feliz.

—Otro cargó con casi toda su angustia.

—¿Yo? ¿Es posible que haya sido yo?

—Esa era una de las cosas que solía deciros que son ciertas. ¿No te acuerdas? Todos somos miembros o partes de un Todo y, por lo tanto, los unos de los otros. Los hombres y los dioses fluyen de unos a otros y se mezclan.

—¡Gracias sean dadas a los dioses, benditos sean! Entonces ¿fui yo...

—... quien cargó con su angustia? Sí. Pero fue ella quien cumplió las tareas. ¿Hubieras preferido la justicia?

—¿Te burlas de mí, abuelo? ¿Justicia? He sido reina y sé que hay que escuchar las demandas de justicia del pueblo. Pero no la mía. El murmullo de Batta, el lloriqueo de Redival: «¿Por qué yo no puedo?», «¿por qué ella sí?», «no es justo». Y así una y otra vez. ¡Bah!

—Tienes razón, hija mía. Pero, ahora, sé fuerte y mira la tercera pared.

Miramos los dos y vi a Psique caminando sola por un amplio camino bajo tierra: una ladera suave, pero siempre hacia abajo, y más y más abajo.

—Esta es la última tarea que le ha impuesto Ungit. Debe...

—¿Así que Ungit existe de verdad?

—Todos, incluso Psique, han nacido en la morada de Ungit. Y todos deben librarse de ella. O, mejor dicho: la Ungit de dentro de cada uno de nosotros está encinta y debe morir en el parto... o cambiar. Ahora

Psique debe bajar a los infiernos para robarle su belleza a la reina, la reina del país de los muertos, a la propia muerte, y meterla en un joyero; y llevárselo a Ungit para que Ungit se vuelva hermosa. Pero a su viaje se le suma una condición. Si durante el camino habla con alguien, sea por temor, por amabilidad, por amor o por compasión, nunca regresará a la tierra de la luz. Debe seguir caminando en silencio hasta presentarse ante el trono de la reina de las sombras. Ahí está el peligro. Ahora mira.

No hacía falta que me lo dijera. Los dos nos quedamos observando. Psique caminaba y caminaba internándose en la tierra, cada vez más fría, más honda, más oscura. Por fin surgió una luz distante a un lado del camino, donde creo que se abría al exterior el gran túnel o la galería que debía recorrer. Allí, bajo esa luz gélida, se agolpaba una inmensa muchedumbre. Por su forma de hablar y su ropa comprendí enseguida que era el pueblo de Gloma. Vi algunos rostros conocidos.

—¡Istra! ¡Princesa! ¡Ungit! —clamaban, tendiendo sus manos hacia ella—. Quédate con nosotros. Sé nuestra diosa. Gobiérnanos. Sé nuestro oráculo. Recibe nuestros sacrificios. Sé nuestra diosa.

Psique siguió caminando sin mirarlos.

—Sea quien sea su enemigo —dije—, no es muy listo si piensa que eso la va a hacer flaquear.

—Espera —dijo el Zorro.

Con los ojos clavados al frente, Psique continuó bajando y, una vez más, a la izquierda del camino apareció una luz que dejó ver una silueta. Me quedé atónita y miré a mi lado. El Zorro seguía ahí; pero quien se levantó bajo esa luz fría para encontrarse con Psique en el camino también era el Zorro: con más años, más canoso, más pálido que el que estaba a mi lado.

—¡Ay, Psique! —dijo el Zorro de la pintura (es decir, del otro mundo, porque no era una pintura)— ¿Qué locura es esta? ¿Qué haces recorriendo un túnel bajo tierra? ¿Crees que este es el camino a los infiernos? ¿Crees que los dioses te han enviado aquí? Todo son mentiras de sacerdotes y poetas, pequeña. Esto no es más que una cueva o una mina abandonada. Esos infiernos y esos dioses con que sueñas no son reales. ¿Para esto ha servido todo lo que te he enseñado? El dios que llevas en tu interior es el dios al que debes obedecer: la razón, la serenidad, la autodisciplina. ¡Qué vergüenza, pequeña! ¿Quieres seguir siendo un bárbaro más toda tu vida? Yo te quería dar un alma transparente, griega, madura. Y aún queda tiempo. Ven conmigo y te sacaré de esta oscuridad; volveremos a la hierba que hay detrás de los perales, donde todo es claridad, todo es sólido, perfilado y sencillo.

Pero Psique siguió caminando sin dirigirle una sola mirada. Hasta que llegó a una tercera lucecita que se veía a la izquierda del oscuro camino. En medio de esa luz apareció una forma de mujer cuyo rostro me era desconocido. Al mirar aquello sentí una compasión que casi aniquiló mi corazón. No lloraba, pero sus ojos revelaban que había estado haciéndolo y no le quedaban lágrimas. Desesperación, humillación, ruego, un reproche infinito: eso era lo que reflejaba. En ese momento temí por Psique. Sabía que aquello solo estaba ahí para tenderle una trampa y desviarla del camino.

¿Lo sabría ella? Y, si lo sabía ¿sería capaz de pasar a su lado sin más, con tanto amor y tanta piedad como rebosaba? Era una prueba demasiado dura. Los ojos de Psique seguían clavados al frente, pero ella la había visto por el rabillo del ojo. Se estremeció. Su boca se torció bajo la amenaza de los sollozos. Se clavó los dientes en el labio para seguir adelante. «¡Oh, dioses, protéjanla! —me dije—. ¡Date prisa! No te detengas».

La mujer tendió sus manos hacia Psique y vi que de su brazo izquierdo brotaba sangre. Entonces se oyó su voz ¡y qué clase de voz! Tan profunda pero tan femenina, tan cargada de pasión que habría conmovido a cualquiera, aun hablando solo de temas alegres y insignificantes. En este momento (¿quién sería capaz de resistirse?) habría sido capaz de romper un corazón de hierro.

—Psique, mi pequeña, mi único amor —decía—. Vuelve. Vuelve a ese mundo pasado donde fuimos felices juntas. Vuelve a Maya.

Psique se mordió el labio hasta hacer brotar sangre de él y se echó a llorar amargamente. Creo que su pena era mayor que la de esa Orual gimoteante. Pero esa Orual solo tenía que sufrir, mientras que Psique, además, debía proseguir su camino. Y continuó adelante hasta perderse de vista, alejándose hacia la muerte.

Esa era la última pintura.

El Zorro y yo volvimos a quedarnos solos.

—¿Realmente le hemos hecho todo eso? —pregunté.

—Sí. Aquí todo es verdad.

—Y decíamos que la amábamos...

—Y la amábamos. No contaba con enemigos más peligrosos que nosotros. Y ese día lejano en que los dioses se hagan hermosos, o al menos se nos muestre lo hermosos que han sido siempre, esto será aún más frecuente. Porque, como has dicho tú, los mortales serán cada vez más celosos. Y una madre, una esposa, un niño y un amigo se aliarán para evitar que un alma se una a la Naturaleza Divina.

—Entonces Psique, en aquellos horribles días en que yo la creía cruel, sufría más que yo ¿verdad?

—En esos momentos cargó con mucho peso por ti. Desde entonces tú has cargado algo de peso por ella.

—¿Algún día se volverán los dioses tan hermosos, abuelo?

—Dicen... ni siquiera yo, que estoy muerto, llego a entender más que unas cuantas palabras de las que utilizan. Solo sé una cosa: esta época que vivimos algún día será un pasado lejano. Y la Naturaleza Divina es capaz de cambiar el pasado. Nada posee todavía su verdadera forma.

Mientras hablaba, llegaron muchas voces de fuera, dulces y temibles a un tiempo, que empezaron a gritar: «¡Ya viene! Nuestra señora vuelve a casa: la diosa Psique regresa del país de los muertos con el cofre que contiene la belleza de la reina de las sombras».

—Ven —dijo el Zorro.

Creo que no era dueña de mí misma. Él me tomó de la mano y me hizo pasar entre las columnas (las hojas de la parra peinaron mis cabellos) para sacarme a la cálida luz del sol. Nos quedamos de pie en un hermoso patio de hierba, bajo un cielo joven y azul: un cielo de montaña. En medio del patio había un estanque de agua transparente con capacidad para que nadaran y jugaran muchas personas. Luego se oyeron los movimientos y los susurros de gente invisible y más voces (algo apagadas). Al momento siguiente me postré rostro en tierra: Psique había llegado y yo le besaba los pies.

—¡Oh, diosa Psique! —dije—. Nunca más volveré a decir que eres mía, sino que todo lo que poseo será tuyo. Ahora sabes lo poco que vale. Nunca te he querido bien, nunca pensé en ti más que de modo interesado. He sido insaciable.

Psique se inclinó para hacerme levantar. Y, como no lo logró, dijo:

—Pero, Maya, mi querida Maya, tienes que levantarte. No te he entregado el cofre. Sabes que he recorrido un largo camino para traer la belleza que hará hermosa a Ungit.

Me levanté, empapada en unas lágrimas que este país no conoce. Ella se quedó de pie delante de mí, tendiéndome algo para que lo agarrara. Ahora sabía que era una diosa. Cuando se encontraron con las mías, sus manos me quemaron sin causarme dolor. El aroma que desprendían su ropa, sus miembros y su cabello era silvestre y dulce: al respirarlo, fue como si mi pecho rejuveneciera. Y, aunque cueste decirlo, pese a todo ello, e incluso por todo ello, seguía siendo la Psique de siempre, mil veces más ella de lo que era antes de la Ofrenda. Todo lo que se desprendía de su mirada o de sus gestos como un simple destello, todo el significado que le daba a su nombre quien lo pronunciaba, ahora había alcanzado su plenitud: no hacía falta recomponer nada por medio de indicios o por partes, ni tomar ahora un poco de esto y después un poco de aquello. ¿Una diosa? Nunca hasta entonces había visto a una mujer de verdad.

—¿No te dije, Maya —me preguntó—, que llegaría un día en que las dos nos reuniríamos en mi casa, sin que nada se interpusiera entre nosotras?

La felicidad me impuso el silencio. Pensé que había llegado a lo más elevado, a la mayor plenitud del ser que el alma humana es capaz de contener. Pero ¿qué ocurría ahora? ¿Has visto palidecer las antorchas cuando los hombres abren los postigos y la luz de una mañana de verano inunda la sala de banquetes? Eso fue lo que ocurrió. De repente, una extraña mirada en el rostro de Psique (que me dio a entender que sabía algo que no había mencionado); o el azul del cielo cada vez más intenso, más espléndido e imponente; o un hondo suspiro brotado de los labios invisibles que nos rodeaban; o una conjetura estremecedora e incierta en lo profundo de mi corazón, me hicieron comprender que todo aquello solo era una preparación. Nos aguardaba algo muy superior. Las voces volvieron a hablar, esta vez en un tono más bajo. Eran voces asustadas y trémulas.

—Ya viene —decían—. El dios está entrando en casa. Viene a juzgar a Orual.

Si Psique no hubiera estado agarrando mi mano, habría caído desplomada. Me llevó hasta el borde del estanque. A nuestro alrededor el aire cobraba un nuevo resplandor, como si algo estuviera ardiendo. Cada respiración me infundía un terror nuevo, un júbilo, una dulzura desbordante. Sus flechas se me clavaban cada vez más hondo. Me estaban deshaciendo. No era nadie. Y eso es poco decir: la propia Psique, en cierto modo, no era nadie. La quería como alguna vez pensé que es imposible amar; habría sufrido por ella cualquier clase de muerte. Y, aun así, en ese momento no era ella lo más importante. O, si importaba (e importaba infinitamente), era por causa de otro. La tierra, las estrellas, el sol: todo lo que es y será existía por su causa. Y estaba llegando. Estaba llegando lo más temible, lo más hermoso, el único temor y la única belleza que existe. Las columnas del estanque más alejadas de nosotros se tiñeron de rojo a medida que se acercaba. Bajé los ojos.

Dos siluetas, dos reflejos, sus pies contra los de Psique y los míos, estaban boca abajo dentro del agua.

¿A quién pertenecían? ¿A dos Psiques, la una vestida y la otra desnuda? Sí, eran dos Psiques, las dos más hermosas de lo imaginable (si es que eso tenía alguna importancia), pero no idénticas.

—Tú también eres Psique —clamó una voz potente. Alcé la mirada; y es extraño que me atreviera a ello. Pero no vi ningún dios, ningún patio de columnas. Estaba en los jardines del palacio, con mi ridículo libro en la mano. Creo que mis ojos dejaron de contemplar la visión un momento antes de que mis oídos dejaran de escuchar el oráculo. Porque las palabras seguían resonando.

Esto ocurrió hace cuatro días. Me encontraron tendida en la hierba y no recuperé el habla hasta muchas horas después. Este cuerpo decrépito no aguantará muchas más visiones como esta; quizá (¿quién sabe?) el alma no las necesite. He obligado a Arnom a decirme la verdad: cree que mi muerte está próxima. Es curioso que llore, igual que mis mujeres. ¿Alguna vez he hecho algo por agradarles? Debería haber mandado llamar a Daraan para que aprendieran a amarlo y para enseñarle a él, si hubiera podido, a amarlos.

Acabé mi primer libro con las palabras «nada que contestar». Ahora sé, Señor, por qué no respondes. Tú eres la respuesta. Delante de tu rostro se desvanecen las preguntas. ¿Qué otra respuesta nos saciaría? No son más que palabras, palabras con las que entablar un combate contra otras palabras. Tanto tiempo odiándote, tanto tiempo temiéndote. Quizá...

(Yo, Arnom, sacerdote de Afrodita, guardé este rollo y lo deposité en el templo. Es posible que los signos que siguen a la palabra «Quizá» indiquen que la cabeza de la reina cayó sobre ellos y por eso resultan ilegibles. Este libro lo escribió la reina Orual de Gloma, que ha sido, de entre los príncipes conocidos en esta parte del mundo, la más sabia, justa, valerosa, venturosa y clemente. Si algún extranjero con intención de viajar a Grecia encuentra este libro, que se lo lleve a Grecia, pues ese era al parecer el deseo más ferviente de la reina. Sobre el sacerdote que me suceda recae el deber de entregar el libro a cualquier extranjero que jure llevarlo a Grecia).

NOTA

La historia de Cupido y Psique aparece por primera vez en una de las pocas novelas latinas conservadas, las *Metamorfosis* (también conocida como *El asno de oro*) de Lucio Apuleyo Saturnino, nacido en torno al año 125 d. C. Los hechos más relevantes son los siguientes: un rey y una reina tenían tres hijas, la menor de las cuales era tan hermosa que los hombres la adoraban como a una diosa y descuidaban el culto a Venus. De ahí que Psique (que así se llamaba la joven) no tuviera pretendientes: los hombres reverenciaban demasiado a su supuesta deidad para aspirar a su mano. Cuando su padre consultó al oráculo de Apolo acerca de su matrimonio, recibió esta respuesta: «No esperes ningún yerno humano. Debes abandonar a Psique en un monte para que un dragón la haga suya». Y el rey obedeció. No obstante, Venus, celosa de la belleza de Psique, había ideado un castigo distinto para ella: ordenó a su hijo Cupido que hiriera a la joven con una pasión irrefrenable por el más vil de los hombres. Cupido se dispuso a hacerlo, pero al ver a Psique se enamoró de ella. En cuanto la abandonaron en la montaña, hizo que el Viento del Oeste (Céfiro) la trasladara a un lugar secreto donde le tenía preparado un majestuoso palacio. Allí, Cupido la visitaba de noche y gozaba de su amor; pero le prohibió verle el rostro. Poco después Psique le rogó que permitiera a sus hermanas visitarla. El dios aceptó a regañadientes y las llevó volando al palacio, donde fueron espléndidamente agasajadas y expresaron su alborozo al contemplar tantas maravillas. Pero en su fuero interno las devoraba la envidia, porque sus esposos no eran dioses ni sus casas tan magníficas como la de Psique.

Por eso planearon acabar con su dicha. En el curso de su siguiente visita la convencieron de que su misterioso marido era en realidad una serpiente monstruosa.

«Esta noche mete en la alcoba una lámpara oculta bajo un manto y un cuchillo afilado —le dijeron—. Cuando esté dormido, destapa la lámpara y descubrirás al monstruo que yace en tu lecho. Entonces mátalo de una puñalada». La ingenua Psique prometió hacerlo así.

Al destapar la lámpara y ver al dios dormido, se quedó contemplándolo con un amor insaciable, hasta que la lámpara derramó una gota de aceite caliente que fue a caer sobre el hombro del dios, despertándolo. Cupido se levantó, reprendió a Psique, desplegó sus brillantes alas y desapareció de su vista.

Las dos hermanas no saborearon mucho tiempo las mieles de su mezquina acción, porque las medidas que tomó Cupido culminaron en la muerte de ambas. Entretanto, una Psique triste y desolada se dedicó a caminar errante antes de intentar ahogarse en el primer río que encontró; pero el dios Pan frustró su intento y le ordenó que no lo repitiera. Tras muchas penalidades, Psique cayó en manos de su enemiga más encarnizada, Venus, quien la tomó como esclava, la maltrató y le impuso tareas deliberadamente imposibles. La primera de ellas, consistente en separar semillas y clasificarlas en montones distintos, la llevó a cabo con la ayuda de unas amables hormigas. Luego tuvo que reunir una madeja de vellones de oro de unas ovejas homicidas; un junco situado a la orilla del río le susurró que podía obtenerla arrancando la lana enredada entre los arbustos. Después hubo de llenar una copa con agua del Estigio, al que solo se podía llegar escalando montañas inexpugnables; entonces salió a su encuentro un águila que agarró la copa de sus manos y se la devolvió llena de agua. Por último, fue enviada al mundo inferior para guardar en una caja la belleza de Perséfone, la reina de los muertos, y llevársela a Venus. Una voz misteriosa le indicó cómo llegar hasta Perséfone y regresar a nuestro mundo: aunque de camino algunas personas que merecían su piedad le pidieran ayuda, ella debía negársela. Y, una vez que Perséfone le diera la caja (llena de belleza), bajo ninguna circunstancia debía abrir la tapa y mirar dentro. Psique obedeció y regresó al mundo superior con la caja; pero entonces la venció la curiosidad y miró. E inmediatamente cayó desmayada.

Cupido acudió de nuevo a su rescate, pero esta vez la perdonó. Intercedió ante Júpiter, quien autorizó su matrimonio y convirtió a Psique en diosa. Venus se avino a ello y a partir de entonces vivieron felices.

En mi versión, la principal variación consiste en convertir en invisible el palacio de Psique a ojos de mortales; si es que la palabra «convertir» es la más adecuada para referirse a algo que, desde la primera vez que leí el relato, me pareció que era el modo en que forzosamente tuvieron que ocurrir las cosas. Este cambio en la trama atribuye a mi heroína un motivo más ambivalente y un carácter distinto, y acaba modificando totalmente la naturaleza del relato. No he tenido reparos a la hora de traicionar a Apuleyo, a quien considero transmisor y no autor de la historia. Nada más lejos de mi intención que recuperar el tono peculiar de las *Metamorfosis*, esa extraña mezcla de novela picaresca, cómic de terror, tratado mistagógico, pornografía y experimento estilístico. No dudo de la genialidad de Apuleyo; pero, en lo que concierne a mi obra, es una «fuente», y no una «influencia» ni un «modelo».

William Morris (en *El paraíso terrenal*) y Robert Bridges (*Eros y Psique*) han seguido la versión de Apuleyo con una fidelidad mucho mayor. En mi opinión, ninguno de los dos poemas hace justicia a sus autores. La última traducción* de las *Metamorfosis* es obra de Robert Graves (Penguin Books, 1950).

---

*. Obviamente, se refiere a las traducciones inglesas en el momento en que Lewis escribe esta nota [*N. del E.*].

ACERCA DEL AUTOR

CLIVE STAPLES LEWIS (1898–1963) fue uno de los intelectuales más importantes del siglo veinte y podría decirse que fue el escritor cristiano más influyente de su tiempo.

Fue profesor particular de Literatura inglesa y miembro de la junta de gobierno en la Universidad de Oxford hasta 1954, cuando fue nombrado profesor de Literatura medieval y renacentista en la Universidad de Cambridge, cargo que desempeñó hasta que se jubiló. Sus contribuciones a la crítica literaria, literatura infantil, literatura fantástica y teología popular le trajeron fama y aclamación a nivel internacional.

C. S. Lewis escribió más de treinta libros, lo cual le permitió alcanzar una enorme audiencia, y sus obras aún atraen a miles de nuevos lectores cada año. Entre sus más distinguidas y populares obras se incluyen *Las crónicas de Narnia*, *Los cuatro amores*, *Cartas del diablo a su sobrino* y *Mero cristianismo*.